림프종 · 직장암 3기 父子 항암 치료 180일

항암, 시간의 바다를 건너다

림프종·직장암 3기 父子 항암 치료 180일

항암, 시간의 바다를 건너다

펴낸날   초판 1쇄 2019년 11월 25일

지은이   조계환
펴낸이   서용순
펴낸곳   이지출판

출판등록   1997년 9월 10일 제300-2005-156호
주소   03131 서울시 종로구 율곡로6길 36 월드오피스텔 903호
대표전화   02-743-7661   팩스 02-743-7621
이메일   easy7661@naver.com
인쇄   (주)꽃피는청춘

ⓒ 2019 조계환

값 17,000원

ISBN 979-11-5555-123-3 03800

※ 잘못 만들어진 책은 바꿔 드립니다.

이 도서의 국립중앙도서관 출판시도서목록(CIP)은 e-CIP홈페이지(http://www.nl.go.kr/ecip)와
국가자료공동목록시스템(http://www.nl.go.kr/kolisnet)에서 이용하실 수 있습니다.(CIP제어번호: CIP2019045085)

림프종 · 직장암 3기 父子 항암 치료 180일

항암,
시간의 바다를
건너다

글 • 조계환

이지출판

임진왜란이 있었던 1592년과 6·25전쟁의 1950년, 이 두 해가 우리 역사에서 반드시 기억하고 상기해야 할 수난의 해라면, 내게는 2013년이 그러한 해다.

나는 그해 1월 28일 여포성 임파선종 최초 확진을 받고, 아들은 3월 19일 직장암 3기 진단을 받았다. 그리고 아들은 5월 6일부터, 나는 5월 29일부터 항암 치료를 시작했다. 부자가 거의 동시에 암 진단을 받으니 밀려오는 불안감을 떨치기가 쉽지 않았다.

5년 생존율이 50%인 경우 이론대로라면 두 사람 중 하나는 아웃된다는 것 아닌가. 통계 수치가 시시때때로 귓속에서 이명으로 들렸다. 그 상황에서 정신을 차리는 한 방법이 병을 치료하면서 시시콜콜한 일상사를 기록해 보는 일이었다.

그럴 일이야 없겠지만 의료사고 같은 만약의 불상사에 대비해서도 기록은 해야 한다고 생각했다. 수많은 환자의 기록물이 쏟아져 나와 준다면 대수롭지 않게 지나쳤던 사실에서 의외의 진실을 발견할 수도 있고 불편하고 불만스런 일들에 대한 정보를 공유할 수도 있을 것이다. 깨어 있는 병원이라면 의료진의 능률에 초점을 맞추는 것이 아닌, 환자 입장에서 생각해 보는 병원으로 체질이 개선되는 효과도 있지 않을까 기대해 본다.

이 책은 의료진에 대한 소감과 항암제로 인한 신체 변화와 느낌, 특별히 경험한 사유의 내용을 포함해서 문병 이야기 같은, 어찌 보면 내밀하다 할 소소한 가정사 이야기가 주된 내용이다. 때로는 일기 형식에 맞지 않는 시사적인 주제도 있다. 그날그날 마음가는 대로 썼기에 어떤 날은 다소 생뚱맞은 내용도 있을 것이다. 서사敍事에다 수상隨想을 문학성 있게 표현한 글이라고는 말하지 못하겠다.

1차 확진 후 지푸라기라도 잡는 심정으로 인터넷을 서핑하다 한국혈액암협회를 통해 림프종 환우 카페 '림사랑'을 만났다. 병에 대한 지식을 습득하려면 한국혈액암협회에서 주관하는 프로그램에 참여하고 카페 회원으로 가입해서 정보를 교류하는 방법이 있다. 이 책은 카페 '림사랑'에 〈투병일기〉라는 제목으로 1차 항암주사일인 5월 29일부터 연재하기 시작한 내용을 추려서 엮은 것이다.

사실성을 강조하느라 글에 나오는 분, 병원, 실명을 쓰거나 이니셜을 사용했는데 혹여 신상털기 등 예상치 않은 일로 명예에 누가 되지 않을까 걱정이다. 일기 내용에 있는 나의 불평이나 객쩍은 소리는 무시해 줬으면 한다. 그 시점의 내 심경일 뿐 사실의 객관적인 평가는 아니기 때문이다. 일기를 책으로 낸다는 일이 이래서 조심스럽다.

일기를 쓰면서 수필집 《나의 치펜데일 의자》를 준비하는 과정도 서술했다. 또 하나의 목표에 도전함으로써 항암의 고통을 극복했기에 이 사실을 빼놓고 갈 수는 없었다.

아들과 나는 5년이 지난 2018년 10월에 나흘 차이로 완치 판정을 받았다. 병종도 다르고 치료 방법도 다르고 병원도 다르고 의사도 다른데 거의 동시에 치료를 시작했고 비슷한 시기에 완치했다. 운명이란 말밖에 달리 할 표현이 없다.

그 5년 기간에 아들은 건축사 자격시험에 합격하여 나와는 별도의 사무소를 개설하여 운영하고 있다. 병 치료 중에 분가 문제로 고민했던 일은 우리와 같은 아파트 단지에 분가함으로써 쉽게 풀렸다. 은행 대출이며 적금, 보험금을 털어서 맞추었다. 딸 가족도 재작년에 서울 가락동에서 용인 성복동 우리 아파트 단지로 이사 왔다.

21일째 일기에 실천하기 좋은 항암요법 네 가지를 써놓았다.

1. 적당한 운동 : 매일 근력운동과 광교산 천년약수터까지 3km 산책하기(적어도 이틀에 한 번)
2. 체온 관리 : 여름에도 체온 유지 옷차림, 헬스 후 대중탕에서 반신욕 20분 하기
3. 숙면 : 9시 30분 이내 잠자는 습관 들이기
4. 충분한 물 섭취 : 500㎖ 생수병 휴대하고 수시로 섭취하기(하루 2ℓ 기준)

그중에서 광교산 산행, 체온 유지, 9시 30분 취침 시간을 지키지 못하고 있으나 다른 것은 실천하고 있으니 80점은 되지 싶다.

소주며 막걸리며 청탁 불문하고 일주일에 너덧 병씩 마셨던 내가

술을 딱 끊고 나니 아침에 양치질하면 나오던 구역질이 사라졌다. 내가 내 몸에게 말을 건다.

'내가 정직하게 실천할 테니 너도 나를 실망시키지 말아줘.'

책이 나오기까지 도움 주신 분들에게 감사드린다. 응원을 아끼지 않은 아내와 며느리, 문병 와서 걱정해 준 동생들과 조카들, 치유의 은사를 청원 기도해 주신 교우님들, 카페 '림사랑'에서 용기를 북돋아 준 얼굴 모르는 환우 여러분, 기꺼이 서평을 써 주신 현대수필 윤재천 교수님, (사)한국문인협회 이광복 이사장님, 시인 이장우 님, 수필 교실의 손광성 선생님과 여러 문우들, 이지출판사 서용순 대표님, 우리 부자의 건강을 걱정해 준 모든 분에게 고마움을 전하며 이 책을 바친다.

2019년 11월
용인 수지에서 조계환

차례

항암 치료 전 경과

나의 경과

2012년 12월 12일
수원 아주대병원에서 종합검진. 대장내시경에서 의심되는 종양 발견, 절제하지 않고 조직검사 함. 복부초음파검사에서 췌장 부근에 의심되는 종양이 발견되어 복부 CT 추가 촬영.

2012년 12월 24일
1차 검진 결과 나옴. 대장조직검사는 아직 판단나지 않았으나 CT 사진 판독 결과 임파선암인지 췌장암인지는 확실하지 않으나 악성종양으로 70% 진단됨.
대장 용종도 임파선의 영향일 거라 생각됨.

2012년 12월 31일
대장 용종 조직검사나 CT 사진을 봐서는 애매모호함.
더 확실한 진단을 위해 흉복부 CT와 PET 토르소를 촬영하고 골수검사를 한 후 그 결과에 따라 치료방법을 결정하기로 함.
건강보험공단에 암환자로 등록함.

2013년 1월 9일
흉복부 CT/ PET 촬영함.

2013년 1월 14일
굵은 주사기를 엉치뼈에 꽂아 골수를 채취함.

2013년 1월 28일
대장 용종 조직검사에서 여포성 림프종(Grade 2). PET 소견으로 병기 경과 3기로 진단.
향후 3~6개월 약물치료하면서 예후를 관찰할 필요가 있다는 소견.
임파선암 1차 확진.

2013년 2월 27일

수원 아주대병원에서 받은 검사의 기록물을 분당 서울대병원에 접수, 전원함.

1. 의사소견서
2. 의무기록 사본
3. 조직검사보고서
4. 슬라이드 원본(엉치뼈 골수검사)
5. 슬라이드(대장 용종 검사)
6. 영상기록 CD − '12.12.12 대장내시경
                   − '12.12.12 복부 CT
                   − '13.01.09 복부 CT
                   − '13.01.09 PET CT(토르소)
                      초진 혈액검사

2013년 3월 6일

분당 서울대병원 암센터 진료 : 5월 22일 CT 사진을 찍고 수원 아주대병원의 CT 사진과 비교해 본 다음 5월 29일 진료 시 치료를 바로 시작해야 할지, 아니면 경과를 더 지켜봐도 될지 결정하기로 함.

2013년 5월 22일

복부와 골반 CT(3D) 촬영.

2013년 5월 29일

암 재확진 1차 항암주사. 항암 치료 일기 시작.

아들의 경과

2013년 3월 11일
분당 엠디그린내과에서 대장내시경 검사를 받던 중 선종 발견. 1차 소견은 12mm 악성종양으로 의심. 조직검사 기관에 의뢰.

2013년 3월 19일
조직검사 결과 임파선 침투로 직장암 3기 판정.

2013년 4월 11일
아들 가족이 베트남 살림을 정리하고 귀국하여 우리 집으로 합가.

2013년 4월 19일
서울 아산병원 대장외과 유 교수에게 1차 진료.
항문으로 손가락을 넣어 촉진하고 환부 정밀검사.

2013년 4월 25일
직장암 재확진. 환부 깊이 5cm가 항문을 살리느냐 못 살리느냐의 임계점.
못 살리면 평생 인공 장루를 달고 다녀야 한다고 함. 아들은 딱 5cm. 일단 항암 치료를 시작하기로 함. 방사선 조사로 크기를 줄여 보고 장루는 수술하면서 판단하기로 하되, 되도록 살리는 방향으로 노력하겠다고 함.

2013년 5월 6일
치료 첫날 항암제 주사 맞고 방사선 치료 시작.

2013년 5월 8일
항암제 주사는 일단 끊고 방사선 치료만 계속하기로 함.

첫 번째

강아지여, 일어나라
갈기를 세워라

1일 1차 항암 치료 시작하다

2013년 5월 29일 수요일. 오전 흐리다가 갬

어제 종일토록 내리던 비가 멎었다. 채혈을 하고 진료실에 들어
설 때까지도 평상심이었다. 몸이 더 망가질 이유가 없다는 자신감
에 오히려 당당했다. 모니터를 이리저리 살피던 주치의 이 교수가
말했다.

"더 커졌네요."

망치로 한 대 맞은 듯 아찔했다. 아내의 눈자위가 붉어졌다. 처음
진단이 나온 수원 아주대병원의 결과가 오진이었을 거라 확신하여
여기 분당 서울대병원으로 옮겼는데. 개똥쑥이다, 야채수프다, 선식
이다… 좋다는 것이면 찾아 남편 공양하느라 아내가 온 정성을 쏟았
는데 이 모든 것이 허사가 되고 만 것이다. 1차 확진 후 관찰 기간
5개월을 하늘이 베푼 기회라 여기고 열심히 보양했기에 허탈감이
더 컸다.

나는 그 좋아하던 막걸리며 맥주를 딱 끊고 오로지 때맞춰 차려
주는 현미밥을 기도하는 마음으로 꼭꼭 씹어 넘겼다. 사흘이 멀다
하고 광교산 산자락을 다녔고, 헬스클럽에서 아령이며 역기를 매일
들었다 났다 했고 반신욕을 거르지 않았으며, 나날이 달라지는 가슴
근육을 거울에 비춰 보며 흐뭇해했는데. 최소한 그대로이기를 바랐

던 소원마저도 무리였나. 잠시 정적이 흘렀다.

"얼마나 커졌습니까?"

"20% 정도 커진 것 같네요."

"작년 건강검진 때 대장 부분 용종을 조직검사하면서 여포성 림프종이라고 판독되었다고 했는데, 그럼 대장 부분은 수술하지 않고 그대로 두어도 되겠습니까?"

혈액종양의의 영역인지 외과 분야인지 개의치 않고 질문했다. 의사는 시큰둥한 표정으로 잠시 뜸을 들이더니 모니터를 가리켰다.

"그것뿐만 아니고 여기저기 퍼져 있어요. 여기 보세요."

그 말에 겁이 덜컥 났다.

"오늘 바로 주사 맞게 해 주세요. R-CVP, R-CHOP가 있다는데 제 경우는요?"

"R-CHOP으로 합니다. 질문 더 있으시면 하세요."

"어, 없습니다. 감사합니다."

나는 스스로 놀랐다. 오늘부터 치료해 주겠다는 말에 황감하여 90도 각도로 코가 바닥에 닿도록 절을 하고 있었다.

화면에는 비장 근처에 아기 주먹만 한 덩어리 하나가 있고 폐 가까이에 도토리만 한 검은 점이 보였다. 덩어리 크기는 78㎜라고 했다. 여포성 림프종 3기 C82.9. 내 수인 번호다. 채혈로 아침을 거른 터라 점심을 허겁지겁 밀어넣고 이멘드와 타이레놀 1정씩을 먹었다.

금년 4월에 신축한 암 병동은 믿거나 말거나 세계 5위권 이내에 든다고 했다. 환자는 시설보다 의료진의 지식과 경험, 환자에 대한 배려가 먼저다. 내 생각은 그렇다.

잠시 후 항암주사 담당의 앞에 앉았다. 처방은 5종이지만 주사액은 네 가지로 싸이톡산 30분, 아드리아마이신 30분, 빈크리스틴 10분, 리툭산 1시간이 걸린다고 한다. 백혈구, 혈소판, 헤모글로빈 이것들의 수치가 떨어졌다 복구되는 6월 19일에 2차 항암 계획을 잡았다고 했다. 그는 부작용이며 조치 방법을 자분자분 설명했다. 독감 예방주사 설명 듣는 느낌이었다.

다음은 영양사실로 갔다. 3만 원 교육비를 내고 아내와 아들이 열심히 청강했다. 다른 병원에서 암 치료 중인 아들은 방사선 치료 25회 중 15회가 진행되었고, 다음 주부터는 항암 치료를 시작할 계획이다.

주사기를 꽂은 때가 오후 1시, 간호사가 주사기를 거두고 오른 팔목에 거즈를 붙여 준 시각이 오후 6시, 꼬박 5시간이 걸렸다. 창밖엔 빗물에 젖은 자작나무 잎이 바르르 떨고 있었다. 침상 옆 낮은 베드에서 아내가 기도서에 묵주를 얹은 채 잠들어 있었다. 금년 들어 볼이며 인중에 주름이 부쩍 늘었다. 애처롭다.

아내여, 코를 골아도 좋으리. 사실 아픈 사람은 당신이다. 새벽녘이면 종아리며 발목에 쥐가 나서 몸부림치는 일이 어디 한두 번이던가.

구토 예방약과 면역억제제 싸이톡산, 표적치료제 리툭시맵이 주입될 때 으슬으슬 추워 간호사를 찾으니 해열제 타이레놀 1정을 먹게 한다. 다른 약제를 주입하면서 리툭시를 끊으니 금세 편해진다. 몸의 반응이 놀랍다. 다시 리툭시 주입하면서 점액 속도를 늦추니까 마칠 때까지 오한이 없었다. 간호사에게 가슴에 주사기를 삽입해 두는 케모포트 시술에 대해 물었다. 내게도 적용하나 해서였다. 케모포트는 환자가 집에서 주사해야 할 상황이면 일반적으로 시술하고 나의 경우는 오른팔, 왼팔 번갈아서 주사한다고, 다들 그렇게 한다며 쌩긋 웃고 나간다. 가벼운 현기증이 왔지만 기분은 한결 나아졌다. 울렁거리면 복용하라는 맥페란정은 참아보기로 했다. 바쁜 하루였다.

2일 주치의 처방에 의혹을 품다니

2013년 5월 30일 목요일. 더위가 한풀 꺾임

새벽에 매봉약수터를 산책하면서 '어제 주치의가 왜 여포성에 아드리아마이신이 들어가는 R-CHOP이란 강한 처방을 내렸을까?' 곰곰 생각하다 같이 걷고 있는 아들에게 의견을 물었다.

"저는 주치의가 잘 판단한 걸로 보는데요. 5개월 만에 20% 커졌다면 여포성 중에서 별종으로 봐야겠지요. 커지지 않고 그대로였다면 CVP란 약한 걸로 하지 않았겠습니까."

그렇다. 아들 말이 맞다. 주워들은 알량한 지식으로 주치의의 처방에 의혹을 품다니.

나도 사무실에 온 의뢰인이 나름 전문가연하는 내게 전문지식을 떠보는 말을 하면 여간 불편하지 않다. 얼굴색이 변하고 언성이 높아져 성사되려던 계약을 파기한 적도 있었다. 하물며 최고 엘리트 전문 집단인 그들에게 의술 어쩌고저쩌고 했다간 개망신 당할 것이다. 앞으로 질문은 간단명료하게 하되 권위에 손상이 가지 않도록 신중을 기해야겠다.

오늘은 무조건 쉬어야 하는 날이 맞다. 그런데 출근해야 했다. 치료를 하려면 직원들에게 고백해야 하기 때문이다. 아들에 대한 이야기는 솔직하게 털어놓을 수 있었지만 아들보다 더 일찍 알게 된

나의 진단 결과를 발설할 용기는 없었다. 광명까지 집에서 출근하자면 2시간을 잡아야 한다. 수원역까지 버스로 40분, 철산역까지 1시간, 회사까지 도보로 20분. 체력도 딸리고 감염 위험도 있다.

"나도 아들처럼 그렇게 됐어요. 종류는 다르지만."

"아니, 소장님, 무슨 말씀을?"

"어제 항암주사 맞았어요. 너덧 달은 좀 쉬어야 할 것 같아요. 악성임파선종이라는데…. 의사 말이 이 병은 치료하지 않고 그냥 둬도 십 년은 문제없고 치료하면 이삼십 년 살고, 젊은 사람은 당뇨처럼 관리만 잘하면 백 살까지도 살 수 있대요."

조금 과장했다. 큰 걱정 말라는 내 말에 굳어졌던 직원들 표정에 화색이 돌았다.

1월 28일 수원 아주대병원에서 1차 확진을 받고 직원들에게 알릴 수 없었던 이유는, 확진 근거인 골수검사 슬라이드가 다른 사람 것이 아닐까 하는 의심이 들었고 오진일 수도 있다는 실낱같은 희망 때문이었다. 안동 동생이 보내 준 개똥쑥 효소액 효과도 있지 않을까 하는 기대도 했다. 하지만 본 치료가 시작된 마당에 실토하지 않을 수가 없었다.

메스꺼움이나 구토 증세는 없고 식욕은 여전히 왕성하다. 다만 기가 허해지는 느낌이 있어 기간 중에는 헬스운동 대신 두어 시간 뒷산 산책으로 바꿔야 하지 싶다. 잠잘 때 환부로 추정되는 복부에 팽만감을 약하게 느꼈다. 약효가 나타난다는 신호인가.

투병이란 말이 맘에 걸린다. 병과 싸운다? 좀 더 좋은 말이 없을까?

3일 집 안에 삼식이가 둘

2013년 5월 31일 금요일. 맑고 화창함

손녀 둘이 있다. 큰애는 우리 나이로 여섯 살, 작은애는 네 살이다. 하노이 살다가 저희 아빠의 발병으로 급히 귀국했다. 아이가 있는 집은 공통적으로 겪는 문제가 있다. 손녀들이 쿵쿵 뛰는 시늉이라도 보일라치면 화들짝 놀라 "뛰지 마", "안 돼" 하고 야단부터 친다.

아이들에게도 어른들에게도 보통 스트레스가 아니다. 놀이터에서 같이 놀아 주는 일도 한두 번은 몰라도 힘이 부친다. 큰녀석은 자전거를 타고 다니다 단지 내를 한두 번 돌면 그만 싫증내고, 작은녀석은 미끄럼틀이나 그네에 오르면 나를 계속 불러댄다. 아이들은 언제나 힘이 넘친다.

아이 아빠는 화장실 출입도 그렇고 걸어 다니는 일을 조심해야 하니 아이 보는 일은 내 몫이다. 아내와 며느리는 식단에 맞추어 다듬고 씻고 끓이는 일에 경황이 없다.

집 안에 삼식이가 둘. 아들의 식단은 흰밥 위주에 콩이나 깨, 씨앗 있는 과일은 먹지 말라고 했다. 나는 현미잡곡밥에 채소나 과일 모두 삶거나 익혀 먹도록 되어 있다. 식성도 다르고 장보기도 조금씩 다르다 보니 이 스트레스는 두 여인이 감당해야 할 몫이다.

지금 겉으로는 의연하게 헤쳐 나가는 모습이지만 폭발하거나

첫 번째 깡아리여, 일어나라 갈기를 세워라 23

무너지는 소리가 들리면 심각한 사태가 된다. 식탁에 놓인 반찬 접시를 깨끗이 비워 내는 행동도 스트레스를 덜어 주는 일이다. 아들에게도 가끔 눈총을 준다.

포장이 거창한 구토억제제 에멘드 80mm 캡슐을 3일째 되는 오늘 마지막으로 털어 넣었다. 부신피질 호르몬 니소론정은 아침에 8알, 점심, 저녁 각 6알씩 먹는데 신경쓰이고 맛이 쓰다. 대신 녹여 먹는 위산분비 억제제 가스터디정 20mm는 달다. 그래서 맨 나중에 복용한다.

변이 조금 이상하다. 염소의 것처럼 뭉치면서 한 주먹 정도의 분량이다. 변비 현상은 아닌 듯한데? 기력이 조금 빠지는 느낌이고 주차장의 매연 냄새도 역겹다. 이전에는 없었던 증상이다. 다들 경황이 없다. 시간이 지나면 정신차리고 자리잡겠지.

4일 혹시 비아그라 성분이

2013년 6월 1일 토요일. 햇살이 눈부신 날

배낭에 챙겨 넣은 것은 생수 한 병, 아몬드 한 줌. 해거름의 광교산 숲길은 늘 걷는 길이어도 정감이 간다. 적당히 꼽꼽한 바닥, 발에 밟히는 가랑잎 솔잎의 부드러운 쿠션, 녹음 사이로 새어드는 눈부신 햇살, 솜털을 간질이는 미풍, 보는 사람만 없다면 훌훌 벗어던지고 따스한 양광과 자연의 기운을 세포 돌기마다 가득 채우고 싶다.

아까시 향도 아닌 짙은 향기가 코끝에 풍겨 돌아보니 꽃잎을 팝콘처럼 풀섶에 흩뿌린 나무가 있었다. 인터넷에서 찾아보니 때죽나무다. 은은한 꽃향기를 한동안 음미했다.

치료가 시작되면서 아내가 배낭 챙기는 일이 확 줄었다. 야채수프다 과일이다 뭐다 하며 바리바리 넣어 주던 그 많은 것들이 사라진 것이다. 무게가 줄어 배낭이 가볍다기보다 아내의 희망과 기대가 빠져 버렸기에 더 가볍게 느끼지 않나 싶다.

확진을 받고는 가까운 가족에게만 알렸다. 소문내 봐야 도움 받기보다 전화에 먼저 지칠 것 같아서. 기억에도 가물가물한 지인의 전화, 솔직히 사양하고 싶다. 식사 시간에 오는 전화, 새벽이나 늦은 밤에 울리는 문자음, 카톡. 내용을 봐야 거기서 거기다.

'용기 잃지 마라', '주님의 가호가 있을 게다', '의술이 좋아 그런 병은 잘 치료된다더라'…. 형식적인 그런 소리를 나도 많이 뿌리고 다녔다. 진정성이 조금이라도 있다면 단 한마디면 된다. '힘들지', '나도 마음 아파.'

진짜 평생을 같이 갈 친구라면 '정 어려울 때 날 불러주게', '뭐든 부탁해, 내가 옆에 있어 줄게' 이렇게 말할 것이다. 문경지교刎頸之交 친구 셋만 되어도 성공한 삶이라고 하지 않나.

지금은 아들이 나보다 더 힘들다. 항문으로 피고름이 나오고 화장실에서 한 시간씩 머문다. 그런 상태에서 베트남에서 같이 근무했던 동료의 결혼식에 간다며 제 처, 아이들과 함께 나서는데 나도 아내도 탐탁지 않은 표정으로 쳐다만 볼 뿐이다. 성인용 기저귀를 차고 용인에서 인천까지 휴게소도 없는 영동고속도로를 타고 갔다 무사히 다녀와서 안도하긴 했지만 후유증이 왜 없겠는가.

아침에 메슥거리던 것이 시간이 지나면서 괜찮아졌다. 턱걸이 5개도 유지했다. 오늘은 나물 반찬보다 상추쌈을 많이 먹었다. 익혀서만 먹다 보니 입맛이 떨어진 것이다. 식사는 정량을 유지하고 변도 색깔, 굵기가 정상이다. 참 이상한 일은 아침이면 그 부분이 빳빳이 발기한다는 것이다. 물론 이전에도 있었지만 매일 이러지는 않았는데. 항암제에 혹시 비아그라 성분이 섞여 있나?

달력에 감염이 우려되는 2주차 일정을 색연필로 표시했다.

5일 아스피린 끊다

2013년 6월 2일 일요일. 불화살처럼 뜨거운 날

혼자 산길을 걸으면 더 많이 보인다. 아내와 동행하다 보면 돌부리를 심심치 않게 차는 아내 신발에 신경쓰랴, 대화하랴, 보폭 맞추랴 주위에 관심을 가질 여유가 없다. 핀잔감인지 몰라도 어쨌든 그렇다.

오늘은 아내가 손녀 둘과 씨름해야 하는 처지다. 아들이 기저귀를 차고 어제 면허증이 나온 제 처의 운전 연습을 도우러 나갔기 때문이다. 가족 여섯 중에 어린 손녀 둘을 빼고 총 동원령이 내려진 우리 집이다. 배부른 며느리라고 예외가 될 수 없다.

집에서 천년약수터는 평소에 왕복 3시간 30분이면 넉넉히 갔다 올 수 있는 거리다. 중간지점에 매봉약수터가 있고 거기서 15분쯤 더 가면 버들치고개가 나온다.

오늘 욕심 내서 천년약수터를 목표로 삼아 백팩에 500㎖ 생수병 하나, 오렌지 하나, 데이비드 소로의 《월든》 책 한 권 넣고 출발했다. 버들치고개에 이르자 나의 사부 김 선생이 아코디언을 연주하며 삼매경에 빠져 있었다. 여느 때 같으면 동석하여 시간을 보냈을 테지만 몸 상태를 체크하는 일이 더 중요하다고 생각되어 떨어지지 않는 걸음을 옮겼다.

천년약수터 벤치까지는 큰 무리 없이 도착했다. 다만 《월든》을 읽다 보니 눈이 침침해 스무 페이지도 넘기지 못하고 접었다.

하산하면서 비로소 체력이 빠진 감이 왔다. 대충 80% 정도, 숨도 가쁘다. 7개씩 하던 턱걸이는 오렌지 먹은 힘으로 5개를 간신히 해냈다. 오늘 산행은 한 시간 더 걸린 4시간 30분이 소요되었다. 이만큼도 다행이다.

항암 치료 때 주치의에게 물어야 할 내용을 빼먹은 것이 있었다. 뇌신경센터에서 처방받은 고지혈증약과 아스피린 복용이다. 아스피린 75일분이 좀 과장하면 한 보따리다. 간호사에게 전화하니 처음에는 그것도 중요하니 계속 복용하라고 했다가, 무슨 생각이 들었는지 담당 선생에게 확인해 보라고 한다.

나는 뇌신경센터에 전화로 확인하지 않고 아스피린을 끊었다. 전화하면 복용하라거나 말라거나 둘 중 하나인데 암 치료가 우선이란 생각에서다. 암 치료약에 혈전 용해 성분이 있는데 아스피린이 가중 작용하여 지혈이 안 된다면 문제 아닌가. 실제로 식탁 다리에 다친 발가락의 출혈이 멈추지 않아 당황했다. 하루나 이틀이면 아무는 작은 상처였는데 일주일도 지난 어제 대일밴드를 떼어냈다.

치료는 뇌신경센터보다는 혈액종양 쪽에 비중을 두기로 했다. 시간이 지나면 또 마음이 바뀔지는 모르겠지만.

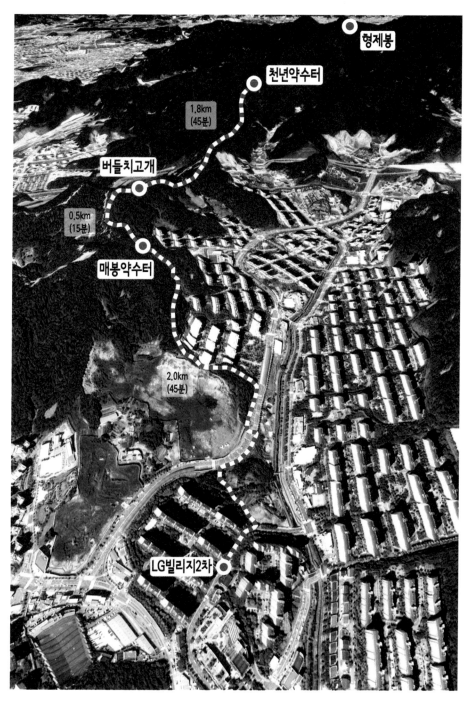

형제봉

천년약수터

1,8km
(45분)

버들치고개

0,5km
(15분)

매봉약수터

2,0km
(45분)

LG빌리지2차

광교산 등산로

그림에서보다 삼림이 제법 울창하다. 몸 상태가 좋으면 천년약수터를 3시간 반에 갔다 온다.
형제봉까지 욕심내기는 아직 이르다.

▲ 버들치고개

▼ 단지내 산책로
  비 내리는 날 산책하면 나뭇잎에 듣는 빗소리의 운치가 특별하다.

6일 내가 살아야 할 이유

2013년 6월 3일 월요일. 더위가 한풀 꺾임

아들아, 들어보렴. 네 비록 이립의 우듬지에 다다라 불혹을 바라보는 나이에 두 딸의 애비요 한 여자의 지아비라 하나, 나에게는 그냥 아들일 뿐이다.

여든 아버지가 이순을 넘긴 아들에게 "물가에 가면 조심하라" 한다는 옛말도 있다. 오늘 아침 일이 그렇다. 20회 방사선 치료는 너 혼자 다녀도 크게 염려하지 않았다. 그런데 오늘부터 3일간은 방사선 치료 후 항암주사를 맞아야 한다지 않니. 내가 운전해 주겠다고 하니 넌 혼자 갔다 오겠다고 고집을 부렸지.

환자인 아버지에 대한 걱정과 미안함, 아니면 가장으로서 체통과 자존감 때문이라면 나라도 그랬을 것 같기는 하다. 지나는 사람들 눈에는 티격태격하는 모습이 부정父情과 지극한 효심이 대결하는 아름다운 실랑이로 보였겠지만, 나는 절박했다.

네 나이 20대 한창 팔팔하던 그 시절, 결핵으로 세면기에 검붉은 피를 토하고서 수건으로 몰래 닦아 발병을 감춘 일 기억하니? 휴학과 복학을 몇 번이나 했는지…. 입학 동기가 군대 갔다 오고 졸업할 때도 병실에 갇혀 울울하게 지냈던 일도. 내 사업을 접네 마네 하던 그 시절, 암보다 무섭다는 다제내성 결핵으로 진행되어 강남 세브란스병원 안 교수에게 살려 달라고 매달렸던 그때를 어찌 잊을까.

키우는 강아지도 아픈 놈에 정이 가고 화초도 시든 놈을 한 번 더 본다지 않더냐. 10년이나 투병하던 네 허파꽈리 한쪽에 남은 희멀건 흔적. 이번에도 결핵성이면 어쩌나 얼마나 마음 졸였는지 잘 알잖아. 항암주사는 보호자가 곁에 있는 게 당연하잖아. 지금 너의 상태는 또 어떻고. 어기적어기적 걷고 있는 너를 그냥 보고만 있으라고. 나는 아직 곁이 멀쩡하잖니.

내가 주장을 꺾지 않은 절실한 이유는 또 있다. 나와 네 어머니의 가슴에 묻은 막내 때문이다. 너와 두 살 터울이니 살았으면 한 가정을 꾸려 외손주를 데려올 나이가 되었겠구나. 식탁에 앉아 밥을 먹다 말고 토하기에 먹기 싫어 투정하는 줄 알고 버릇 고친다며 몇 대 때리고 굶겼었지. 자는 모습을 관심 있게 살폈던들, 약국 문을 두드리지 말고 빨리 병원 응급실로 갔던들….

지난 일은 빨리 잊으라고 하지만 네 어머니와 나는 막내 신발을 아직도 신발장에 숨겨두고 있다. 버리지도 못하고 꺼내 보지도 못하는 앙증맞은 신발. 무슨 운명인지 그 애가 가던 날이 결혼기념일이라니. 사우디로 발령난 나는 바로 떠나야 할 몸이었고.

내 어머니, 곧 너의 할머니께서 올라오셔서 내 등을 치며 하신 말씀이 아직도 생생하다.

"나는 촌에 살면서도 너희 육 남매 다 키웠는데. 아이 셋이 뭐 그리 많다고. 이게 웬일이고."

가슴을 후비는 슬픔은 아이가 아니라 차라리 어머니의 연약한 주먹이었지 싶다.

"더 쎄게 치세요. 어머니, 잘못했습니다. 둘은 잘 키울게요."

그날 어머니께 잘 키운다는 약속을 했다. 네가 살아내는 모습을 확인하고서야 지하의 어머니를 뵐 면목이 선다. 너는 날 위해서 살아 줘야 하고 나는 너를 위해 살아남아야 하는, 오직 그뿐.

이제 우리 가족사에 10년 주기로 어른거리는 어두운 그림자를 거둘 때다.

아들아, 우리 서로 힘내자.

7일 개똥쑥

2013년 6월 4일 화요일. 자외선이 강함

아침 식사를 끝내자 스마트폰에 문자 메시지 신호가 왔다. 대구 자형이다.

"막내한테 대충 이야기 들었어. 뭘 도와줄까. 할 수 있는 일이라면 미국 어디라도….."

콧등이 찡하다. 백만 원군의 함성이다. 면역세포가 용기백배 기세를 올린다. 자형이 어떤 분인가. 천 원 한 장도 허투루 쓰지 않는 분이 아닌가.

전화를 드렸다.

"항암 시작했습니다. 지금 건강은 좋고요."

"전화하기도 그렇고. 개똥쑥이 안 들은 모양이제? 성진이는 치료 잘 하고 있나?"

"좀 힘들어하는데 방사선이 원래 그렇대요."

"여기 모내기 끝나 가는데 한번 올라갈까?"

"지금 병원 다니느라 경황이 없습니다. 나중에 저희가 시간 만들어 보죠."

"아니, 우리가 가야지. 마음 조급하게 묵지 말고 의사 말대로 잘 따라라. 필요한 거 있으면 전화 주고."

자형도 안동 동생이 특효라고 말한 개똥쑥에 희망을 걸었던 모양이다. 그 개똥쑥. 1월 28일 확진받은 다음 날, 우리 내외는 공항으로 나갈 준비를 마치고 콜벤을 기다리고 있었다.

그때 안동 사는 동생이 얼굴이 벌겋게 상기된 채로 개똥쑥 꽃가루 분말과 효소액이 담긴 페트병 2개를 들고 현관에 들어섰다. 나는 짜증스런 표정으로 도로 가져가라고 했다.

개똥쑥이란 이름도 생소한 그것을 먹는 일이 탐탁지 않을 뿐더러 어제까지도 건강한 나를 환자로 보는 데 대한 반발심도 있었다. 동생은 이것을 구하러 새벽에 안동에서 울산으로 가 품질 좋은 것으로 값도 후하게 쳐주고 샀다 했다. 그것도 사정사정해서. 출국 시간에 맞추려 고속도로를 전속력으로 달려서 온 동생이다.

"형님, 한 번만 드셔 보세요. 1500배나 항암 효과가 있답니다."

"그거 넣으면 용량 초과라 짐값 물어야 돼."

"짐값요, 제가 드릴게요."

동생이 애원했다. 형 건강을 애달파하는 동생을 형은 쓸데없는 짓 한다고 나무라기까지 했다. 동생, 내가 생각이 짧았다. 형은 네가 뭐라 하든 달게 받겠다.

개똥쑥 복용은 베트남에서도 귀국해서도 한 번도 거르지 않았다. 개똥쑥 분말은 식전 식후 1스푼씩, 효소는 소주잔 반 컵으로 식후 한 잔씩 복용하면서 개똥쑥에 대한 신뢰가 점차 쌓여 갔다.

그러나 이 신비의 영약은 5월 29일 주치의의 한마디에 식탁에서 치워졌다. 딱 넉 달 복용했다. 자연 치유냐 화학적인 치료냐의 고민도 끝났다.

'개똥쑥이 효험이 있다 없다' 평가하기는 시기상조이지 싶다. 내 체질에 맞지 않을 수도 있고 1년 이상 복용하면 약효가 나타날 수도 있을 것이다. 자연치유요법 대신 병원을 선택한 이유는 치료 후 5년 생존율 통계자료가 있기 때문이다.

개똥쑥으로 치료받다가 5년 내 사망한 사람이 몇 퍼센트나 되는지 어떻게 알겠는가. 오직 나았다는 사람들뿐이다.

근력운동은 평시의 90%, 헬스운동 체스트 프레스나 풀다운 기구의 추를 평소 80파운드에 놓고 15번 3회 했는데 5파운드 줄이니 적당하다. 등산하면서 약간의 현기증과 숨가쁜 증상이 있으나 크게 의식하지 않을 것이다.

새끼발가락 상처가 아직 아물지 않고 있다. 철봉 턱걸이 4개 반. 입에 쓴 니소론정은 어제 점심 때 복용이 끝났다. 니소론을 먹을 땐 차라리 주사 맞는 편이 낫겠다는 생각도 든다.

8일 왜 날카로운 바늘이어야 하는가

버들치고개까지 가는 데도 다리가 휘청한다. 오늘이 2주차 시작이라 면역기능이 떨어진 탓인가. 아들의 병원 뒷바라지로 피로가 쌓였는가. 새벽에 헬스장에 갔을 때만 해도 몸이 가뿐했는데. 사실 한 3개월 몸을 조련하고 보니 가슴이며 팔뚝에서 근육질이 확연히 도드라졌다. 닭가슴살 먹은 것이 그대로 근육에 붙는 느낌이었다.

놀라운 일은 오늘 일어났다. 평행봉에서 내 몸을 밀어올린 것이다. 그것도 두 번이나. 지금껏 한 번도 해내지 못했던 일이다.

그런데 점심 때부터는 기력이 떨어지고 눈이 침침해진다. 2시간 산행에 10번도 넘게 소변을 봤다. 배변은 순두부 형태다. 식욕은 왕성하고 8시간 숙면했다. 모레면 기한이 끝나는 헬스운동을 추가 등록할까 말까 망설인다.

오후에는 아들과 병원에 갔다. 서울 아산병원은 언제나 사람들로 북적인다. 지하 1층은 흡사 시장판이다. 복도를 갈지자로 휘젓고 가는 노인, 껑충껑충 뛰는 어린아이, 휠체어나 하이힐의 소음, 옷가게, 푸드코트, 베이커리를 돌아 미로와 같은 복도를 헤집고 서관 5층으로 간다. 무표정하게 도열한 방, 그리고 문패, 이곳이 공식적으로 독약을 쓰는 곳이다.

역 대합실 같은 대기실 분위기. 푸드코트의 음식 번호처럼 전광판에 깜빡이는 이름. 그 이름의 주인은 한 가장일 것이며 아내일 것이며 자식일 것이며 아버지일 것이다. 왜 우리는 그 이름표를 보고도 무표정한가. 감정이 없는가. 그들이 바로 치열한 삶의 도정에서 상처를 입은 공로자다. 날카로운 바늘 대신 따뜻한 습포로는 치유가 안 되는 것인가.

방사선 치료실은 동관 지하에 있다. 한 시간 여유가 생겨 가까운 도서열람실에서 《월든》을 펼쳐 두어 줄 읽다 말고 그냥 눈을 감았다. 몸이 바닥으로 가라앉는다. 코를 골았는지, 아들이 깨워서 화들짝 일어섰다.

아들의 항암 병행 치료는 사흘째인 오늘로 끝나고 방사선 치료 3회만 남았다. 아들은 지금이 한 고비다. 배변도 어렵지만 무엇보다 먹어야 하는데, 그러잖아도 짧은 입에 항암제 주사까지 맞았으니 무척 힘들 것이다. 178cm 키에 57kg, 애쓰는 모습이 안타깝다.

아들아, 파이팅!

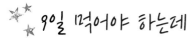

9일 먹어야 하는데

2013년 6월 6일 현충일 목요일. 계속되는 불볕더위

아침밥을 먹으며 투정하는 여섯 살짜리 손녀에게 국기를 같이 내걸자며 얼렀다. 아이는 역시 아이다. 제 아비가 한 수저를 놓고 몇 분씩 뜸 들이는 것이 저에게도 허락되는 줄 알고 있다.

호국영령을 추모하는 날이 우리 집에서는 모처럼 맞이한 휴일이다. 어수선하게 갈피를 못 잡던 주방도 자리를 잡아간다. 누룽지를 물에 말아놓고 시간을 쪼개고 있던 아들이 점심엔 만둣국을 먹자 한다. 살색이 시꺼멓게 변한 초췌한 몰골, 안간힘을 쓰는 모습이 안쓰럽다. 고통은 때로는 본인보다 지켜보는 사람이 더 아플 때가 있다. 살아남아야 미래가 있다. 잘 살고 못 살고는 아무것도 아니다.

오전에는 팔팔하던 기운이 점심때가 지나면서 축 가라앉는다. 몸속에 들어간 약 기운 때문인가. 2~3일 전부터 배뇨 횟수가 평소보다 많아진 것 같고 잔뇨감이 있으며 밤 3~4시경 배뇨기로 잠을 깨는 경우가 있다. 일주일 전 발가락 상처는 이제 아물고 있다. 반신욕은 숨이 차서 샤워로만 끝낸다. 키 164cm에 체중 61.5kg±500g 일정하다. 식욕은 왕성하고 현미잡곡밥에 시래기된장국, 닭가슴살, 꽁치 한 토막, 나물, 우유, 계란프라이, 요거트와 사과, 수박, 참외를 먹는다.

헬스 근력 기구는 평소의 무게로 원상회복했다. 복부 팽만감이 아주 미약하게 느껴지나 병기病氣 증상의 일종인지 신경이 예민해서인지 모르겠다. 오후에 조금 늘어지는 증세 외엔 별다른 신체 반응은 없다.

아들은 아침저녁 며느리와 한 시간 정도 산책은 하지만 숙면을 못 하는 상태다. 누룽지밥과 생선, 김치 몇 점. 구토는 없으나 식욕 부진으로 식사량과 질이 나의 50% 수준도 안 된다. 점심에 떡만둣국을 먹는데 만두소에 든 파 때문에 결국 맨 떡국과 계란말이로 식사를 마쳤다. 배변 문제로 화장실에 자주 가고 섬유질이 있는 음식은 기피한다. 세브란스병원에서 발간한 암 식단 책자를 놓고 어른 넷이 머리를 맞댔다.
풀어야 할 숙제를 순서대로 나열했다.
1. 아들의 식사
2. 아들의 운동
3. 아들의 숙면
4. 나의 감염주의
5. 나의 숙면

10일 깡아리여, 일어나라 갈기를 세워라

2013년 6월 7일 금요일. 기세 꺾이지 않는 불볕더위

깡아리-깡다구의 경상도 사투리, 깡다구-악착같이 버티어 나가
는 오기를 속되게 이르는 말. 유의어-깡, 배짱, 오기.

잘 벼린 낫처럼 '깡아리'란 화두를 꺼내들었다. 절체절명의 순간에
내 속으로 들어와 든든한 우군이 되어 주었던 그 단어.

때로는 무모하기도 한 그 깡아리가 숱한 고비에서 구해 주었고
오늘의 나를 만들었다.

대학 진학을 반대하셨던 아버지의 뜻을 거역하고 30리 길의 고
모부를 찾아가 거짓말로 입학금을 빌렸던 일, 숙식을 해결하기 위
해 제법 사는 집의 문간방에 거처하면서 정원 손질이나 자질구레한
집안일을 하며 머슴 노릇해 준 일, 중학생인 그 집 딸의 과외 공부,
'무역통신'이란 일간통신지를 대구 침산동 공장 지대에 하루도 빠짐
없이 페달을 밟으며 돌린 일….

입에 단내 나는 ROTC 사단 훈련에 작은 체구로 낙오되지 않으
려 기를 쓰고 버텼던 일, 울진·삼척지역 공비 토벌용 작전도로 공
사에 소대장으로 투입되어 다이너마이트를 터뜨려 가며 재소자들인
국토건설단과 공사했던 일, 월남어 한마디도 못하면서 십자성부대

첫 번째 깡아리여, 일어나라 갈기를 세워라 39

민사장교로 복무했던 일, 실력도 경험도 없으면서 3군사령부 창설 설계장교로 능력에 비해 과중한 임무를 수행했던 일, 무일푼인 주제에 아내와 속전속결 결혼에 골인한 일, 짧은 영어 실력에도 중동의 공사 현장에서 코디네이터를 한 일, 건축사며 기술사 시험…. 고비고비마다 깡아리를 불러내 해결했다. 이 깡아리가 주저앉으려는 나를 받쳐 주었다. 깡아리가 없었다면 나는 이 세상에 존재하지 않았을지도 모른다.

실체를 만질 수도 없고 볼 수도 없는 깡아리여, 전운이 감도는 내 육신에 공을 세울 마지막 기회가 왔다. 여포呂布의 방천화극方天畵戟을 호로관으로 쫓아 버리는 장비의 사모창 같은 깡아리여, 일어나라! 그리고 갈기를 세워라!

헬스클럽 3개월 티켓을 끊었다. 앞으로 몸 상태가 어떻게 될지도 모르고 감염될 우려도 있다며 반대하는 아내를, 내 지나온 삶의 행적으로 보면 이건 '도전'이란 말 축에 들지도 않는다고 설득했다. 이제야 근력운동에 조금 재미가 붙는 중 아니냐고. 여기서도 깡아리가 위력을 발휘했다.

팔의 알통, 가슴 대흉근, 그리고 제법 도드라진 허벅지의 근육, 거울에 비친 내 몸이 자랑스럽다. 보디빌더의 우람한 육체미는 아니더라도 내 체격에 맞추어 몸이 조금씩 만들어진다는 게 신비스럽고 보람도 있다.

11일 20년 후의 상상일기

2013년 6월 8일 토요일. 계속되는 불볕더위

타임머신을 타고 가 20년 후의 항암일기를 살펴보고 싶은 생각이 들었다.

1차 항암 때부터 투병일기를 쓴 지 7,300일째다. 감회가 새롭다. 나는 이미 20년 전에 완치 판정이 났다. 2개월마다 하던 유지요법이 언제 끝났는지 기억에 없다. 투병일기를 빼놓지 않고 쓴 자신이 대견하다. 시작할 때만 해도 자신이 없었는데.

암에 대하여 일 년에 한 번 하는 건강검진만으로 재발 여부를 판정한다. 혈액검사로도 충분하다. CT도 많이 개량되었다. 방사선량이 1/3 수준인 종합진단기가 CT/PET를 대신한다. 별도로 병원에 영상자료를 신청하지 않아도 각 개인의 정보가 스마트폰에 저장된다.

모니터를 보고 판에 박힌 처방만 내리던 의료진은 다른 분야 연구직으로 전업했다. 전국민 5,000만 명의 유전자 DNA 구조가 확인되어 C82.9로 분류된 내 코드가 C82.486a로 바뀌었다. 20년 전 최초진단 시 100종류 정도였던 아형이 10,000종류로 세분화되었고, 리툭시맵의 항암제도 울트라 리툭시맵이 3세대 항암제로 등장, 각 아형별 맞춤 처방이 가능해짐으로써 재발률이 급격히 감소하게 되었다.

R-CVP니 R-CHOP이니 오직 그 방법에 매달리던 시대는 10년 전의 일이다. 리툭시맵의 내성에 50% 정도 반응하던 제발린도 거의 80% 이상 수준으로 발전했다. 암 치료비로 평균 2,500만 원이 든다는 것은 옛날이야기다. 중증환자의 모든 치료비는 국가에서 책임진다. 경험에 의지하는 의사보다 각 아형별로 병리적인 적확한 판단을 내리는, 그리고 친절한 젊은 의사를 선호하며 주사실 분위기도 카페 수준으로 변화했다. 병원의 혈액종양내과도 아형별로 분화되었다.

나와 같은 아형이 전국에 56명 있다. 임상시험 중이지만 줄기세포로 배양한 골수재생 치료가 1~2년 내에 가능하다는 보도도 있고 보면 중증만성질환의 개념이 달라질 것 같다.

유엔보건기구는 각국에서 각각으로 진행하던 암, 치매를 질병 퇴치 1순위로 정해 연구를 표준화하고 인종별로 데이터베이스를 구축하여 세포의 돌연변이 발생 원인, 예방, 치료에 대한 기능의 종합적인 연구 시설을 한국에 건립한다는 뉴스가 있다.

남북 평화지대인 DMZ가 될지 공항 가까운 송도가 될지는 평가위원회의 평가에 따라 조만간 결정될 예정이라고 한다.

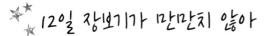

12일 장보기가 만만치 않아

2013년 6월 9일 일요일. 더욱 기승부리는 불볕더위. 서울 32.5도

KBS1 TV의 '강연 100℃' 20년 전에 걸린 대장암을 이겨내고 시인이며 문예창작 교수로 활동 중인 슈퍼우먼 50대 여교수의 성공담을 보았다. 최초 발견 과정이나 병명이 아들과 거의 같아 우리 가족에게는 유용한 모델이다. 정해진 식사 시간, 균형 있는 식단, 운동, 숙면은 나에게도 아들에게도 이상이자 목표다. 그만큼 실천하기가 만만치 않다는 말도 된다.

성남 하나로마트에 갔다. 아들을 남겨두고 아내, 며느리, 그리고 손녀 둘. 과일 가게에 들러 아직 덜 익은 토마토 한 상자를 담았다. 다음은 채소 코너. 며느리가 서산 호박고구마 박스를 이리 보고 저리 보기를 벌써 다섯 번째다. 2kg 6,900원. 괜찮은 가격이다. 조금 굵으면 어떻고 가늘면 어떠랴. 나는 눈으로만 보고 단번에 고르기를 바랐다.

아내는 남편의 바람은 아랑곳하지 않고 아픈 남편을 위하여 매의 눈으로 최상의 상품을 고르고 있다. 손가락으로 눌러가며. 파프리카는 이 손 저 손 옮겨 다니며 골병들고 있었다.

정육점을 들른 후 곡물 코너로 갔다. 발아현미와 찹쌀효소현미를 놓고 고민한다. 내 생각에는 발아현미인데 판매원이 찹쌀효소현미가 좋다며 거의 강권하다시피 하는 통에 효소현미를 카트에 실었다.
슬슬 짜증이 돋았다. 마스크 때문에 숨쉬기가 불편한데다 졸려서 눈
부비는 손녀를 안았더니 그새 잠들었다.

한마디했다.

"대충하고 갑시다."

아내가 화들짝 놀라 서두른다.

"마트에서 물건 고르는 일이 젤 어렵습네다."

평양에서 왔다는 사람의 말 엄살이 아니다.

13일 근력운동

2013년 6월 10일 월요일. 계속 뜨거운 날. 온도계가 33도를 찍다

며칠째 소변이 마려워 밤 2시에 눈을 뜬다. 몸무게 61.5kg.

나는 돼지갈비찜으로 단백질을 보충하는데 아들은 그것보다 설렁탕이니 피자 같은 음식을 찾는다. 입맛에 맞으면 음식의 질이야 따질 형편이 아니지. 곁에서 지켜보는 사람이 더 안쓰럽다.

아침 기상은 5시 20분. 헬스클럽 개장 시간은 6시다. 아침에 오는 사람은 대체로 정해져 있다. 연령이 많고 몸이 불편하거나 수술했던 분이 많다. 나이로 보면 나는 소년급이다.

조금 일찍 도착하여 인사하고 담소를 나누다가 문이 열리면 일제히 몰려간다. 11시 백화점 개장 풍경과 비슷하다. 대부분 스포츠 타월 하나씩 집어 들고는 자기 취향에 맞는 기구로 간다. 140m 타원형 트랙을 걷는 유산소 그룹도 활기가 넘친다.

나의 아침 운동은 바쁜 스케줄이 없는 한 거의 일정하다.

1. 러닝머신 Treadmill : 속도 6.7km/h 총 3.6km에 200kcal 40분 정도 워킹. 생수 500㎖ 1/3 마심. 숨을 고르며 가볍게 스트레칭
2. Chest Press : 대흉근 발달 80lb 15번 3회
3. 30도 각도 상반신 일으키기 동작 : 처음 60회, 두 번째 20회,

세 번째 20회. 생수 1/3 마심

4. Lat Pulldown : 광배근 발달 80lb 15번 3회

5. Leg Curl : 대퇴 이두근 발달 70lb 15번 3회

6. Bicep : 팔 이두근 발달 65lb 15번 3회

7. Adductor : 내전근 발달 115lb 처음 36회, 두 번째 24회, 생수
   나머지 마심

8. Pec Deck Fly : 대흉근 발달 65lb 15번 3회

9. Leg Extension : 대퇴사두근 90lb 처음 24회, 두 번째 24회,
   세 번째 15회

10. Shoulder Press : 삼각근 80lb 15번 3회

11. 평행봉 : 삼두근 붙들고 어깨 젖히기 50회, 몸 전체 올리기
    3회

1번에서 11번까지 휴식 시간 포함하면 1시간 30분 소요된다.

발가락 상처는 아직도 완전히 아물지 않았다. 샤워와 반신욕을 30
분 한 후 집에 돌아오면 8시 15분 정도 되고, 7시부터 시작하는 전
화 영어 학습을 끝낸 아들이 아침인사를 한다. 큰손녀가 일어나 나
를 반기고 작은녀석은 아직도 꿈나라다. 아침 기도 후 식탁에 앉으
면 아내가 바나나 한 개와 생수 한 컵을 대령한다.

몸이 가뿐하다. 매 끼니 생선이나 육류를 아기 주먹 정도는 먹는
다. 내 체격에 하루 필요한 열량을 1,800kcal로 잡고 400kcal는 운동으
로 소화시키겠다는 목표다.

14일 머리카락이 빠지다

2013년 6월 11일 화요일. 간간이 비, 기온이 적당한 날

  샤워하다 얼굴에 뭐가 묻어나는 느낌에 집어 보니 여러 가닥의 흰 머리칼이었다. 정수리 머리를 잡아당겨 봤다. 묘판의 볏모 빠지듯 뭉텅 빠졌다.

  아! 나도 드디어. 항암 치료 환자의 아웃커밍 징표. 다른 이는 2, 3차 이후에 나타난다는데 나는 불과 14일 만이다. 탈모 부분을 어떻게 가릴까 하는 걱정보다 약발 잘 받는구나 하는 안도감이 먼저 든다.

  ㄱ지역 건축사회 월례회의에 빠질까 하다가 이런 경우일수록 젊은 건축사에게 책잡혀서는 안 된다는 생각에 마스크를 하고 참석했다. 앞으로도 정상적으로 참석할 계획이다. 5시간을 움직인 것이 무리였나, 저녁 무렵에는 만사 귀찮고 삭신이 노글노글, 맥이 하나도 없다.

  대구 누님이 병원비에 보태라며 500만 원을 보내왔다. 일전에 전화하면서 통장번호 어쩌기에 기도만 열심히 해 달라고 했는데 수원에 사는 생질 인호가 내 계좌번호를 알아내어 입금시킨 것이다. 전화기를 들고 한참이나 말을 꺼내지 못했다.

누님이 먼저 말을 했다.

"혼자도 힘든데 둘이나…. 내가 도와줄 게 없다. 올라가 봐야 더 번폐스럽기만 하고."

"누나, 웬 이런 큰돈을. 지금 그리 많이 안 들어. 암튼 고마워. 꼭 나아서 갚을게."

누님의 마음 씀씀이에 형언할 수 없는 감정이 솟구쳐 아내의 눈을 피해 화분만 쳐다봤다.

아들은 오늘이 25회 방사선 치료 마지막 날이다. 지난 금요일, 어제, 오늘 조사량이 너무 높아서인지 잘 견뎌 내던 아들의 신음 소리가 화장실 밖으로 새어나온다. 진통제를 먹어도 별 효력이 없는지 지난밤은 화장실을 들락거리며 꼬박 새고 새벽녘에 잠시 눈을 붙였다 한다.

입맛을 잃은 데다 소화 기능도 제 역할을 못하고 통증까지 극심하다 보니 만일 10회나 15회쯤에서 이런 통증이 왔다면 진즉 포기하고 말았을 거라고 한다.

식탁에 차려진 풍성한 음식을 아들은 멀뚱멀뚱 쳐다만 보고 있다. 얼굴이 많이 야위었다. 이겨내라, 아들아!

15일 불뚝성을 다스리지 못하여

2013년 6월 12일 수요일. 아침에 비, 오후에 갬. 낮기온 22.5도

비가 내려 나뭇잎 녹색이 선명하다. 서둘러 점심을 먹고 ㅅ시에 있는 건축사회 회관으로 갔다. 건축사 실무교육에 참석하기 위해서다. 금년부터 의무화된 제도다. 일이 없어 파리 날리는 사무실이 수두룩한데 제도는 날이 갈수록 엄격해지고 있다. 인재든 자연재해든 사고가 터지면 규제가 는다.

좁은 의자에 5시간 동안 꼼짝없이 앉아 있었다. 면역력이 떨어지는 가장 조심해야 할 날이다. 조심한다고 할 때 사건이 생긴다. 세상일이 그렇다.

아파트 단지 관리소장이 전화를 했다. 7시에 예정된 아파트선거관리위원회 회의에 나의 참석 여부를 확인하는 전화였다. 빠질 생각이었는데 의제가 심각하여 간사로서 모른 척하기도 어려운 상황이었다.

등록된 동 대표가 자격이 있네 없네 한참을 갑론을박했다. 이미 지쳐 있던 나는 하찮은 이 회의가 슬슬 짜증나기 시작했다. 배도 고팠다. 한마디했다.

"위원장님, 규약대로 결정하세요."

위원장은 규약을 보면 결격이 아닌가 했다. 생수를 벌컥벌컥 들이

키다 벌떡 일어섰다.

"저 나갈래요. 이 건이 솔직히 회의 안건으로 상정할 깜이나 됩니까? 규약 규정을 정확히 이해하고 있는 실무자라면 바로 답신해도 될 일입니다."

아차, 너무 나갔나. 에이, 이제는 될 대로 돼라다. 점차 내 목소리가 커졌다.

다시 생수병을 입에 부었다.

"겸임 제한은 동 대표가 되었을 때 적용되는 규정입니다. 저희는 후보 등록을 받고 있는 중입니다. 아직도 뭔지 모르시겠어요? 그가 동 대표로 선출된 후 사임하면 되는 거 아닙니까. 더군다나 후보 등록이 안 되어 이 동 저 동 다니며 권유해야 할 마당에."

회의실 문을 쾅 닫고 나왔다. 여성 김 위원이 감정을 삭이라며 쫓아와 달랬다. 진정으로 내 건강을 걱정하는 표정이었다. 집에 돌아와서도 씩씩댔다. 식구들이 놀라 무슨 일인가 눈치를 봤다.

저녁식사가 끝나고 내가 왜 그의 자격에 대해 열을 내며 변호했는지 스스로도 이해가 안 됐다. 그가 되면 어떻고 안 되면 어떠랴. 또 자분자분 말해도 될 일을 왜 흥분했는지.

알뜰살뜰 건강체로 유지한 내 몸에다 무지막지하게 스트레스를 가한 일이 후회막급이다. 흰 눈자위를 보이며 입에 거품을 문 내 모습에 실망한 위원들을 다시 어찌 볼꼬. 내 불뚝성 때문에 위원장과 위원에게 사과를 해야 할 일을 만든 어리석음이라니. 하나라도 일을 줄여야 할 판에.

16일 화난 아내

2013년 6월 13일 목요일. 두꺼운 구름으로 흐림. 낮 기온 28도

조마조마하던 일이 드디어 터지고야 말았다. 아침 식탁에서다. 아들은 눌은밥에 쥐 눈곱만 한 닭고기를 놓고 30분째 화장실을 들락날락. 먹는 둥 마는 둥하는 상태고, 나는 서재에서 컴퓨터를 보다가 몇 번의 재촉 끝에 식탁 의자에 앉았다.

내 밥은 차려져 있지 않고 닭가슴살이 수북이 쌓인 커다란 공기가 놓여 있었다. 유쾌하지 못한 어제 기분이 완전히 가시지 않아 약간 짜증난 말투로 반쯤 덜어 내라고 했다. 아내가 남는 음식이 너무 많아 처리를 못한다고 원망 섞인 푸념을 내쏘았다. 냉장고도 꽉 찼다고 했다.

내가 되받았다. 나는 내 일정량을 소화시키고 있다고. 그때 옆에 있던 아들이 자기가 먹지 못해서 그런 거라며 자기 탓으로 돌렸다.

"남으면 버리세요. 아니면 조금 만들던가요."

"어떻게 조금 만들 수 있니? 하다 보면 그렇게 되는데."

"버리지도 않고 조금 만드는 것도 못하신다면 나가서 사 먹을 수밖에 없네요."

"무슨 말을 그렇게 해?"

"그렇잖아요. 저도 억지로 먹으려 해요. 배가 너무 아파서 조금씩

먹어야 하니까."

"그만해."

아내가 등산화 끈을 맨다. 아무 중재 역할도 못한 나를 원망했으리라. 아무리 아프다 해도 아들에게 따끔하게 브레이크를 걸었어야 했는데, 때를 놓쳤다.

문화센터에 문학수업으로 외출했다 2시경에 들어오니 아내의 등산화가 보이지 않는다. 점심 약속도 사양하고 집에 왔는데.

며느리의 표정이 어둡다. 전화기도 두고 갔다고 한다. 며느리에게 말했다. 환자라 해도 오늘은 아들이 잘못했다고. 어머니 들어오시는 대로 사과하라고.

아내는 5시가 넘어서야 돌아왔다. 현관 문소리가 나자 며느리가 얼른 마중했다. 표정이 굳은 아내는 점심 어떻게 했느냐는 내 말에 대답도 않고 방으로 들어가 버렸다. 아들은 자기 방이나 화장실에 콕 들어박혀 있었다. 피고름이 계속 나와 증세가 악화된 것 아니냐 하니, 의사가 방사선 종료 후 보름은 갈 거라고 했다고 한다. 그래도 병원에 가야 하지 않겠냐니까 열이 펄펄 끓거나 떼굴떼굴 구르는 통증이 있을 때나 응급실로 가라고 했다는 것이다.

저녁 식탁에 둘러앉았다. 저녁은 며느리가 차렸다.

"아침에 제가 잘못했습니다. 마음에도 없는 말을 막 했습니다."

"…."

"어머니, 많이 속상하셨지요. 잘못했습니다. 앞으로 안 그러겠습니다."

그때 작은손녀가 할머니 품에 쏙 안겼다. 고놈 참, 눈치 하나는.

팽팽하던 긴장이 일순 풀어졌다.

"산에 가도 시끄러워서 원. 웬 여자들이 육두문자를 써 가며 싸우고 남자들이 말리고."

"아니, 좋은 산공기를 마시러 가서 싸우기는 왜 싸워."

아내의 말에 역성들어 줬다. 두 사내, 오늘 저녁만큼은 말투나 행동을 조심하고 또 조심해야 할 일이다.

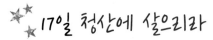

17일 청산에 살으리라

2013년 6월 14일 금요일. 옅은 구름이 따가운 햇빛을 가려준 날

오랜만에 산길을 오른다. 도로변 비탈사면에는 지다 만 싸리꽃이 처녀 입술처럼 쫑긋한다. 40대 여인의 얼굴 옥스아이데이지, 화사한 기녀 같은 개양귀비, 녹색에 고흐의 노랑 물감을 뿌린 전동싸리, 나풀대는 보라의 교태 자주개자리, 군인처럼 도열한 개망초, 순결한 체하는 찔레꽃, 6월의 꽃들이 화사한 차림으로 유혹한다.

깊이 숨을 들이키며 숲속 오솔길에 들어선다. 비릿한 밤꽃 냄새가 진동한다. 밤 겉껍질을 까면 솜털 같은 보늬가 있다. 그 보늬 냄새인가. 왜 밤꽃은 향기가 아니고 냄새라 할까. 스파이시 향수의 강렬한 향을 내뿜던 자잘한 쥐똥나무꽃도 내가 산에 가지 않은 며칠 사이에 지고 말았다.

팝콘처럼 낙화하던 때죽나무의 꽃도 바람에 날렸는지 흔적조차 찾을 길 없다. 아까시의 5월이 가고 밤꽃의 6월이다. 한줄기 바람이 이마를 스친다. 석양의 광교산은 햇살도 부드럽다.

'나는 수풀 우거진 청산에 살으리라. 나의 마음 푸르러 청산에 살으리라.'

테너 박인수의 목소리를 흉내내어 흥얼거려 본다. 가래가 끓어 옥타브를 낮추니 목에서 나던 소리가 입술에서 만들어진다.

송홧가루도, 성가시게 달라붙던 상수리나무 유충, 송충이 유충도 어디 숨었는지 보이지 않는다. 벤치에 앉아 목을 축이다 스멀거리며 다가오는 땅거미에 쫓겨 서둘러 하산했다.

집에서는 아들이 힘겹게 버티는 중이다. 증상이 심각하다. 살점도 떨어져 나온다 하니 혹시 악화되는 것이 아닌가 걱정이다.
 "병원에 가야 되는 것 아니야?"
판단이야 환자가 하겠지만 가족으로서 지켜보는 일이 힘들어서 한 소리다.
 거실에 있는 화장실을 전용으로 쓰는데 30분이고 한 시간씩 머무니까 손녀가 문밖에서 "아빠, 뭐해?" 하고 부르기도 한다. 환풍기를 틀고 욕조를 깨끗이 닦아내도 냄새가 난다. 자존심 강한 아들은 흔적을 지우느라 화장실 체류 시간이 곱빼기다.

죽전 신세계문화센터 수필강좌는 매주 목요일에 있다. 수필계의 거목 손광성 선생님이 지도하신다. 여든 가까운 노구에도 학생들의 습작을 치밀하게 살펴 거슬리는 문장이나 어휘를 빨간펜으로 빼곡히 적어서 돌려주신다. 1시간 30분을 꼿꼿이 서서 강의하시며 고전이든 영시든 소설이든 모든 장르를 섭렵, 수필문학의 진수를 콕콕 찍어 맛보게 해 주시는, 열정이 넘치는 선생님이시다.
또 한 분, 톡톡 튀는 의상을 즐겨 입는 멋쟁이 이 선생이 있다. 한동안 글쓰기를 잊고 지내던 내게 손 선생님 교실로 이끈 분이다. 수필집을 두 권이나 냈고 등단 연대도 나보다 빨라 나의 멘토로

삼기로 했다.

어제 논어 수업을 마치고 이 선생이 날 보자고 하더니 뜻밖의 제안을 했다.

"조 선생님, 수필집 낼 생각 없으세요?"

"…."

"빨리 준비하면 금년에는 출간할 수 있을 텐데요."

솔깃했다. 등단한 지 10년이 되었어도 내게 이런 말을 한 이는 그가 처음이다. 작품이 없다고 했더니 사오십 편은 안 되겠느냐고 되물었다. "글쎄요" 얼버무렸다. 그는 시련 중에 책을 출간하면 의미가 클 거라고 했다. 공저가 아닌 나만의 수필집이라니. 마음이 달떴다.

가끔씩 집으로 배달되는 수필집을 대하면 부러운 마음이 들긴 해도 이웃집 꿀단지 보듯 나와는 무관한 일이거니 생각했다. 작품이 충분하고 출판비가 해결된다 해서 책 출간을 쉽게 결정할 일은 아니다. 활자화된 글이 시공을 넘어 많은 독자들에게 읽힌다는 사실이 왠지 두렵다. 출판은 천천히 결정하기로 하되 우선은 원고를 찾아봐야겠다. 몇 편이나 될지.

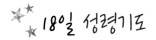

18일 성령기도

2013년 6월 15일 토요일. 맑고 기온 높음

어제 성심교육원에 철야 기도를 가자는 아내의 권유에 잠시 망설였다. 불편한 좌석이나 철야에 대한 부담 때문이기도 하지만, 무엇보다도 성령으로 달아오른 주위 분위기에 내가 맞출 자신이 서지 않아서였다. 특히 통성기도를 할 때 알지 못할 방언이 터지는 그 시간이면 밖으로 달아나고 싶었다. 신심이 약해서인지 분심이 일어나 기도에 몰입이 안 되는 것인지…. 아들 며느리도 감염을 주의해야 한다며 내가 가는 것을 에둘러 만류했다.

장롱면허자인 아내는 정 안 되면 새벽에 데리러 오는 일만 해 달란다. 결혼 이후 지금까지 행당동 친정조차 한 번도 혼자 다녀온 일이 없는 아내다. 아내에겐 운전기사로 내가 필요한 존재다.

그저께 일이 문득 생각났다. 음식 문제로 속상한 아내에게 따뜻한 말 한마디 하지 못한 채 우물쭈물 넘어간 그 일.

'죽은 사람 소원도 들어준다는데 산 사람의 소원쯤이야.'

시원스럽게 같이 가자 했다.

교육원은 집에서 15분 걸리는 동천동에 있다. 서울과 지방에서 올라온 버스가 예닐곱 대 주차해 있는 걸로 보아 매주 금요일 밤부터 토요일 새벽까지의 철야 기도가 소문대로 유명하기는 한 모양이다.

주님의 섭리인가 아니면 기이한 인연인가. 하노이 한인성당에 계셨던 신부님이 강론을 하셨다. 주제가 '감사하라'였다. 하노이 교구 '요셉 느 꽝 끼엣' 대주교님이 박해를 받아 구금되어 있으면서 체험했던 이야기를 들려주었다. 수단도 빼앗기고 열악한 음식, 살만 가린 남루한 의복, 누우면 발꿈치가 닿는 독방에 몇 년을 갇혀 있으면서 '주님께 감사'를 깨달으며 절망과 분노를 극복하고 마음의 평온을 찾았다는 대주교님의 간증이다.

대주교님은 매일 아침이면 작은 창문으로 폭포처럼 쏟아 내리는 햇볕에 감사하고 창살에 맺힌 영롱한 이슬에 감사하고 별과 달이 친구가 되어 주는 것에 감사해서 "저는 주님께 드린 것이 아무것도 없는데 주님은 이 세상 모든 것을 저에게 주셔서 감사합니다"라는 묵상을 하며 뜨거운 감사의 눈물을 흘렸다고 한다.

그런데 4개월 전 하노이에서 손녀 정원이의 유치원 선생님으로부터 그 대주교님이 감옥에서 쓰신 기도생활 체험담인 《삶의 양식》을 선물받은 적이 있다. 확진받고 마음정리가 안 된 상태에서 설날을 아들집에서 보내겠다고 하노이에 갔을 때, 며느리가 그 선생님에게 내 상태를 알린 모양이다. 그 시기에 아들도 실제로는 암에 걸려 있었는데 몸속에 무엇이 자라고 있는지도 모르고 배가 아프면 진통제나 소화제로 달래고 있었다. 베트남의 의료시설이 열악하다 보니 휴가 계획에 맞추어 한국에서 건강검진 할 요량이었던 것이다.

스스로 식사할 수 있고 타인의 도움 없이 용변을 보고 글을 쓸 수 있는 일은 누구에게나 주어진 능력이겠거니 했다. 공기나 물처럼 무연히 얻을 수 있는 무엇으로 알았다.

 강론을 듣기 전까지는 나의 지적 능력, 사고력 수준이 그 정도였다. 신부님은 내가 이만큼 살고 있는 것이 내가 잘나서가 아니라 한국에 태어났기에, 주위에서 도와줬기에 가능하다고 열강하셨다. 덕분에 '감사합니다'란 말이 절로 나왔다. 주변을 잠시만 살펴도 감사해야 할 것들이 널려 있는데 나는 여태 알아채지를 못하고 있었다니.

 찬양 분위기에 동화되지 못해 갇혀 있던 영혼이 강론과 안수의 과정을 거치면서 새 옷으로 치장하고 밖으로 나왔다. 볼 수 없고 들을 수 없는, 오감으로 체험하지 못하는 성령의 현존을 비로소 마음속에 받아들이며 신실한 감사 기도를 바쳤다.

19일 가발을 맞추다

2013년 6월 16일 일요일. 장마 예보로 더위가 수그러짐. 29도

머리가 얼마나 빠졌는지 두피가 훤히 드러난다. 남은 것이 10%나 될까. 흰머리라 더욱 튀게 보이는지도 모르겠다. 아침 식탁에서의 대화.

"남자도 머리카락 빠지는 게 찡한데 여자는 어떻겠어요. 눈물나겠어요."

아내의 말이다.

아들이 참지 못하고 대꾸한다.

"요즘 연예인들은 대머리가 아니어도 머리 미는 사람들 많던데요. 그리 보기 흉하지 않잖아요?"

"유행 따라 미는 것과 아파서 머리칼 빠지는 게 같냐?"

남의 시선을 무시한다면 대머리가 건강을 위해서도 나을 것 같기도 하다. 우선 빗이 필요 없다. 샴푸, 헤어토닉이며 트리트먼트 같은 화장품을 치워 버려도 되고 염색약에서 해방된다. 노출 부분은 모자나 스카프로 코디할 수도 있다. 이상한 시선으로 보는 사람이 없다면 이 기회에 그냥 밀고 다닐까. 백발보다는 낫지 않을까. 한번 생각해 볼 일이다.

아직 머리칼 말고는 눈썹이나 그곳은 조용하다. 정보에 의하면

털이란 털은 죄다 빠진다는데 언제 기별이 있을지 궁금하다. 2차 항암에 나타나려나.

인터넷에서 패션 가발 쇼핑 정보를 보면 남자용은 연예인 또는 터프가이 같은 젊은이 스타일뿐이다. 흰머리는커녕 그레이색도 안 보인다. 하긴 백발노인에게 가발이 뭔 필요하겠는가. 경제적인 형편에 이리저리 재다가 유명 상표 흉내 내는 곳을 알아냈다.

내 머리 색깔에 맞춰 달라고 했다. 첫마디에 "안 됩니다." 말을 탁 잘라 버린다. 가발은 백발이 없는 모양이다.

영화 〈대부〉 주인공 말론 브란도의 잘 빗어 넘긴 머리칼을 염두에 두었던지 아내가 그레이 톤은 없느냐니까 흰 머리카락이 20프로 정도 섞인 샘플을 보여 준다. 요리조리 살펴보던 아내, 흰머리 10프로만 심어 달라고 백발 쪽이 아닌 흑발로 주문했다. 나는 아내의 의견에 따랐다. 나보다 아내가 더 많이 쳐다볼 물건이니 고집 피울 일이 아니다.

20일 방사선 치료가 최선인가

2013년 6월 17일 월요일. 낮에는 구름, 햇살 교차하다가 밤늦게 실비

어제부터 아들의 병세가 차도를 보였다. 지난 토요일보다 입맛이 돌아오고 통증도 확연히 느낄 만큼 줄었다 한다. 2시간 산책도 했다. 다행이다. 아내도 나도 화색이 돈다. 본인은 표현 않는데 며느리 말이 고관절과 항문 부위의 피부가 꺼멓게 변하고 우툴두툴하며 딱딱해졌다 한다. 지독한 방사선의 부작용이다.

치료는 고맙지만 때로는 꼭 방사선 치료가 최선인가 회의가 없지 않다. 검진 시 엑스레이 1회당 방사선 조사량이 1mSv(밀리시버트)인데 치료는 1회당 200mSv. 그걸 25회나 쏘였다. 엑스레이 5,000배의 방사선량이 몸의 작은 부위에 집중 조사된 것이다.

게다가 처음 3일과 나중 3일은 항암주사를 병행했으니 사람 골병 들이는 것이다. 고관절 부위에서 조사하면 관절 부위는 퇴행성관절염을 피하지 못하게 되고 직장 바로 뒤에 겹쳐진 소장까지 피폭을 면할 수 없다고 한다. 주치의 유 교수가 아이 더 가질 계획 있느냐고 물은 이유가 있었다.

아내가 고춧가루 없이 물김치를 담근다. 나보다 까다로운 아들의 식성에 맞추어 식단을 차리는 것이다.

집에는 두 손녀가 보배다. 아침에 잠을 깨고 나오면서 언제나 방긋

웃는다. 애들 울음소리를 들은 기억이 한 번도 없다. 손녀들이 없었으면 얼마나 적적했을까. 알게 모르게 우울증이란 괴물이 덮쳤을지도 모른다.

큰녀석이 책을 펴놓고 공부를 한다. 가갸거겨고교구규…. 작은녀석이 옆에 앉아 제법 비슷하게 흉내 낸다. 가갸거거….

식탁에서 아내가 웃고 며느리가 웃고 나도 미소 짓는다. 아빠 선생님이 한눈파는 큰녀석에게 엄한 목소리로 말한다.

"조정원 학생, 여기 읽어 보세요."

"가갸거겨…."

4월에 귀국하고 보니 도중에 받아주는 유치원이 없어 집에서 과외하는 중이다. 유치원보다는 학습효과가 나을 거라고 하는데, 나는 글쎄다. 유치원 생활은 사회성을 키우는 장점이 있고 계획된 진도로 지능 발달 효과가 기대되는 반면, 집에서는 들쑥날쑥 될 수밖에 없는 환경이다. 세대 간에 가치 판단 기준이 다를 테니 나는 손녀의 교육에 대해 아무런 말도 하지 않으련다.

어제 심하던 기침은 다소 가라앉았다. 암센터 간호사에게 전화하니 심하면 근처 의원의 처방을 받아도 되는데 해열제만큼은 자제하는 게 좋겠다고 한다. 항암제로 인한 부작용인지 여부를 먼저 확인한 후에 치료하는 것이 바람직하다고. 마음에 드는 말이다.

21일 경제적이고 실천하기 좋은 항암요법 4가지

2013년 6월 18일 화요일. 아침부터 비, 30mm 장마 예보

암센터 간호사에게 또 전화했다. 주사 후 둘째 주가 면역력이 가장 떨어진다고 하는데 더 자세히 알고 싶다고. 예를 들어 첫째 주 마지막 날은 괜찮다가 두 번째 주가 되면 팍 떨어진다는 말인지.

간호사는 확률적으로 그렇다는 것이지 딱 부러지게 어느 날이 위험한지는 알 수 없다고 했다. 개인차가 많으므로 3주 내내 조심해야 한다고. 그러면 3주 중 면역력이 가장 높은 날은 언제쯤이냐고 물었다. 가끔 약속 날짜 잡을 일이 생기기도 하니까. 간호사가 주사 맞기 하루나 이틀 전이 가장 좋고 주사 맞은 날부터 일주일 이내가 그 다음이라고 대답했다.

현재 나의 상태는 한밤 두 시경 배뇨로 잠을 설치고 낮에 7~8회 소변을 보는데 잔뇨감이 있다. 대변은 황금색으로 회복했고 발가락 상처는 딱지가 앉았다. 근력운동으로 0.5ℓ 땀 배출, 반신욕(41℃에서 20분)으로 0.4ℓ 땀 배출. 체중은 61.5kg에서 왔다 갔다 한다. 아들도 황금색 변이 자루로 나왔다며 오랜만에 웃었다. 빠른 차도를 보인다.

지금껏 내가 알고 있는 의학 상식을 정리해 본다. 의사든 자연치유 주창자든 공통적으로 강조하는 항암요법이 있다. 적당한 운동,

매일 20분 햇볕 쬐기, 체온 올리기, 숙면, 충분한 물 섭취, 균형 잡힌 식사, 스트레스 받지 않기.

비타민은 먹어라 마라 헷갈리고, 야채 스프도 의견이 분분하다. 식물성 단백질은 섭취 속도가 느리다고 하고, 동물성 단백질은 항생제가 들어 있다니 무얼 먹으라는지 가늠하기 힘들다. 병원에서는 동물성 단백질을 강조하지만.

적당한 운동과 체온 유지 같은 항암요법이 매력적인 것은 경제적이면서 실천하는 데 큰 힘이 들지 않는다는 것이다. 평소 습관에서 조금만 신경쓰면 할 수 있는 일 아닌가. 음식은 아내의 고유 권한이면서 비용이 드는 부분이고, 스트레스는 피하려 한다고 될 일이 아닌 경우가 많으니 제외하고 나머지는 나의 주도하에 행동에 옮기면 된다.

내 나름으로 실천하기 좋은 항암요법 4가지를 정리해 본다.

1. 적당한 운동 : 매일 근력운동과 광교산 천년약수터까지 3km 산책하기(적어도 이틀에 한 번)
2. 체온 관리 : 여름에도 체온 유지 옷차림, 헬스 후 대중탕에서 반신욕 20분 하기
3. 숙면 : 9시 30분 이내 잠자는 습관 들이기
4. 충분한 물 섭취 : 500㎖ 생수병 휴대하고 수시로 섭취하기(하루 2ℓ 기준)

22일 2차 항암주사실 풍경

2013년 6월 19일 수요일. 비 갠 상쾌한 아침

2차 항암주사 맞는 날이다. 병원에 가기 전 헬스클럽에서 어제 신청한 In Body Test를 받았다. 100일 전에 첫 등록했을 때 측정한 것과 얼마나 달라졌는지 궁금했다.

결과는 바로 나왔다. 체중, 골격근량, 체지방량이 표준 이상이고 체지방률, 복부지방률도 표준을 넘어섰다. 내장 지방량도 줄었다. 들쑥날쑥 어지럽던 막대그래프가 표준을 넘어 가지런히 정렬되어 있었다. 체크하던 인스트럭터도 깜짝 놀란다. 67세에 단 100일 만에 이런 변화를 보인 것은 드문 케이스라고 했다. 체중은 그대로 변화가 없는데 체지방 2kg가 골격근량으로 수평 이동한 것을 알고 나도 신기했다. 신체발달 종합 포인트가 75에서 80으로 우등생 반열에 들어섰다.

의사 앞에 앉아서도 양호한 테스트 결과에 들떠 있었다. 금년에 전문의가 된 젊은 의사가 2차 진료를 했다. 주치의는 학회 세미나 때문에 자리를 비운다 했던가. 2차 항암주사약은 1차 때 이미 결정한 것이고 2차 진료야 환자로부터 경과나 듣고 부작용이 있었는지 확인하는 정도니 신참에게 맡겨도 괜찮다 생각하였으리라. 나에게는 내 몸이 우주보다 더 큰 존재이거늘. 그래서 선택 진료를 받는 것인데….

왜 가슴 사진을 찍었는지, 혈액검사 결과는 알려 줄 수 있는지, 밤에 기침하는데 약 처방은 되는지, 뇌신경센터에서 처방한 고지혈증약, 아스피린을 복용해도 되는지를 노트에 적어 두었다가 물었다.

노트를 꺼낼 때 슬쩍 표정을 살폈다. 낯빛이 변하면 도로 넣을 생각이었다. 젊은 의사의 안경 너머 눈동자가 맑았다.

가슴 사진은 종양과는 상관없이 약으로 인한 상황 판단용이고, 혈액검사 수치는 모르는 게 좋다고 말했다. 굳이 알고 싶다면 알려 드릴 수는 있는데 숫자에 너무 예민하지 않는 것이 건강상 좋을 거라는 얘기다. 전적으로 공감한다고 했다. 기침약을 추가로 처방해 주었고 아스피린은 계속 복용해도 된다고 했다.

항암주사실은 새로 신축한 건물이어선지 병실이 깨끗했다. 내가 신경을 많이 쓰는 화장실이 깨끗해서 좋았다. 침대에 누우면서 간호사에게 부탁했다. 내 몸에 들어가는 주사액과 용량을 적어 주면 고맙겠다고. 간호사가 생긋 웃으며 "네" 하고 나가더니 출력한 프린트물을 갖고 와 "이거면 되겠습니까?" 하고 전해 주었다. 웃을 때 예쁘다 생각했는데 친절한 모습이 더 아름다웠다.

부작용 처치제(발열, 구토 억제)를 30분 넣고 10분 쉬었다가 리툭시맵이라는 맙테라 500㎎을 2시간 남짓 주사했다. 붉은 약 아드리아마이신 50㎎, 에독산 500㎎을 50분, 마지막으로 빈크리스틴 2㎎을 10분, 해서 총 3시간 40분 만에 끝났다. 1차는 5시간 소요되었는데 그때는 오한이 들어 열을 좀 낮추느라 시간이 걸렸던 모양이다.

창밖을 본다. 병상의 쓸쓸함을 달래주는 푸른 나뭇잎의 군무에 눈길이 간다. 5인 병실에 4명이 입실해 있다. 병명은 달라도 끝 글자가 같은 사람들만이 올 수 있는 이 병실, 어두운 얼굴은 없었다. 쉽게 말문을 텄던 폐가 아픈 옆 침상 남성 환자, 그 옆 침상 역시 폐가 아픈 할머니, 그리고 말이 없던 건너편 침대 아주머니, 오늘 같은 시간 같은 병실의 환우였다. 헤어질 때는 서로 잘 치료하고 꼭 완쾌하라고 위로의 말을 전했다.

유쾌했던 아침 기분 때문인지 저녁은 닭가슴살 샐러드를 마음껏 먹었다. 주사 후 첫 소변에 섞여 나온 아드리아마이신의 붉은색이 섬뜩했다. 시간이 갈수록 와인 몇 잔 마신 것처럼 정신도 육신도 몽롱해진다. 아파트 단지 주변을 40분 정도 산책하고 9시에 집에 돌아왔다.

약효가 눈에 먼저 나타났다. 벌겋게 물든 눈동자, 세수해도 계속 끼는 눈곱이며 풀린 눈자위가 9시 뉴스 채널을 끄게 했다. 졸리지 않아도 침대에 누웠다.

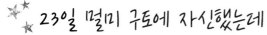
23일 멀미 구토에 자신했는데
2013년 6월 20일 목요일. 비가 남녘으로 물러가고 더위 시작

체중이 0.7㎏ 늘었다. 주사 영향이 아닌가 싶다. 헬스의 강도는
평소의 60%로 낮추었다. 울렁거리거나 메스꺼울 때 먹으라는 구토
억제제 멕페란정 5㎎을 점심 때부터 복용하기로 했다. 1차 항암 때
먹지 않은 15일치 약을 2차에서는 먹어야 될 것 같다. 버스를 타고
오는데 도저히 견딜 수 없어 도중에 내려 토하고 말았다. 멀미에 강
하다고 자신했던 내가.

6, 70년대, 파월장병이라면 그 배에서의 멀미를 기억하리라. 업셔
(UPSHUR)호. 2차대전이 끝나고 퇴역했던 배를 다시 징발한 2만5천
톤급 수송선이다. 쌍둥이 배 파렛트와 교대로 부산과 월남을 왕복했
다. 지금 10만 톤이 넘는 크루즈선과는 비교도 안 되겠지만 당시 내
눈에는 어마무시한 배였다. 엘리베이터, 배구 코트, 농구 코트, 영화
관이 있었고 300여 명의 선원과 1,500여 명 병력이 7일 동안 생활
해야 하는 배였으니 결코 작은 건 아니었다.

그런데 그 우람한 배가 대양에 나가니 시냇물에 요동치는 종이배
같았다. 사흘쩬가 나흘쩬가 대만과 오키나와 사이를 지날 때였지 싶
다. 머리가 올라갔다 다리가 올라갔다(피칭) 어느샌 몸뚱이가 왼쪽

오른쪽으로 기울고 틀고(롤링)를 끝없이 반복했다. 침대를 벗어나 화장실로 엉금엉금 기어가는 동료 장교도 있었다. 6인실 장교 선실은 그래도 양반이었다. 6층인가 7층인가 켜켜이 선반으로 달려 있는 1,000명 수용의 사병 선실은 통로 여기저기 쏟아 낸 토사물을 치우느라 난장판이었다.

출항 3,4일째 대만 해역을 지날 무렵엔 대다수가 비실비실했다. 멀미도 멀미지만 오물을 밟지 않도록 조심해야 했다. 미끄러져서 뇌진탕 진단이라도 나온다면 헬기로 필리핀 클라크 기지로 이송될 수밖에 없고, 그렇게 된다면 월남 땅은 밟아 보지도 못하고 조기 귀국할 수밖에 없었다.

군의관을 찾아가 멀미약을 달라 하니 바닷바람을 쐬는 것이 유일한 치료라며 갑판으로 내쫓았다. 자기도 죽겠다고 했다. 목까지 차오르는 그것을 나는 깡다구의 힘으로 끝내 이겨 냈다.

그런 내가 식후에 복용하는 구토예방제 에멘드 80㎎ 용량 가지고는 해결이 안 된다 해서 환자 선택 약제인 멕페란을 추가로 처방받아 복용했는데도 구토를 참지 못한 것이다. 나이 앞에 장사 없다는 말이 맞다.

다행히 아들은 눈에 띄게 차도를 보였다. 거무스레한 혈색이 밝아지며 식사량이 늘었다. 광교산에 못 간 대신 밤에 아파트 단지 내 산책길을 온 식구가 걸었다. 손녀의 재롱에 웃음꽃이 피었다. 그 재롱 덕분에 몇만 개의 암세포가 죽었을 것이다.

24일 병을 잊고 살라고?

2013년 6월 21일 금요일. 구름 많음

사람들은 병을 잊고 살라고 한다. 듣기에는 그럴싸하다. 그런데 잊으라 해서 잊히는가. 내가 누구와 벌였던 사소한 언쟁도 며칠 아니라 몇 년이 지나도 잊지 못한 적이 있는데 몸에 들어온 병을 잊고 살라고?

잊었다 해도 수시로 병원에서 호출 명령이 날아와 바늘을 찔러대는데 잊으라고? 마음 편히 이야기하는 그 사람들에게 '당신들이나 세상 온갖 번뇌 잊고 청산에 가서 사시오'라고 말해 주고 싶다.

나의 몸에 자라난 이것이 두려운 존재인 것은 사실이다. 잊으라는 말이 공포에서 벗어나게 도와주고 싶은 충고라는 것을 이해는 한다. 그러나 나는 오히려 병을 잊지 않고 가슴에 새길 수 있다면 새기라는 주장이다.

아코디언을 시작하면서 텔레비전에 나오는 피아니스트의 손가락을 뚫어지게 관찰한다. 도미솔도라도솔, 이제 겨우 '오빠 생각'을 더듬거리는 주제에 음악보다 그의 손가락이 먼저 눈에 들어온다. 친구 같은 김 선생에게 물었다.

"쟤들도 처음에는 콩나물 대가리 봐가면서 치다가 머릿속에 자연

저장된 거겠지. 그런데 손가락 놀림을 보면 거의 무의식으로 치는 거 아냐?"

우문이라도 어쩌겠나.

"연습이야, 연습. 자꾸 연습하면 나도 모르게 손가락이 건반에 가 있다고. 하모니카 불 줄 알잖아. 하모니카 누가 가르쳐 줘서 불었니. 그냥 음에 맞추어 입을 이리저리 움직이다 보면 그 위치가 머리에 기억되지. 연습, 연습."

맞다. 21일째 쓴 투병일기의 4가지 항암요법 운동, 체온, 수면, 물 섭취, 바로 그 연습이다. 연습을 하다 보면 그 못된 놈은 내 무의식의 창고에 들어가 있을 테고 눈에 띄지 않으니 자연히 잊어버릴 것 아닌가. 의식적으로 병을 잊는다는 일은 어렵다기보다 불가능하다는 말이 맞을 것이다. 내 경우는 갈고 닦은 아코디언 연주 솜씨를 선보이며 환우들과 신나게 웃고 즐기게 되는 날, 그날이 그놈을 완전히 잊는 날이 될 것 같다. 아니 잊힐 것이다.

목 부분에 홍반이 잠시 생겼다 사라졌다. 기침은 멈췄지만 목이 잠겨 소리가 갈라진다. 헬스클럽에서 근력운동 70% 강도, 1차 항암 후 5일째 되는 날에는 4시간 소요되었던 광교산 천년약수터 산행은 평소대로 3시간 걸렸다. 새벽 2시에 잠을 깨 다시 숙면을 못했다.

25일 예고 없이 병문안 온 형제들

2013년 6월 22일 토요일. 계속 무더운 날

형제들이 예고 없이 병문안을 왔다. 지금 병원 출입으로 경황이 없으니 나중에 왔으면 좋겠다는 내 말을 무시하고 막무가내 대구에서, 안동에서 올라왔다. 육 남매 중 두 분 형님이 세상을 뜨신 후 사 남매의 형제애가 더욱 돈독해졌다.

망막변성으로 4~5m 전방의 사람을 식별 못하는 누님, 요양 시설에서 청소를 하는 여동생, 재작년 대학교수에서 명예퇴직하고 귀농하여 약초 재배와 자연요법에 제2의 인생을 설계하고 있는 남동생. 누가 뭐래도 자랑스럽고 고마운 혈육이다.

자신의 치료비에서 한 푼 두 푼 아껴 동생에게 거금을 보내 준 누님, 치료가 시작되면 여행하기 힘들다며 태안의 펜션을 예약하여 그곳에서 즐거운 시간을 보내게 해 준 여동생, 개똥쑥이며 와송이며 몸에 좋다는 약초면 어디서든 구해 달려오는 동생.

금년 환갑인 그는 뒷산에서 캔 하얀 민들레를 한 광주리 갖고 왔다. 좋아하는 고춧잎도 듬뿍 담아오고 개똥쑥을 연구 저술한 책자도 주고 갔다. 오빠 일이라면 뭐든 해 주고 싶어 하는 여동생은 내가 좋아하는 백김치, 고들빼기장아찌가 담긴 큰 박스를 들고 눈이 나쁜 언니를 부축하면서 수원역에 내렸다. 대구에서 수원까지 입석으로 왔다고 한다. 콧등이 시큰했다.

누님에게 하룻밤 주무시고 가시라니 얼굴 봤으면 됐다며 점심 마치자마자 자리를 털고 일어났다. 세 사람은 얼마 머물지도 않고 현관을 나섰다.

자연치유론자인 동생에게 그 불확실성에 대해 너무 반박한 것 같아 마음에 걸린다. 고집불통인 형을 보고 답답했을 것이다.

누님은 얼마 전 횡단보도에서 있었던 일을 이야기했다. 혼자서는 길을 못 건너기에 기다리는 중이었는데 황급히 길을 건너는 한 아주머니를 보고 따라갔다 한다. 길 한복판쯤 갔을 때 갑자기 경적 소리가 요란하고 여기저기서 욕지거리가 들려 죽기 살기로 다시 원위치했는데 그 아주머니도 옆에서 씩씩대며 서 있더라는 것이다. 누님은 너무 화가 나서 한마디 했단다.

"아줌마, 무단 횡단하면 돼요?"

"이 할머니가, 나야 무단 횡단하든 말든 당신은 왜 날 따라나서?"

겉모습으로는 누님을 장애인으로 볼 사람은 없다. 그 아주머니의 말도 일리가 있다. 자신의 눈높이에 맞추어 살아가는 세상이니 겉으로 보면 멀쩡한 나 또한 환자 대우 안 해준다고 서운해할 일이 아니다.

기침은 거의 멎고 복부 팽만감이 있다. 밤 2시 30분에 깨서 밤을 꼬박 새웠다. 배변은 아기 주먹 정도 뭉쳐진 모양이고 머리카락은 타월에 묻어나지 않을 정도로 다 빠졌다.

26일 온 가족 광교산 나들이

2013년 6월 23일 일요일. 햇볕 강한 날

느지막이 아침 식사를 하고 온 식구가 광교산에 갔다. 광교산 아래 자락의 매봉약수터. 나들이를 결행한 데는 아들이 용기를 냈기 때문이다. 악화될까 전전긍긍한 때가 불과 며칠 전이었다. 염려해 준 여러분의 얼굴이 파노라마처럼 지나갔다.

낯익은 분도 있지만 이름도 모르는 많은 분들이 우리 가족의 건강을 진심으로 걱정해 주었다. 감사하고 가슴이 벅차다. 그 원력이 아들에게 전해졌을 것이다.

손녀들이 신이 났다. 쿵쿵 뛰지 말라며 눈을 부라리는 사람도 없고 무엇보다 제 아빠와 손잡고 가는 일이 그리 좋을 수 없나 보다.

채마밭 옆의 벚나무 가지를 휘어잡아 버찌를, 오가며 봐 두었던 앵두를 손녀에게 한 움큼씩 따 주었다.

그 녀석들 참, 케이크에 놓인 체리보다 블루베리보다 맛있다고. 그 말에 덩달아 맞장구쳐 준다. 산길에 들어서서도 유쾌한 웃음은 계속되었다.

나는 큰녀석에게 나무에 낀 이끼를 설명하고 나뭇가지를 쥐 길바닥에 써 보라고 했다. 비뚤비뚤 서툰 글씨라도 철자가 맞으니 박수, 박수. 우리 가족이 그 길을 파안대소로 꽉 채웠다.

지렁이 같은 밤꽃에 놀라기도 하고 두더지가 파헤친 구덩이를 막대기로 찔러 보는 등 집에서 하지 못한 재미를 마음껏 즐기게 했다.

유치원에 가지 못하니 체험학습은 광교산이 안성맞춤이다. 유모차에서 징징거리던 작은녀석도 산길을 잘 걷는다. 화장실을 찾아 아들이 급하게 하산하지 않았다면 벤치에 앉아 손녀들 노는 모습을 보며 시간 보내기 그만인 하루였다. 조금 아쉬웠다.

체중은 어제보다 1.3kg 늘어 63.85kg. 체중계가 잘못 되었나 두세 번 쟀다. 점심 먹고부터 힘이 좍 빠진다.

27일 고추를 그려 넣은 손녀

2013년 6월 24일 월요일. 13%나 크고 두 배나 밝은 슈퍼문이 뜬 날

다섯 살 먹은 큰손녀가 화장실 문을 닫으며 호기롭게 소리쳤다.

"할아버지, 응 하면 닦은 것 봐 주세요."

혼자 용변 보고 닦을 테니 엉덩이를 확인해 달라는 말이다.

그런데 한참 지나도 소식이 없다. 소파에서 졸고 있는데 "할아버지, 묻어서 빨았어요" 하는 소리에 돌아보니 물이 뚝뚝 떨어지는 윗옷 소매를 들고 난감한 표정으로 서 있다. 빨았다는데 누르끄레한 색깔이 그냥 남아 있었다. 스스로 해 보다가 소매에 묻어 세면기에서 흔적을 지우려 노력했던 것이다.

할아버지한테 혼날까 얼마나 새가슴이었을까. 이렇게 예쁜 짓을. 나는 그냥 안아 주고 뽀뽀했다.

식구들이 장보러 간다 할 때 손녀는 할아버지와 집에 남아 있겠다고 했다. 지금까지 부모와 떨어져 본 적 없는 녀석이 나와 단둘이 있겠다니 기특해 흔쾌히 허락했다.

사실 어젯밤을 꼬박 새워 은근히 걱정되었다. 적당히 시간 때우다가 녀석과 같이 침대에서 뒹굴다 보면 둘 다 곯아떨어질 거라는 계산도 있었다. 웬걸, 손녀는 시간이 갈수록 말똥말똥했다.

"정원아, 안 졸려? 졸리면 나하고 침대에서 잘까?"

"아뇨, 할아버지. 나 심심해요. 병원놀이 해요. 할아버지는 의사 선생님하고 정원이는 간호사."

아니, 하필이면 병원. 녀석은 잽싸게 장난감통에서 청진기를 찾아 온다. 팔이 흐늘흐늘한 토끼 인형을 눕혀 놓고 진찰하라 한다. 저는 연필로 주사를 놓고.

"토순아, 조금만 참아. 아프지 않게 주사 주께."

아이들은 금방 싫증낸다. 병원놀이도 두세 번이면 시들하다. 그림 그리기를 좋아하는 손녀에게 제안하니 무서운 공안(베트남 경찰)을 그려 달란다. 30개월 된 둘째가 밥 먹다 말고 돌아다니면 내가 겁주는 말이 있다.

"눈썹이 시꺼멓고 눈이 똥그랗고 이빨이 누런 공안 아저씨가 밥 안 먹고 돌아다니는 어린이 잡으러 온다."

아이들 밥투정할 때마다 공안을 써먹었더니 공안이 정말 어떻게 생겼는지 궁금한 모양이다.

나는 눈 부라린 사천왕을 연상하며 최대한 무섭게 그렸다. 그런데 손녀는 하나도 안 무섭다며 다리 사이에 새끼손가락 같은 뭔가를 그려 넣었다. 그게 뭐냐니까 해맑은 얼굴로 대답했다.

"고추, 공안 고추. 헤헤."

장을 보고 온 가족들이 배꼽을 잡고 웃었다. 항암제가 면역 세포의 진을 빼고 기력을 소진시켜도 오늘 하루는 유쾌했다.

속이 울렁울렁하고 목이 완전히 잠겨서 대화가 불편하다.

28일 국가유공자 인정

2013년 6월 25일 화요일. 구름이 두터운 30도의 찜통더위

　　목을 빼고 기다리던 서류가 왔다. 국가유공자로 인정받은 것이다. 6·25전쟁이 일어난 날 온 것이 우연 같기도 하고 필연으로 맞춰 온 것 같기도 하다.

　　「고엽제법 적용대상 결정 및 신체검사 결과 통보」
　　⊙ 등록번호 : 21-691677
　　⊙ 인정질병명 : 비호지킨 임파선암(6급 2항)

　　1월 28일 확진, 3월 12일 보훈병원에서 신체검사 받은 판정서다. 급류에 떠내려가는 위급 상황에 내려받은 구명 튜브라 해도 억지 비유는 아니다 싶다.

　　누란의 위기에서 지원받은 병참이다. 너무나 감사하다. 병참이 끊어지면 그 전투는 패할 수밖에 없다.

　　목이 잠긴 상태가 어제보다 심하다. 그러나 광교산에는 가야 한다. 모래주머니를 차고 산악 행군하던 기억을 떠올리며 집을 나섰다.

　　임관하던 해 북에서 124군 부대가 침투했다. 그들은 다람쥐처럼 날쌨다. 완전군장으로 길 없는 산 능선을 한 시간에 12km 주파했

다. 그 김신조 부대가 우리 군인들의 체력을 크게 업그레이드시켰다. 그때부터 발목과 팔목에 모래주머니를 차고 달리는 훈련이 시작되었다. 평지를 1시간에 4km 걸어가는 속도에 몸이 맞춰진 우리 군대, 세 배나 빠른 그들을 따라잡는 훈련을 하다 보면 거품을 뿜고 픽픽 쓰러졌다. 내 체력이나 정신력도 그 시절에 그렇게 단련했기에 오늘에 이만큼이라도 버티지 않나 싶다.

3시간 30분 걸리는 천년약수터를 가벼운 행장으로 2시간 40분에 주파했다. 중력에 저항하겠다는 무리한 욕심 같아 잠시 머뭇했으나 오기로 나섰다. 결과적으로 잘한 일이었다. 웃자란 노란 쑥갓꽃이 하산하는 나를 반갑게 맞아 주었다.

식욕과 배변은 좋으나 목이 완전히 잠겼다.

콧물 가래가 괴롭힌다.

29일 참을 수 없는 존재의 무거움

2013년 6월 26일 수요일. 바람 불어 폭염이 한풀 꺾인 날

새벽 근력운동이 무리였나. 아침에 심상치 않더니 낮부터 처진다. 항암제의 초토화 작전이 본격적으로 시작된 모양이다.

어제 천년약수터를 갔다올 때의 기백이 하루도 안 되어 증발했다. 납덩이를 매단 것처럼 천근 무게로 지구 중심 멘탈층에 빨려 들어가고 있는 것 같다. 숨도 쉬지 못하고 심연으로 가라앉고 있다.

참을 수 없는 존재의 무거움. 아무것도 하기 싫다. 거실을 어슬렁대다 퀭한 눈으로 화초에 눈길 주다가 다시 책상으로 가 노트북을 연다.

자판이 둘로 보이고 셋으로 보인다. 오늘 일기는 그만 쓰라는 신호다. 천천히 움직여 몸을 눕힌다. 참아도 신음 소리가 삐져나온다. 아내가 걱정스럽게 보고 있다.

울렁증이 남았으나 멕페란은 복용 중단하고 기침약 코푸시럽도 당분간 끊기로 했다. 수면장애가 왔다.

30일 나를 위한 기도는 하지 않을 결심

2013년 6월 27일 목요일. 계속 더운 날

　살펴보면 내게 두 가지 성격이 있다. 나를 중심으로 지구가 돌아 주기를 바라는 에고이즘과 모기 눈곱만큼도 안 되는 이타심이다.

　이 병에 걸리고서 다른 사람이 나를 위해 기도해 주는 일을 대수 롭잖게 여겼다. 은연중 교만해졌다. 영혼이 병들고 있음을 알지 못 하니 깨닫지 못한 것이다.

　성령기도회에서 안규도 도미니꼬 신부님이 나의 콤플렉스를 덜어 주었다. 인간은 육신Body과 혼Soul과 영Siprit으로 구성되어 있는데 최고의 세계는 영이라고 했다.

　자신을 위한 기도보다 나보다 더 어렵고 힘든 사람을 위한 기도를 먼저 하고 그다음에 자기를 위해 기도하는 많은 사람의 영육에 하느 님의 은총을 간구하는 기도를 바치라고 했다. 자신의 구원은 오로지 용서와 참회의 길뿐이라는 것이다.

　그는 이탈리아 아가 수녀님의 예를 들어 주님으로부터 받은 은사 를 소개했다.

　수녀님은 열다섯 살에 발병한 암이 지금은 온몸에 퍼져 있다고 한 다. 현재 칠십다섯의 노구로 전 세계를 누비면서 사람들에게 치유의 기적을 직접 보여 주고, 고치기 힘든 병이 몸에 들었다는 것은 주님께서 또 다른 일을 맡긴다는 계시이므로 감사해야 한다며 불치의 병일수록 큰 은혜라고 했다.

앞으로 어떤 어려운 고비가 있을지 모르나 나를 위한 기도는 되도록이면 하지 않을 결심이다.

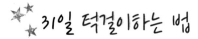

31일 턱걸이하는 법

2013년 6월 28일 금요일. 간밤 소나기에 지열 식음

　전날 5시 15분에 맞춰 놓았던 스마트폰 알람을 풀었다. 하루 일상을 시간별로 짜놓던 습관을 오늘 하루는 무계획으로 지내겠다는 생각에서다. 시간의 물결에 무상무념 그냥 내 몸을 내던지고 싶었다. 7시 30분에 깼다가 다시 오전에 두세 시간 달콤하게 잤다. 일상의 궤도에서 일탈한 효험이 있다. 몸이 한결 가뿐했다. 몸 상태가 좋아지니까 광교산 생각이 났다.

　광교산에 가본 지 한참 되었다. 그곳 매봉약수터에 철봉이 있다. 턱걸이는 뛰어서 봉을 잡자마자 단숨에 1회를 해야 한다. 매달려 축 늘어지면 승산이 없다. 다음 회는 발끝을 봉 앞으로 내밀면서 당겨 올리는데 턱까지 아슬아슬해도 합격이다. 심판은 더 올리라고 하지만 그냥 해 보는 소리다. 세 번째 동작부터는 반동이다. 팔을 80%만 펴고 발끝을 내밀며 순식간에 당겨야 한다. 속도를 빨리 해야 한 번이라도 더 할 수 있다. 또 하나, 봐주는 사람이 있어야 한다. 아내가 볼 때는 7회까지 한 적이 있다. 지금 그곳에 가면 몇 번이나 할까 궁금하다.

　오후에는 몸이 근질근질하여 헬스클럽에서 러닝머신과 근력운동 20% 강도로 몸을 풀었다. 목은 쉰 목소리 내기도 힘들 정도다.

32일 외식하고 싶다

2013년 6월 29일 토요일. 서울 32.6도. 올해 첫 폭염주의보

저녁 특전 미사를 마치고 오는 길에 외식을 하자고 했더니 아들이 기다렸다는 듯이 찬성하고 며느리도 반색한다. 표정을 보니 은근히 기대했던 모양이다.

주사 후 10일차, 감염을 조심해야 하는 기간이라 갈등이 없지 않았다. 영양사나 간호사는 외식의 위험성을 형광펜으로 그으면서 강조한 날이다. 조금 뜸을 들인 다음 눈치를 챈 아들이 조심스럽게 말한다.

"괜찮을까요. 그냥 집으로 갈까요?"

나는 흔들렸던 마음을 바로잡아 괜찮다고 했다.

다음은 음식점 고르는 일인데 그리 만만치 않다. 매운 것, 태운 것, 날것을 먹지 말라는 기준에 맞추어 위생이 좀 염려되지만 동네 입구 바지락 칼국수집을 생각해 냈다.

"바지락 칼국수집에 가자. 나는 조개를 먹지 말라니까 만두만 먹을게."

전원 찬성이다.

며느리가 뜨거운 물에 수저를 소독하여 나와 제 남편에게 건넨다. 플라스틱통에 담긴 정수기 물은 아내와 며느리와 손녀의 컵에만

따랐다.

매일 세 끼를 마련해야 하는, 그것도 위생, 영양, 맛, 3요소를 맞추어 음식 장만하는 일이 어찌 지겹지 않을까. 겉으로 표내지 않을 뿐이지. 일주일에 한 끼 정도 외식한다고 사치라 하겠는가. 고된 주방일에서 잠시 벗어난 아내와 며느리의 밝은 표정을 보면 마음은 매일 한 끼씩은 밖에서 먹고 싶다. 내가 비록 감염의 우려가 있고 비용이 든다고 쳐도.

9시 뉴스 후에 6·25전쟁에 대한 다큐멘터리를 보았다. 누런 콧물에 흙두덩이 덕지덕지 묻은 무표정한 표정들, 바로 내 유년의 얼굴이었다.

백일해를 앓아 잘 걷지 못했던 나는 큰형님의 목에 목마를 타고 피란을 갔다. 고령에서 대구로 가려면 낙동강을 건너야 하는 고령교가 있다. 그 다리를 넘자마자 쌕쌕이 전투기가 피란민을 향해 기총소사하고 네이팜탄 불덩이를 우박처럼 쏟아부었다. 쌕쌕이는 호주기라고도 하는 우리 편 비행기인데 피란민 행렬을 도강한 인민군으로 오인하고 공격한 것이다.

하늘에서 굉음이 나면 공포심에 사람들은 우왕좌왕한다. 누가 먼저랄 새 없이 순간에 아이들 손이고 피란 보따리고 팽개친다. 은폐된 공간으로 뛰어야 산다는 강박감. 전쟁은 생에 집착하는 진솔한 인간의 본성을 보여 준다. 길옆 콩밭으로 뛰어든 피란민들은 밭고랑에 흰 포댓자루처럼 웅크렸다. 그들은 더 넓고 촘촘한 콩 잎사귀가 몸을 가려 조종사 눈에 발각되지 않았으면 하는 바람과 악몽 같은 시간이 빨리 지나가기만을 간절히 빌었을 것이다.

쌕쌕이는 두세 번 더 "두두둑" 하고는 흰 꼬리를 그리며 사라졌다. 그때부터 봇물 터지듯 하늘을 치는 비명소리, 애절한 절규. 내 귀에 피를 토하는 그 소리가 어렴풋하다.

"순길아… 순길아…."

"옥수-운아, 옥순아. 이눔 자식 어딧노. 엉엉."

몇 시간이고 찾아 돌아다녀 봐야 모래밭에 떨어진 바늘 찾기다. 차라리 바늘은 제자리에 있기라도 하지. 하루해가 저물고 땅거미가 짙어지면 부르는 소리도 희미해진다. 이산가족, 전쟁고아…. 스스로 선택한 결과가 아니다. 하지만 결과의 미래는 극명하게 갈린다.

나는 형님이 나를 고랑 바닥에 눕히고 당신 몸을 포개어 이산가족이 되지 않았다고 하신 말씀이 생각난다. 살아생전에 살갑게 대하지 못하고 톡톡 쏘아 마음 상하게 한 일이 후회된다.

'전쟁에서는 아무것도 결정할 수 없다. 오직 살아남는 일밖에는….'

지금 내 몸도 전쟁을 치르고 있다. 식욕 감퇴는 불리한 전황戰況이고 잠 깨는 빈도가 준 것은 유리해진 전황으로 볼 수 있겠다.

33일 액운이 겹친 날

2013년 6월 30일 일요일. 서울 32.9도 폭염 폭탄이 퍼부은 하루

뒤로 자빠져도 코가 깨진다는 말이 있다. 오늘이 그런 날이다. 대학 동창 장우 형의 모친상 부고 통지를 받고 더워지기 전에 오전에 다녀오겠노라며 집을 나섰다. 내가 진료받는 분당 서울대병원 장례식장이다.

오늘은 대중교통을 이용해 보자고 마을버스 정류장으로 간 일이 액운의 시발점이었다. 마을버스를 타면 미금역 6번 출구에 내리고 지하도로 내려가 1번 출구로 가면 병원으로 가는 버스가 있어 그걸 타면 쉽게 다녀올 것이라는 기초지식을 굳건히 믿었다.

1번 출구에서 하염없이 셔틀버스를 기다렸다. 나오지 않는 목소리를 짜내어 사람들에게 물으니 3번 출구로 바뀐 지 여러 해 되었단다. 미금역은 계단이 깊다. 그때 시간이 11시, 점점 태양이 달아오르는 시간이다.

3번 출구로 나오니 마을버스 정류장이 있었고 부채처럼 펼친 안내판에 7, 7-1, 2번 버스가 분당 서울대병원행이며 장례식장은 2번만 경유한다고 쓰여 있었다.

2번을 타야 하는구나, 생각이 들려는 찰나 초록색 2번 버스가 대기 중인 다른 마을버스를 지나 저만치 앞에 정차하는 것이었다. 마스크를

쓴 얼굴로 뛰어가 출발하려는 차를 손을 흔들어 간신히 세웠다. 그런데 그 2번 버스는 서울대병원 건물 방향이 아닌 엉뚱한 데로 달리고 있지 않는가. 화들짝 정신 차려 노선도를 살펴보니 서울대병원이 없었다. 목소리 내기가 겁나 운전기사에게 물어보지 못한 것이 불찰이었다. 일반버스 2번을 마을버스 2번으로 착각한 것을 그제야 깨달았다. 시간은 12시를 향해 치달렸다.

어찌어찌해 미금역 3번 출구 마을버스 주차장에 다시 섰다. 조금 기다리니 마을버스라고 쓴 2번 초록색 버스가 들어오고 7번 노란색 버스도 뒤따라 들어와 섰다. 나는 내 앞의 40대 중년 여인에게 버스가 맞느냐고 확인차 물었다. 이번에는 틀림없겠지.

그는 장례식장은 2번 버스가 가긴 가지만 20분 이상 걸리니 7번 버스를 타고 서울대병원에 내리면 셔틀버스가 수시로 장례식장으로 운행한다며 7번을 타라고 권했다. 7번은 4분이면 서울대병원에 도착한다고 안내판에 써 있던 것을 보았기에 의심 않고 7번을 탔다.

서울대병원 정류장에 내렸다. 셔틀버스는 없었다. 일요일은 운행 중지라고 했다. 작열하는 태양, 가로수 그늘마저 증발되어 버린 길을 터덜터덜 걸었다. 승용차로 30분이면 충분한 거리를 두 시간 반이나 걸려 간 셈이다.

분향하고서 생수병 하나를 벌컥벌컥 비웠다. 장우 형은 몸도 성치 않은데 왜 왔느냐고 걱정했지만 다른 데는 몰라도 휠체어 타고서라도 다녀와야 할 자리다.

집에 와서는 첫마디가 "나 눈 좀 붙일게"였다.

한 시간에 한두 번 나오는 밭은기침이 예사롭지 않다. 신경쓰인다.

34일 좌욕 방법을 찾다

2013년 7월 1일 월요일. 역시 폭염이 기승을 부린 날

어제보다 몸이 가뿐해 큰마음 먹고 헬스클럽에 갔다. 지하 1층 탈의실에서 녹색 유니폼으로 갈아입고 2층으로 올라갔다.

가벼운 준비 체조 후 바로 러닝머신. 6시 뉴스를 보면서 4km 속보 40분, 소모 에너지 220㎉, 땀 배출 200㎖. 근력운동 30분, 평소의 60% 땀 배출량은 셔츠에 젖은 상태를 눈대중해 본 것이다.

영양 섭취 못지않게 중요한 기능이 배설이라고 생각한다. 배설기관의 중요성은 아무리 강조해도 부족하지 않다는 것이 나의 지론이다. 먹는 것은 며칠을 참을 수 있어도 배설은 한 시간을 참기가 힘들다. 힘겹게 사투를 벌이고 있는 아들, 바로 배설기관의 이상 때문이다.

잘 먹게 하는 일은 아내의 권한에 달렸다. 처방은 의사의 고유 권한이고 조제는 약사의 권리다. 스스로 몸을 움직이려는, 배설을 촉진하려는 노력은 환자의 권한에 속한다. 스스로 몸을 움직이는 행동이 운동이라면 배설 촉진 행위는 물 많이 마시기, 운동으로 땀 빼기, 반신욕으로 땀 빼기가 있다.

러닝머신에서 20분이 되면 방귀가 잦고 변기를 느낀다. 복부를 흔드니 장 운동이 활발해짐은 당연한 이치. 근력운동에서 누웠다

머리 일으키기 60회, 20회, 20회를 하면 밤새 묵은 트림이 나온다. 생수 500㎖를 비우고 지하에 있는 대중탕으로 내려간다.

샤워로 몸을 대충 씻은 다음 전신을 탕에 담그고 중앙에 있는 기포방울에 복부를 마사지한다. 탕 안의 다른 사람에게 방해되지 않게 1분 정도 엎드렸다 좌욕하다 다시 1분, 이렇게 반복한다.

벽에 그런 행동을 하지 말라고 쓰여 있지만 탕 안에 사람 없는 시간을 골라 한다. 물방울이 복부의 그놈을 때려 혼절시키리라 기대하며. 자, 지금부터 좌욕. 벌써 이마에 땀이 송골송골 맺힌다. 좌욕하면서 시계를 보면 인내심이 약해진다. 10분까지는 잘 참는다.

15분부터 1분, 1분 견디는 것이 힘들어진다. 18분쯤 되면 그만하고 싶은 생각이 간절해진다. 내 자신이 정한 규칙인데도 갈등이 생긴다.

그래서 생각해 낸 방법이 기도다. 일석이조다. 손가락을 꼽아가며 묵주기도 5단을 끝낼 쯤이면 대체로 20분이 소요된다.

나와 같이 탕에 든 사람들은 4,5분이면 밖으로 나가는데 나만 인내심을 갖고 버틴다. 18분 정도 되면 좀 과장해서 양동이로 물을 끼얹는 정도의 땀이 쏟아진다. 떨어지는 땀방울 속에 0.0001㎎의 그놈 사체가 섞여 있으리라. 현미경에도 나타나지 않는 그놈을 내공으로 쫓아내는 중이라고 믿어 본다.

탕에 들어가기 전과 후의 체중을 비교하면 500~600g 차이가 난다. 600㎖가 땀으로 배출되었다는 사실이 확인된다. 집으로 오는 길은 달팽이 걸음이다. 천천히 걷는다. 기력은 거의 바닥으로 가라앉았어도 기분은 날 듯하다. 아침밥만 먹으면 체력이 살아날 것이다. 기침은 여전하고 입천장이 해졌는지 쓰라리다.

35일 뇌신경센터 MRA

2013년 7월 2일 화요일. 아침부터 비. 장마 시작 예보.

분당 서울대병원에 들어서면 신축한 건물에 '암병원, 뇌신경병원'이란 간판이 붙어 있다. 중증 전문 병원임을 부각하려는 의도일 테지만, 어제는 암센터 오늘은 뇌신경센터를 찾는 나를 대상으로 한 병원이라는 생각이 들어 기분이 좀 그렇다.

최근에 대학병원마다 독립된 암센터 건물들을 경쟁적으로 건립하는데, 그 건물들을 보면 '중증환자가 우리의 VIP입니다'라며 유혹하는 이미지로 와닿는다.

작년 12월 12일 수원 아주대병원에서 종합건강진단을 했다. 종합건강진단 결과표에 '경동맥 초음파상 내 경동맥 부위에 다수의 석회화된 죽상판 관찰되며 경도의 혈관이 좁아진 소견 관찰됩니다. 내 경동맥 병변에 대해 적절한 치료를 위해 의사 상담 바랍니다'라고 기록한 이 소견이 불을 지폈다.

'병을 너무 알아도 병'이란 말이 이 경우 아닌가 싶다. 솔직히 내 나이에 이 정도 병변 없는 사람 손들어 보라고. 암 치료에만 전념하겠다 작정하고 집에 왔어도 영 개운치 않아, 할 수 없이 그 병원 신경과 이 아무개 교수의 진료를 받았다. 그는 경동맥초음파 사진을 쓱 훑어보더니 MRA를 찍어 보자고 권유했다. 그러나 너무 비싸

쉽게 결정을 못했다.

수납에서 MRA 하나 찍는 데만 130만 원인가 내라고 했다. 골수 검사, PET-CT 다 하는데도 20만 원이 넘지 않는데 무슨 130만 원이나, 싶어서 포기했다.

집이 가까운 분당 서울대병원으로 전원하기로 했다. 의료진의 실력 때문에서가 아니라 경제적인 면에서 보면 잘한 결정이었다.

여기서는 MRA뿐 아니라 MRI까지 두 가지를 찍고 1,145,400원 100% 비급여를 일부 급여로 전환하여 현금 741,340원을 환불받았다. 40만 원에 두 가지를 했으니 공짜로 한 거나 다름없다.

분당 서울대병원 신경외과 박 교수는 항암 치료 시 채혈된 혈액검사 결과를 보더니 백혈구, 호중구, 혈소판 수치가 모두 정상이라 했다. 그러면서 한 달 반 후에 다시 보자며 약을 처방해 주었다. 고지혈증약과 아스피린 계열의 혈전용해제. 혈액이 정상이라는 내 몸의 상태가 마치 의사의 큰 은덕 때문인 양 여겨져 고마웠다. 집으로 오면서 뭔가 허전하다 했더니 준비해 갔던 질문을 깜빡한 것이었다.

1. 나의 병변 상태는 내 연령층에서 보통 나타나는 정도인가.
2. 항암 약만 해도 간, 신장, 위 부담이 되는데 혈전용해제는 항암 치료 끝나고서 복용하면 안 되는지.
3. 항암제와 병용했을 경우 부작용은 없는지 등등….

이 내용은 간호사가 아니라 의사에게 해야 하는 질문이다. 열심히 메모를 해 갔는데 잊고 말았다.

'호랑이에게 물려가도 정신만 차리면 산다'고 한 속담은 어떤 위기에도 당황하지 말고 냉철하게 대응하라는, 즉 이성적으로 사리판단을 하라고 강조한 말이다. 오늘 환불받은 일에 너무 들떴다. 흥분하면 이성을 잃게 되어 있다. 입천장은 회복되었다. 어제부터 체중이 59kg대로 떨어졌다.

두 번째

응답폭격에 초토화

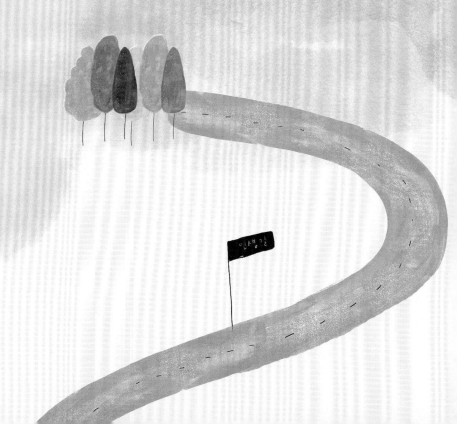

36일 산딸기

2013년 7월 3일 수요일. 습도 높은 무더위 30도

어제 뇌신경센터에서 혈액 검사 수치가 정상이라는 말에 축배를 들어 자축하고 싶었는데 오늘은 아들이 희소식을 들고 왔다. 서울 아산병원 항암 주치의도 아들에게 면역 기능이나 모든 수치가 정상이라고 했단다. 따가운 햇살마저 부드럽게 느껴졌다.

며느리가 큰손녀의 키가 한국에 온 지 두 달 만에 1.7㎝ 자랐다고 말했다. 귀여운 녀석. 작은녀석도 얼굴에 포동포동 살이 올랐다. 어른들이 건강식을 하니 아이들의 식단도 자연히 업그레이드되었다. 잃는 것이 있으면 얻는 것이 있고, 오르막이 있으면 내리막도 있지 않은가.

몸은 거의 정상 수준으로 회복된 것 같다. 잠겼던 목소리도 틔어 대화가 가능하다. 배낭을 챙기니 아내가 따라나섰다. 얼마 만에 보는 것인지. 텃밭의 옥수수가 손이 닿지 않을 만큼 자랐다. 가지며 토마토가 대궁이 부러질 정도로 달려 있다.

낙엽이 발효하며 물씬 풍기는 냄새가 역겹지 않다. 길이 꼽꼽한 매봉약수터를 2시간 30분 만에 다녀왔다. 턱걸이도 6번 했다.

하산길에 산딸기 군락을 발견했다. 많은 등산객이 입맛을 다시며 지나간 흔적이 남아 있었다. 아내와 나는 등산용 스틱으로 넝쿨을

제쳐가며 하나씩 땄다. '꺼진 불도 다시 보자. 티끌 모아 태산' 속담을 상기하면서. 가시에 찔리면 안 되니 스틱으로 뒤집는 일은 나, 따는 일은 아내. 한 시간 동안 노력 끝에 두 움큼 정도 모았다.

며느리 생각이 먼저 났다. 배 속의 아기를 위해서라도 잘 먹어야 한다. 며느리에게 먹이고 싶었다.

어제 새벽에 운동하러 나서면서 비바람에 떨어진 살구를 주웠더니 반 바가지나 되었다. 그때도 며느리 생각이 먼저 났다. 마트에서 3천 원이면 살 수 있지만 어디 돈으로 따질 일인가.

산딸기를 따는 동안 모기가 팔뚝 두 군데를 물었다. 아내를 보고 말했다.

"그 녀석도 항암제 먹었네. 암은 졸업했겠네."

아내는 대답 대신 웃는다.

목소리며 입천장은 완전히 회복되었다. 밭은기침은 항암제 부작용으로 짐작한다.

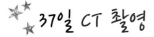
37일 CT 촬영

2013년 7월 4일 목요일. 가끔 부슬비, 오후는 흐림 28도

2차 주사 결과에 대한 CT 검사를 하는 날이다. 골반, 복부와 흉부 3D CT를 동시에 찍는 데 20분도 걸리지 않았다.

오후 1시 20분 촬영을 끝내고 나니 몸이 착 가라앉았다.

좀 일찍 일어나 아침밥을 먹고 왔어야 했다. 헌법 같은 6시간 금식, 물까지 참았다. 허기진 여파인지 아니면 조영제 때문인지 저녁에는 더 노곤했다. 면역 기능이 저하된 탓인가?

그래도 먼저 도착한 순서대로 진행해 주어서 고마웠다.

38일 일기는 오직 나의 생각과 사실의 기록물

2013년 7월 5일 금요일. 흐리고 무더운 날 30도

아들이 아침에 좋은 충고를 했다. 임파선암 환우 카페에 일기를 게재하고 있다니까 프라이버시에 대해 말했다. 일기란 자신의 고유 기록인데 밝힐 수 있는 부분과 그렇지 않은 부분의 한계 설정을 잘 해야 한다는 것이다. 밝힐 수 있는 부분이라 하더라도 일부 환우들에게 거부감이나 좌절감을 느끼게 하여 희망과 용기를 주고자 한 순수한 의도가 논쟁의 빌미를 주지 않을까 걱정된다는 말을 했다.

보통 사람인 우리는 절대적인 가치보다는 상대적인 비교를 하며 살아갈 수밖에 없다.

나 자신, 나보다 나은 조건을 부러워한다. 건강, 자식, 경제적인 여유, 모두 부러움의 대상이다. 부러움 뒤에는 나에 대한 연민과 상대에 대한 시샘. 부러워하면 진다는 말도 상대를 의식한 경쟁을 부추기는 말 아니던가. 일흔 가까운 나이에 돌아보면 범부의 삶이란 거기서 거기로 대개가 비슷하다.

나는 우리 나이로 예순여덟이다. 20년을 더 살면 축복이다. 30년을 더 살겠다면 다들 욕심 그만 부리라며 만류할 것이다.

그런데 지금 20대나 30대 젊은 환우에게 그런 말 한다면 분명 난리가 날 터. 30년이 아니라 자녀들 출가까지 시키려면 50년, 60년을

더 산다 해도 양에 차지 않을 것이니 말이다.

나는 자녀 출가까지 끝낸 그야말로 홀가분한 몸이다. 내일 떠난다 해도 여한이 없다. 일기를 쓰는 일이 어쩌면 음풍농월일지도 모른다. 그렇게 비쳐도 어쩌랴.

미국의 신학자 랄프왈도 에머슨Ralph Waldo Emerson의 말을 인용한다.

"주어진 일을 성실히 이행하고 하는 일마다 최선을 다하다 보면 진정한 자신의 능력을 발견할 수 있을 겁니다. 당신이 선물 받은 이 삶에서 무언가 특별한 일을 하겠다는 믿음과 희망을 늘 간직하고 도전과 기회가 올 때마다 최선을 다한다면 언제나 당신은 행복한 승리자가 될 겁니다."

병에 걸린 사람들에게 나의 경험이 조금이라도 도움이 될 수 있을까 하는 생각도 일기를 쓰는 한 이유이긴 하지만, 더 큰 목적은 글로 다짐하고 약속했던 내 스스로의 의지를 매일매일 확인함으로써 극기력을 키우겠다는 것이다. 처음 확진받았을 때 의사의 입장이 아닌 환자의 경험담이, 즉 치료 지식뿐만 아니라 일상의 이야기를 듣고 싶었다. 벼랑에 섰다는 두려움, 죽음에 가까이 다가서 있다는 사실에 초연할 사람이 몇이나 될까. 타자의 조언이란 대체로 의학적인 지식들이다. 5년이 지나 내가 완치 진단을 받는다면 이 일기를 책으로 엮고 싶다. 치료받는 과정이며 그날에 느꼈던 감정, 소소한 이야기를 세상에 알리고 싶다. 재발하지만 않는다면.

2013년 7월 6일 토요일. 31도 폭염 계속

딸 내외가 외손주를 데리고 왔다. 근 두 달 만이다. 멀지 않은 서울 가락동에 살지만 아이들 뒷바라지로 여일이 없어 얼굴 보기 힘들었다. 내일이 딸 생일이라 밥 한끼 먹자고 했더니 차만 마시고 가겠단다. 엄마와 올케에게 부담이 될까 배려하는 말이겠지만, 내 생각은 '요즘 젊은 사람들이란, 쯧쯧' 혀 찰 노릇이다.

가족 간에는 서로 적당히 신세지고 응석도 부리고 다녀간 흔적을 남겨 두어야 미운 정 고운 정이 배어드는 걸 왜 모르는가. 상대의 형편을 넘겨짚어 티 하나 없이 배려하여 행동한다면 그 관계에 정이 스밀 여지가 있을까. 일본 사람들이 그렇다지.

세상에서 가장 깨끗한 곳이 사막이다. 호수나 바닷물은 오염되어도 사막에서 뜨겁게 달궈진 모래는 부패나 오염이 없다. 작열하는 태양이 5분이면 모든 것을 소독하니 모기, 파리는 물론 박테리아가 어찌 살겠는가. 가장 청정한 그곳에는 사람도 살 수 없다. 물이 있고 박테리아가 있고 파리가 있는 오아시스에 집을 짓는다.

가족은 포용해야 한다. 부담줄까 봐 썰렁하게 악수만 하고 데면데면하면 가족이 아니다.

딸 내외는 저녁을 맛있게 들었다. 정 서방은 혼자서 술 마시는 게

뭣하다며 사양하다가 맥주 한 병을 장모와 나누었다. 풍성한 식탁에서 부족한 2%의 분위기. 혼자 잔을 비우는 사람이나 지켜보는 사람이나 쓸쓸하긴 마찬가지. 술이라면 청탁을 가리지 않던 장인이 한 방울도 입에 대지 않고 있으니, 게다가 처남마저도…. 이럴 땐 정말이지 한 잔 정도는 대작해 주고 싶다.

밤에 큰손녀가 귀에 손을 대며 징징댄다. 37.3℃ 미열. 중이염인가. 아들 며느리가 급히 병원에 가더니 바로 온다. 의사가 퇴근하고 없단다. 부천에서 가정의로 개업하고 있는 이종처남에게 전화했다.

열이 없고 귀에서 물이 흐르지 않으면 심한 증상이 아니니 비상약으로 갖고 있는 블루펜시럽과 타이레놀 물약을 먹이고 하루 정도 관찰해 보라고 한다. 처남은 우리의 보배다. 나, 아들, 며느리, 손녀가 조금만 어찌해도 그를 귀찮게 한다. 고마운 마음만 갖고 있다.

그나저나 내일모레 2박3일 속초 현대수 콘도를 예약해 두었는데 아무래도 계획이 어긋날 것 같다. 걱정한들 어쩌겠나, 잘 되겠지 하는 낙관론에 마음을 두고 눈을 붙인다.

40일 코끼리 냉장고에 넣기
2013년 7월 7일 일요일. 속초는 용인보다 더 덥다

큰손녀가 속초에서 위급 상황을 맞으면 어쩌나 하는 불안감을 과감히 털어내고 내비게이션을 맞추어 출발했다. 아침 식사를 끝내고 비관적인 견해와 낙관적인 견해가 팽팽한 가운데 내가 캐스팅 보트를 쥐고 결정한 것이다. 사소한 일 같지만 우리는 매 순간 이처럼 갈림길에서 결정하며 살아간다. 이쪽이 올바른가 싶으면 저쪽도 맞을 것 같고. 다들 그렇겠지.

낙관적인 견해는 적극적인 방법이고 내가 선호하는 방식이다. 나는 앞일을 미리 예단하지 말자는 신념이다. 다만 비상시에 취해야 할 행동은 머릿속에서 예행연습한다.

그 예행연습이란 코끼리를 냉장고에 넣는 방법과 같다.

코끼리를 냉장고에 넣는 방법은?

1. 냉장고 문을 연다.

2. 코끼리를 냉장고에 집어넣는다.

3. 냉장고 문을 닫는다.

다 알고 있는 썰렁한 이 유머를 나는 엄청 좋아한다.

위급하면 집으로 원대 복귀하면 된다. 아이 병이 급성으로 진행된

다 해도 차가 있으니 두세 시간 여유를 잡으면 넉넉하다.

결론은? 계획대로 잘 왔다. 해피데이. 기분이 한껏 고양된 손녀가 언제 아팠느냐는 듯 이리저리 잘 뛰논다. 이마를 짚어 봤다. 미열이 있는데 크게 우려할 일은 아닌 것 같다.

이시형 박사가 강조한 세라토닌이란 신경전달물질, 기분이 좋아질 때 짧은 시간에 아주 조금 분비되는 그 물질의 도움으로 바이러스를 격퇴하는 면역 기능이 살아났지 싶다.

대신 둘째녀석이 언니의 고통을 분담했다. 밤새 모기에 얼마나 물렸는지 팔이며 다리가 벌겠다. 한두 군데가 아니다. 긁고 있는 폼을 보니 여기 머물 여정이 순탄치 않을 것 같은 예감이다. 나들이에는 비상약을 꼭 챙길지어다.

식구들은 덥다고 에어컨을 빵빵하게 켜는데, 나는 거꾸로 긴팔 셔츠로 꼭꼭 동여맸다.

⭐ 41일 설악워터피아

2013년 7월 8일 월요일. 속초 오전에 계속 비, 오후는 비가 오락가락

어제와 마찬가지로 또 한 번의 결심이 필요했다. 비 오는 날 워터피아 물놀이를 해도 될 것인지 말 것인지. 아들과 며느리는 가자고 하고 아내는 내일로 미루자고 했다. 아들은 내일은 귀가하는 날인데 모레 나의 항암 일정을 고려한다면 워터피아 물놀이는 사실상 어렵다는 의견이다.

비싸게 구입한 5장의 예매권, 쉽게 포기하지 못한다. 아내는 아직 열이 있는 손녀의 건강이 우선이라고 했다. 어느 누구도 설악워터피아에 가 본 경험이 없어 결정이 쉽지 않았다. 아들이 스마트 폰으로 사진을 보여 주었다. 요란한 시설 자랑. 내가 알고 싶은 것은 실내 온도와 수온인데. 결국은 가자는 쪽으로 의견을 모았다. 손녀들이 환호작약한다.

"일단 입장해 보고 마음에 안 들면 바로 나오자."

여기 입장도 잘한 결정이었다. 아이들은 물론, 환자인 아들, 임산부인 며느리, 반대하던 아내까지 물속을 신나게 누비고 다녔다. 고여 있는 물, 기포로 두드려 주는 물, 냇물처럼 흐르는 물, 쏟아지는 물, 파도치는 물…. 여섯 시간이나 물속에서 놀았다.

집에 가지 않겠다는 아이들. 물을 싫어하는 아이들은 없다. 낙동

강 샛강 물웅덩이에서 천둥벌거숭이로 몸을 새까맣게 그을려 가며 놀던 내 어린 모습을 보는 듯했다.

내 입도 저절로 벌어졌다. 나만 감염 우려로 물 밖에서 배회했다. 물에 들어오라는 권유에 마음이 흔들렸지만 항암주사라는 대사를 앞두고 함부로 몸을 담글 수 없었다. 대장균 없음이란 수질 검사 결과를 못 믿는 건 아니지만 매사 조심하고 볼 일이다.

워터피아에서 몇 시간이나 놀고 돌아온 손녀들은 저녁을 먹자마자 바로 곯아떨어졌다. 매일 하던 면도를 일주일째 하지 않고 있다.

42일 바닷가의 소소한 행복

2013년 7월 9일 화요일. 계속되는 장마의 무더운 날

오전에 두 시간 정도 낮잠을 잤다. 짐을 꾸린 가족들이 곤히 자고 있는 내가 깰 때까지 기다려 준 바람에 정오가 다 되어 체크아웃했다. 돌아가는 길은 미시령 방향이 아닌 영동고속도로로 정했다.

아이들과 같이 다니면 여행은 아이들 위주가 된다. 애들이 물놀이 다음으로 좋아하는 놀이가 모래장난이다.

강릉 송정해변은 경포대와는 달리 고즈넉했다. 몇 안 되는 피서객이 모래톱에서 서성이고 있었다. 물이 차가웠다. 용감한 젊은이 몇이 물속에 뛰어들었다 이내 덜덜 떨며 나왔다. 손녀들이 밀려오는 파도에 앙, 울음을 터뜨렸다. 그게 그리 무서운가?

아들이 두꺼비집을 만들었다. 생수병에 물을 받아 모래에 붓고 주먹을 넣고 다진 다음 살짝 빼는데 무너지고 말았다. 좀 더 젖은 모래 동산을 크게 만들고 두더지처럼 바닥을 긁어냈다.

"두껍아, 두껍아, 헌 집 줄게, 새 집 다오."

훌륭한 집이 완성되었다. 아들이 만족해하는 사이 작은녀석이 툭 건드려 공든 집이 순간에 무너졌다. 아쉬운 마음이 들었지만 우리 모두 웃었다. 무너뜨린 작은녀석이 제가 잘한 줄 알고 더 신났다.

행복한 시간은 알고 보면 소박하고 아무것도 아닌 것들이다.

오래전에 피정을 갔는데 거기서 강론 중에 신부님으로부터 천당이 어떤 곳일 거라고 생각하느냐는 질문을 받았다. 행복하게 사는 곳이라고 답하니, 그럼 어떤 상태를 행복이라고 생각하느냐고 했다. 대답을 못하자 신부님은 부, 명예, 권력, 건강, 장수를 누리며 사는 일은 행복의 곁가지이며 사랑하는 사람들과 같이 지내면 행복한 것이고 그곳이 천당이라고 했다.

아팠기에 아들이 귀국했고, 아팠기에 사랑하는 가족이 한데 모였다. 우리는 소소한 일에 깔깔거렸다. 헤르만 헤세의 행복론에도 있다. 작은 것에 만족하면 행복이라고.

"행복은 어디에나 있는 나의 친구다. 그는 산에도 있고, 골짜기에도 있고, 꽃 속에도 있고, 수정 속에도 있다."

여기 바닷가에도 행복이 있었다. 작은 행복이 향이 짙다. 해변에서도 긴팔 셔츠에 방풍 재킷을 입었다.

43일 2차 결과, 3차 항암주사

2013년 7월 10일 수요일. 하늘이 겹겹의 구름으로 찌뿌둥한 날

채혈하면 으레 굶어야 하는 줄 알았다. 하여 항암 시작하는 12시 경에는 절인 배추처럼 축 처졌다. 그런데 간호사가 "굶으란 말 안 했는데요" 했다. 내가 너무 앞질렀나?

채혈, 흉부엑스레이는 진료 한 시간 전에 마쳐야 한다. 채혈 결과가 간호사의 모니터에 뜨지 않으면 진료실에 아무리 일찍 도착했어도 진료 순서가 뒤로 밀려 버린다.

아침을 든든히 먹었더니 의사 앞에서도 당당하다. 그래, 내 소신이 '고비를 맞을 때는 일단 배부터 채워 둔다'가 아니던가.

여러 놈 중 복부 췌장 가까이에 있는 가장 큰 놈이 78.28㎜에서 53.35㎜로 2.5cm 줄어들었다. 모니터에 어른 주먹 같던 놈이 아기 주먹처럼 보인다. 정말 효과가 있었나. 반신반의하며 물었다. 아기 주먹 같은 그것을 가리키며 "저놈마저 없어졌다면 참 좋겠네요" 하니, 주치의 이 교수는 예의 무덤덤한 표정으로 "그러면 좋지요" 한다.

하나 마나 한 선문답이다. 고지혈증약과 혈전용해제는 항암 치료 중 끊고 싶다니까 처음에는 먹으라 했다가 간, 신장에 부담 운운하니 그러면 복용을 중단해도 된다고 한다. 어차피 그 약은 평생 함께 가는 약이니 두 달 정도 복용 안 한다고 해서 위급한 상황이 되지

않을 거란 부연 설명이 고마웠다. 의사가 뭐라 하든 나는 복용하지 않을 생각이었다.

5층 항암주사 병실. 꿀꿀한 날씨에 침대에 눕자니 더욱 썰렁한 기분이었다. 창밖 초록 잎사귀마저 없었더라면 천장이며 벽이며 온통 흰색으로 포장된 병실을 커다란 냉장고로 느꼈을 터.

무료함을 달래려 책에서 글 몇 편을 읽었다. 누워서 책을 본다는 일이 쉬운 일은 아니다. 더욱이 왼팔 관절 접히는 정맥에 꽂힌 바늘 때문에 책장 넘기기가 쉽지 않고 흐릿한 활자를 보기가 피곤해 눈을 감았는데 그냥 잠들고 말았다. 그러다 눈을 뜨고 보니 빈크리스틴이 마지막 방울을 떨어트리고 있었다. 3시간밖에 걸리지 않았으니 1, 2차보다 수월하게 맞은 셈이다. 그새 익숙해진 것일까.

저녁에는 속이 메슥거리고 현기증이 나서 몸의 균형이 흐트러지는 것 같았다. 변기 속에 선지처럼 번진 아드리아마이신의 형해가 보였다. 3차 20일 전쟁이 시작되었음을 알리는 신호다. 신발끈을 다시 조여 매고 단지 내 산책로를 걸었다. 눈이 반쯤 감기고 다리가 후들거렸다.

뒤따라온 아내가 걱정하며 첫날 너무 무리하지 말자고 했다. 20분을 넘기지 못하고 들어와 9시 조금 넘은 시간에 잠자리에 들었다.

44일 지원군이여, 나의 군사를 살려 주소서

2013년 7월 11일 목요일. 오전에는 소낙비, 오후는 먹구름

속이 메슥거려도 어제저녁은 참아냈다. 아들은 참지 말고 약을 복용하라면서 자기네 의사나 간호사의 처방을 내세우기에 마지못해 식욕촉진제를 복용하기로 했다. 어쩌겠는가.

혈관 속 돌며 그놈을 공격하는 나의 지원군 리툭시맵 장군, 앤독산 장군, 아드리아마이신 장군, 빈크리스틴 장군이여, 그리고 니소론 대령, 제발 피아를 가려 공격해 주소서.

전장에서 고군분투하고 있는, 사랑하는 나의 군사들을 살려 주소서. 3,4일밖에 살지 못하는 호중구 병장을 애틋이 여기소서.

항체를 열심히 만들어 내고 호중구를 지원하는 B임파구 원사, B임파구가 항체를 만들도록 지도하고 전쟁이 끝나면 복구를 담당하는 T임파구 대령, 그리고 총사령관 대식세포 대원수에겐 포격을 삼가소서.

귀하는 단지 원정군임을 명심하소서. 당나라 군사가 신라군에게 저질렀던 만용을 부리면 안 되오. 아군은 무조건 살아 있어야 하오. 용맹을 떨친 당신이 아름답게 떠나 줄 때 이 몸에 진정한 평화가 올 것이오. 부탁하오, 나의 지원군이여.

예상치 않게 등장한 다른 지원군. 손녀 둘이 저녁 식사 도중 할아

버지 할머니 등을 안마해 주었다. 큰녀석은 아내, 작은녀석은 나. 제법 시원했다. 발로도 안마하는 모습을 아들이 동영상으로 찍어 보여 주었다.

엔도르핀이 팍팍 솟구쳐 피로감이 거짓말처럼 씻겨 나갔다.

45일 침대 이야기

2013년 7월 12일 금요일. 비

안방에 침대가 둘 있다. 20년 전에 마련한 퀸 사이즈 스프링 쿠션 침대와 싱글 사이즈 돌침대다. 돌침대는 목디스크로 밤이면 종아리에 쥐가 나는 아내를 위해 장만했다.

싱글 사이즈라 해도 두 사람이 눕기에 그리 불편하지 않다. 우리 부부는 퀸 사이즈를 비워 두고 싱글을 사용한다. 처음에는 딱딱했는데 익숙해지니 그리 좋을 수가 없다. 아내가 선호하는 온도는 40℃, 나는 35℃.

열이 많은 체질인 나는 한겨울에도 두 다리를 이불 밖으로 내놔야 제대로 잔다. 40℃에 등을 지져야 시원하다던 아내가 돌침대를 버리고 스프링 쿠션 침대로 옮겼다. 폭염, 열대야 예보로 에어컨을 켜야 할 판에 나는 돌침대 온도를 40℃에 맞춰 놓고 잔다. 내의까지 껴입는다. 돌침대는 잘 장만한 것 같다.

1차, 2차 때는 새벽에 삭이 뻐근했는데 3차는 비아그라 성분을 빼 버렸나? 2차와 똑같다는 간호사 말에 투약 오더 확인까지 했는데….

코푸스티시럽은 가래, 기침에 잘 듣는다. 간헐적으로 밤에, 특히 새벽에 조금 콜록거리던 기침이 멎었다. 입맛도 살아났다. 대변은 어제부터 뭉치고 소량이며 소변은 거품이 있다. 아드리아마이신이 까탈부려 2시에 깨서 3시간 반밖에 자지 못했다.

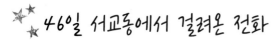

46일 서교동에서 걸려온 전화

2013년 7월 13일 토요일. 하루 종일 비

체중이 어제와 같다. 체중과 체온이 몸의 이상을 알려 주는 바로 미터라니까 매일 재긴 하는데, 동물의 육질을 저울로 다는 느낌이다.

서교동 김 회장 사모님이 전화했다. 일본에 거주하면서 사업 관계로 한국에 나오면 거처할 집이 필요하다고 하여 나에게 서교동 주택 설계와 감리를 맡겼었다. 20년 전 일이다.

당시로써는 파격적인 설계비와 감리비를 받았는데 준공하고 집들이하면서 아내에게 묵직한 금목걸이를 선물했다. 그 인연으로 한국에 오면 우리 내외를 꼭 초대했고, 댁에서 술을 곁들인 저녁 식사를 같이했다.

김 회장님이 작년 1월 19일 88세 일기로 세상을 뜨셨다.

김 회장님을 만나면서 사람의 인연은 우연이면서 필연 같다는 생각이 들었다. 운명적으로 예정된 만남인 듯 회장님도 나도 쉽게 마음을 열고 대화를 나누었다.

나와는 일면식도 없었는데 원래 있던 주택에서 화재가 나 아예 허물고 신축하기로 했고, 보험회사와 경찰서에 시공자와 설계자를 소개해 달라고 부탁한 것이 어찌어찌 내 사무소와 연결된 것이다.

사모님은 할 말이 있어서 전화를 했을 텐데도 내가 병중이라니 내

병에 대한 걱정과 위로만 했다. 내가 말씀하시라니까 한참 만에 전화한 속사정을 전했다.

"조 선생님이 설계한 그 집을 헐고 다가구로 지었어요. 일전에 안부전화 드릴 때 아무 말씀 안 하셔서 저는 조 선생님이 사업 접으셨나 했지요. 집이 거의 다 됐는데 이번 비에 여기저기 새는 부분이 있어 외람된 부탁이나 한번 오셔서 봐주실 수 있나 해서요."

아하, 그랬구나. 내 전화번호 누르기를 얼마나 망설였을까. 대뜸, 내일 오전에 방문하겠다고 했다. 모시러 오겠다는 말도 극구 뿌리쳤다. 내가 운전해서 간다고 해놓고 생각해 보니 가족 누구와도 의논하지 않고 결정해 버린 것이었다.

오늘따라 아내가 집을 비웠다. 내일 중부 지방에 호우가 예상된다는 일기예보가 있었고, 가장 조심해야 할 기간인 면역력이 감퇴되기 시작하는 4일차 아닌가. 아뿔싸!

1차 교정한 텃밭 이야기를 이 선생에게 보내며 몇 가지 부탁을 했다. 삽화는 누구에게 부탁할지, 출판사는 어디가 좋을지 도와달라고 했다. 아내도 이 선생도 내가 컴퓨터 앞에 오래 앉아 있으면 건강을 해친다고 걱정하지만 연재하는 투병 일기는 아무리 힘들어도 건너뛸 수가 없고 수필집도 끝장을 봐야 한다. 지금 내 글씨가 손녀 글씨보다 더 비뚤비뚤하다. 내 깡아리여, 일어나라.

47일 불편하게 살기

2013년 7월 14일 일요일. 비 중부지방 200㎜ 호우주의보

서교동까지 가려면 1시간 30분 정도 잡아야 한다. 자신이 없어 아침 식사 때 아들에게 운전을 부탁했다. 수족이 저려 힘들기도 하지만 날씨가 더 걱정이었다. 아내도 따라나섰고, 그러다 보니 며느리, 손녀까지 온 식구가 총출동했다.

현장에 도착하니 내가 설계한 주택은 흔적 없이 사라지고 창문이 뻥뻥 뚫린 낯선 건물이 서 있었다. 회장님이 작고하시고 많은 것이 바뀌었다. 일본 신주쿠의 회장님 댁을 방문했을 때 당부하시던 말씀이 생각났다.

"조 선생, 어떻든 튼튼하게만 지어 주게. 날림으로 하지 않도록."

사모님은 업자가 철거하면서 무척 힘들어했다는 말을 전했다.

옥상 방수를 하다 말아 천장 석고보드가 젖어 있었다. 외벽 석재 코킹도 마무리가 안 돼 벽으로 비가 들이쳐 방바닥이 흥건했다.

아직 짓고 있는 건물, 비 오는 날은 들여다보고 싶지 않다. 근 오십 년 이 일을 하지만 비 오는 날은 빈대떡에 소주 반병이 딱 좋다. 그러나 어쩌랴, 직업인데. 가야 하고 봐야 하고 해결책을 내놓아야 한다.

환자 둘이 왔으니 사모님은 좌불안석, 아내와 많은 이야기를 나누

었다. 방수 공사를 할 때 주의사항 몇 가지를 감독하는 동생에게 적어 주었다.

　10년 전만 해도 콘크리트 수명이 얼마냐고 묻고, 집이 몇십 년 가느냐고 물어보는 사람이 있었다. 지금은 누구도 묻지 않는다. 경제적인 욕망, 새것에 대한 갈망, 편리함의 추구가 옛 건축을 그대로 두려 하지 않는다. 화장실을 거실로 들였다가 그것도 멀다 하여 안방에 집어넣었다. 불편해야 건강해진다는 말이 틀린 말이 아니다.
　버트런드 러셀은 게으름에 대한 찬양을, 피에르 쌍소는 느리게 사는 의미를 내세웠는데, 건강을 바란다면 편리하지 않아야 하는, 즉 불편을 찾아다녀야 한다는 역설에 관심이 간다.
　손발이 저릿하다.

⭐ 48일 약 기운이 퍼지다

2013년 7월 15일 월요일. 오전까지 비 오다 오후에 갬

운동을 하고 오니 큰녀석이 할머니 침대에 곯아떨어져 있다. 할아버지와 따로 자는 낌새를 알고 어젯밤에 기회를 잡은 모양이다.

작은녀석은 덥다고 거실에서 만세 부르듯 혼곤히 나비잠을 자고 있다. 가까이 다가가 숨소리를 들어본다. 코를 곤다. 아이들은 잘 때 모습이 더 예쁘다. 그냥 평화다. 천진난만은 눈을 떴을 때고 잠든 아이는 천사의 얼굴이다.

점심 전 두 시간 동안 수면을 보충했다. 한결 낫다. 약 기운이 스멀스멀 손끝으로 관절로 번지는 느낌이 있고 미세한 경련도 있다. 목소리도 잠기기 시작한다.

오후 들어 구름이 조금 벗어진 볕뉘를 보고 손녀들과 볕바라기에 나섰다. 광교산에 간 지도 여러 날 되었다. 꼬마 천사들은 화단에 떨어진 감또개를 주워 던지기 놀이를 했다.

월요일이라 산책로는 비어 있었다. 한 시간을 걷고 나니 장마로 가라앉았던 기분이 조금 좋아졌다.

일산에 사는 고종사촌 동생 문환이가 전화를 했다. 미국 유수의 제약회사 임원으로 있다가 작년 일산 국립암센터 신약 파트 최고책임자로 왔다고 한다.

"형님, 자주 전화 드리지 못해 죄송합니다."

"뭘, 바쁘면 다 그래. 그래도 이래 전화해 주니 반갑지."

"형님, 신약이 있어도 임상시험 단계에 있는 거는 믿을 수 없고요, 현재 리툭시맵이 그래도 임상 결과가 확인된 거니까 주치의 처방을 믿으세요."

"그래, 나야 시키는 대로 하고 있지."

"성진이는 어때요?"

"걔도 자기 몸 열심히 챙겨. 8월 1일 수술 날 잡혔어."

바쁠 텐데 형과 조카의 안부를 묻고 챙겨 주니 고맙다.

구토억제제는 복용을 중단했다.

수필집 제목을 등단작《나의 치펜데일 의자》로 정했다. 이 선생이 장문의 답장을 보내왔다. 원고 정리 상황과 내 글에 대한 소감이다. 또 다른 항암 치료제다.

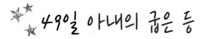

49일 아내의 굽은 등

2013년 7월 16일 화요일. 먹장구름이 하루 종일 뒤덮인 날, 밤에 비

밤을 꼴딱 새웠다. 12시 반에 화장실 다녀오고 나서 눈이 말똥말똥. 두 시간을 뒤척이다 자리를 털고 나왔다. 다리 균형 감각이 조절되지 않고 양말 신기가 불편하다. 아직 동트기는 이른 새벽인데 아내 혼자 뒤 베란다에서 머윗대를 다듬고 있었다. 삼채, 애호박, 풋고추 모두 안동 동생이 부쳐 준 것이다.

예전 같았으면 나보고 도와달라 했을 것이다. 몸이 무거운 며느리를 깨우기가 안쓰러웠는지 혼자서 아침 찬거리를 준비하고 있었다. 장을 볼 때 나는 깐마늘이나 다듬어 놓은 쪽파를 사라고 하는데, 아내는 흙이 잔뜩 묻은 걸 고른다. 선도가 다르기도 하지만 보기 좋게 다듬었다 해서 집에서 손이 안 가는 게 아니라면서 핀잔을 준다. 쪽파김치 담그는 날엔 손톱 정리를 미루었다가 파를 깨끗이 손질한 다음에 깎는다. 잡다한 집안일을 두 남정네에게 부탁하지 않는 아내의 굽은 등이 오늘따라 더 쓸쓸해 보였다.

간밤에 아내는 종아리에 쥐가 나서 잠도 제대로 못 잤다.

미안해요, 여보.

50일 무거운 추를 매달고 가라앉는 느낌

2013년 7월 17일 수요일. 하루 종일 비, 중부 호우주의보

어제와 상황이 완전히 다르다. 주사 후 정확히 7일째 올 것이 왔다. 온몸이 무차별 폭격을 당하는 느낌이다. 머리끝에서 발끝까지 싱싱한 영역은 어디에고 없다. 무거운 추를 매달고 바다 깊은 곳으로 빠져드는 것만 같다. 하루 종일 주룩주룩 내리는 비도 내 편이 아니다.

소파에 드러누웠다가 침대에 가서 눕기도 하다 왔다 갔다 했다. 점점 더 가라앉는 것 같아 사우나탕에 가 반신욕을 10분 하고 단지 내 산책로를 30분간 걸었다. 땀을 내고 나니 찌릿찌릿한 느낌이 조금 가신 듯하다.

가족들은 나에게 컴퓨터 앞에 앉지 말라고 성화다. 그러나 나는 짧게라도 쓸 생각이다. 간단하고 짧게.

사실 이 작업도 쉽지는 않다.

대변은 가늘고 수제비 같다.

51일 기침이 기력을 소진시키다

2013년 7월 18일 목요일. 아침부터 비 오다 오후에 갬

몇 번을 기침해도 끈적끈적한 것이 목젖에 남아 있다.

가래를 뱉고자 헛구역질을 하면 침만 나온다.

설상가상 식욕이 떨어지고 반찬 냄새조차 오심이 생겨 외면한다.

52일 기운이 쏙 빠지다

2013년 7월 19일 금요일. 모처럼 따끈한 햇살

만사 귀찮다.

키보드에 손가락 댈 힘도 없다.

겨우 운동만 사생결단의 각오로 했다.

간밤에 4시간 수면에 세 번 깼다.

53일 기분 약간 상승

2013년 7월 20일 토요일. 맑다가 낮에 한줄기 소나기

날씨가 감정을 흔든다.

어제 잠깐 햇살로 한껏 고조되었던 기분이 밤비 예보에 급실망했다.

면역에 도움된다는 비타민D는 햇볕에 많다는데 쉽사리 얻을 수 있는 물질이 아니다.

오늘도 헬스운동을 이 악물고 했다.

54일 융단폭격에 초토화

2013년 7월 21일 일요일. 흐림

3차 항암제는 B29 폭격기의 융단폭격이다.

초토화된 내 육신,

식도에서 밀려오는 구역질을 침을 삼켜가며 막아 본다.

헬스장이 쉬는 바람에 광교산 매봉약수터까지 산행 2시간 하고

턱걸이 5번을 해냈다.

나에게 박수를 보낸다.

잠은 세 번 깼다.

55일 긴 터널의 끝이 보이는 느낌

2013년 7월 22일 월요일. 호우경보 90㎜ 비가 퍼붓다

노도광풍이 몰아치는 광야.

칠흑같은 터널을 벗어날 것 같은 조짐이 보인다.

56일 달게 자라

2013년 7월 23일 화요일. 흐리다 정오부터 오후 내내 비

오늘은 달게 잤다.

두 번 깨고 5시간 맛있게 숙면했다.

사소한 변화라도 나아지고 있다는 징후로 믿고 싶다.

☆ 57일 땀에 푹 절은 요

2013년 7월 24일 수요일. 오전에 비, 오후에는 구름 한 점 없는 청명한 하늘

잠자리에서 일어나니 푹 절어 엉킨 침구가 잠과의 전쟁이 얼마나 치열했는지 알려 준다.

뜨거운 물에 도라지청을 녹여 복용했다.

기침만 멎어도 좋으련만.

58일 기침으로 밤새 뜬눈

2013년 7월 25일 목요일. 흐리고 무더운 날

어제 그렇게 청청하던 하늘에서 밤새 비를 쏟아냈다.

아직도 남은 비가 있었나 보다.

인후를 간질이며 괴롭히던 기침 인자가 아침에는 조용하다. 나아지려나.

거의 뜬눈으로 밤을 지샜다.

59일 아들의 수술 전 검사

2013년 7월 26일 금요일. 아침 안개 낮에는 맑음

11시 취침했는데 2시에 깼다. 세 시간 잤다지만 어제처럼 거의 뜬 눈이었다. 긴장했던 모양이다.

아들이 수술 전 검사차 4시에 집을 떠났다. 출발하는 모습을 보면서 MRI며 CT며 초음파며 조영제가 아들의 몸을 얼마나 더 망가뜨릴지, 방사선 피폭은 얼마만큼 영향이 있을지 걱정만 할 뿐이다.

도움주지 못해 미안하다.

60일 여전한 기침 증세

2013년 7월 27일 토요일. 날씨 흐림

기침은 여전하고 식욕은 평소 50% 수준으로 떨어졌다.

수면은 다섯 시간.

두 번 깼다.

61일 도라지청차로 기침 완화

2013년 7월 28일 일요일. 종일 비 내리다 오후 늦게 먹장구름

수면 장애보다 가래와 함께 발작적으로 터지는 기침이 더 괴롭다.
병원 처방약 코푸시럽도 별 효과가 없다.
도라지청차를 마시면 목젖에서 끓는 가래가 조금 진정되는 것 같기는 하다.

62일 기대가 실망으로

2013년 7월 29일 월요일. 오전 비, 오후 햇볕 쨍쨍

식욕이 없어 죽전 신세계백화점 넘어 카페촌에 있는 스테이크 집을 찾아나섰다.

아들이 P****600인가 하는 집을 추천했다. 이탈리아인 주방장이 종횡으로 설치는 모습이 믿음직해 보였다. 어제 아들이 그곳에서 모임을 했는데 맛있게 먹었다며 사진을 보여 주었다. 절단면이 환상적이라 안심 미디엄 웰던으로 주문했다. 꽤 오랜 시간이 흘러 인내심의 한계를 느낄 만할 때 접시가 나왔는데 보고는 급실망했다.

입안 가득 고일 육즙을 기대하며 나이프로 잘라낸 단면이 사진과 전혀 달랐다. 너무 구웠다. 분홍색과 회색의 조화로움은 사라지고 떡갈비 같은 회갈색 덩어리였다. 조금의 차이는 인정하지만 좀 심했다. 아들이 셰프를 부르려는 것을 말렸다. 한 끼 그냥 먹자고.

고소한 육즙의 맛을 보려면 레어를 시켜야 하나 핏물에 대해 거부감이 있어 익히되 붉은 기가 살아 있는 육질을 원했던 것이다.

솔직히 말하면 고급 레스토랑에서 제대로 포크질을 한 경험이 없는 우리 가족들, 서양인 셰프에게 까탈스럽게 따질 능력이 안 된다. 심드렁한 표정으로 입에 우적우적 밀어넣고 서둘러 식당을 빠져나왔다.

63일 오늘도 스테이크

2013년 7월 30일 화요일. 구름 낀 하늘

아들이 입원하는 날이다. 몇 달 동안 유동식을 해야 하는 아들을
배려하여 신봉동에 있는 마*** 이탈리아 식당에 갔다.

파스타가 구미에 당겼으나 동물성 단백질을 섭취해야 한다는 부
담으로 어제에 이어 오늘도 스테이크를 시켰다.

그곳에서도 실망했다. 우선 질겼다. 구운 정도가 어제보다는 양호
하나 내가 원하는 식감이 아니었다.

당분간 외식을 스테이크로 할 일은 없을 것 같다.

아들이 계산서를 챙긴다.

한 달 수입을 알고 있는데 자존심은 있어서.

64일 4차 항암 치료 연기

2013년 7월 31일 수요일. 본격적인 여름 무더위

기침 증상을 들은 주치의 이 교수가 바로 흉부 엑스레이를 찍어 보자 하여 찍었더니 사진에서 의심 부분을 찾아내지 못하자 다시 흉부 CT를 찍자고 했다.

제기랄, CT란 명목의 방사선이 얼마나 많이 내 몸을 훑고 갔는데. 또 찍는다고? 항암제와 방사선 피폭으로 신환이 생긴다는 말, 헛말은 아니지 싶다.

기침 부작용 처방약을 이틀 복용해 보고 CT 판독하는 모레로 진료 날짜를 잡았다. 그날 항암주사 맞는다는 언질은 없었고 "그날 보세요"가 끝이었다.

우리 집 스케줄이 복잡해지고 있다.

내일 8시 수술 예정인 아들을 간병하러 며느리가 지하철을 타고 병원에 갔다. 몸도 무거운데….

아들 못지않게 며느리를 위한 기도도 바쳤다.

손녀들은 제 엄마와 떨어져도 문제가 없다. 엄마 어디 갔냐고 물으니 큰녀석이 "아빠가 병원에서 힘들어하시니까 도와드리러 갔어요" 하고 야무지게 대답했다.

이렇게 기특한 녀석이 있나. 만으로 다섯 살 된 아이 눈치가 백 단이구나.

　아이들에게 엄마 아빠의 행선지에 대해 적당히 둘러대거나 거짓말을 한 적이 없으니 어른들의 말을 전폭 신뢰한다. 이쁜 우리 손녀.

　기침은 진행형이다. 오늘 처방받은 폐렴 예방약 셉트린정을 하루 12시간 간격으로 4정씩 복용하기 시작했다.

65일 아들의 직장암 수술

2013년 8월 1일 목요일. 흐림

새벽 5시에 깬 손녀들이 방긋 웃는다. 평소 같으면 9시 넘어야 일어나던 녀석들이라 잠자리에 들 때만 해도 새벽에 깨울 걱정을 했다. 완전 기우였다. 집안 분위기에 너무 빨리 감잡은 것 같다. 제아무리 똑똑하다 해도 61개월, 31개월. 아기를 겨우 면한 어린애인데.

7시 30분에 시작한 수술이 11시 20분에 끝났다고 메시지가 왔다. 이틀 동안 먹지 못한 데다 관장까지 한 아들이 마취에서 깨어났다. 바짝 마르고 거무스레한 얼굴, 삭정이처럼 초췌한 몸. 서로 말을 아꼈다. 극심한 통증이 따른다는 주치의 말이 옛날 일기예보처럼 오보였으면 하고 바랐다. 곧이어 수술이 잘 됐다는 유 교수 말이 더 크게 들렸다.

안심시키려고 환자와 보호자에게 잘 되었다고 하는 경우가 있다 하더라도 오늘은 무조건 믿는다.

내일은 나의 스케줄이 있는 날이다. 여차하면 내일 주사를 맞으라고 할는지도 모르겠다.

안동에서 동생이 와송이며 오이며 청정한 남새를 정갈스럽게 포장해 가락동 딸네 집에 좀 놓고 용인으로 가져왔다. 이 지극정성이 퇴색되지 않도록 코팅해서 기억 창고에 보관해야겠다.

66일 항암 치료는 폐렴 치료한 다음에

2013년 8월 2일 금요일. 흐리고 무더위

밤에 두 번 깼다. 그래도 몰아서 2시간씩 단잠을 자니 개운하다. 폐렴 약이 듣는지 기침이 거의 멎었다.

숨쉬게 해 주는 기관에 새삼 감사한 마음이 들었다. 암 치료를 시작하면서 약간의 부작용은 감수하겠다는 각오였다. 때로는 발작적으로 엄습하는 기침을 과소평가하기도 했고, 가래가 나오면 낫는 징조라 오히려 좋아했다.

모니터로 CT 사진을 뚫어지게 보던 의사가 항암을 다음 주로 연기하자고 했다. 없던 기운이 더 빠졌다. 폐렴기가 있으니 약을 5일간 더 복용한 후 생각해 보자고 한다. 폐렴 치료가 우선이라고.

예상치 않게 오늘 하루가 잉여일이 되어 버렸다. 아들이 입원한 병원으로 갔다. 통증이 조금 가라앉는다고는 하나 아들은 진통제 투입 버튼을 손에서 놓지 않고 있었다.

며느리 말이, 간밤에 추가로 진통제 주사를 맞았다고 한다. 푸석푸석한 며느리 얼굴이 더 안쓰러웠다. 그런데도 며느리는 집에 가서 쉬라며 나를 병실에서 쫓아내다시피 했다.

집에 도착하자마자 피곤이 누적되어 곯아떨어졌다. 1시간 30분쯤 잤나, 달콤한 낮잠이었다.

67일 특수 영양식품 구입 검토

2013년 8월 3일 토요일. 먹구름과 햇볕이 교차, 가끔 소나기

지금 제일 큰 고민은 식욕 부진이다. 고기를 보면 목에서 욱하고 구역질이 나서 첫 수저부터 막힌다.

매 끼니마다 어떻게 식단을 짜야 할지, 아내 걱정이 이만저만 아니다. 아침에는 설렁탕, 점심은 대구지리, 저녁은 집에서 눌은밥, 된장국으로 때웠다. 내일은 무슨 메뉴로?

궁하면 통한다던가, 일산에 사는 동생 경호가 구명 튜브를 던져주었다. 고향에 계신 숙모님이 일반 식사를 통 못하시기에 특수 영양식품을 사서 부쳐 드린다고.

숙모님은 약간의 치매기에 여러 노환이 겹쳐 군청복지과에서 특별 관리하고 있다고 한다.

내가 그 식품은 최후 수단으로 사용하겠다니까 동생이 무슨 말이냐며, 우선 한 달치를 사서 보내 주겠다 한다. 고마운 동생이다.

울산에 사는 장조카 일현이, 수원에 사는 조카 영진이가 소식을 들었는지 아들이 입원한 병실을 다녀갔단다. 모두 빚이다. 기억하고 기회가 되면 갚아야 할 것이다.

아직까지 반환점을 미처 돌지 못한 상태에서 체력이 바닥난 걸 보면 카페에서 만나고 있는 환우들의 충고를 건성으로 들은 일이 후회

된다. 이구동성으로 무리하지 말라고 했는데.

아들은 오늘부터 가벼운 보행 연습을 시작했다고 한다. 통증도 조금 완화되는 감이 든다고.

시간은 우리 편이다.

으쌰으쌰! 힘내라, 아들!

68일 정성이 깃든 반찬

2013년 8월 4일 일요일. 찜통더위

더위를 느끼지 못하고 열대야에도 40도 난방에 겹이불을 덮고 자던 내가 2,3일 사이에 땀을 흘리고 선풍기를 찾는 몸으로 변했다. 약발이 떨어지면서 면역세포들이 정상으로 회복한 것 같아 기분이 좋다.

마침 오늘 기현 형, 재곤 동생, 경호 동생, 경욱 동생 내외가 아들을 면회 온다고 해서 서울 아산병원으로 마중 갔다. 고향 마을에서 담을 이웃하며 살아 정이 도타운 육촌형이고 사촌동생들이다.

서울, 일산, 광명, 용인 등지에 흩어져 살고 자녀들을 모두 출가시켰다. 종중 행사나 야유회로 일 년에 두세 차례 만나기는 했어도 병원에서 모두 모이기는 처음이다. 환자의 표정보다 면회 온 사람들 얼굴이 더 굳어 있었다.

마스크를 하고 머리칼이 빠진 나의 모습, 팔뚝에 호스를 주렁주렁 매달고 면도도 못한 꺼칠한 아들을 보고서 자신의 일로 여겨지는 모양이다.

그러고 보니 집집마다 비슷한 나이의 아들딸들이 있다. 경호 동생이 내 차 트렁크에 뭔가를 싣는다. 집에 와서 풀어 보니 단호박 4개, 호박잎 삶은 것과 된장, 고추, 호박전, 그리고 취나물이며 산채나물, 제수씨가 전날 장만하면 상한다고 새벽에 일어나 만들었다고 한다.

제수씨의 편지도 있었다. 불교 신자인 동생 부부는 병원에 오기 전, 절에 들러 불공까지 올리고 왔다고 했다. 진심이 전해져 가슴이 뜨거웠다.

주님, 이 시간에도 저희 가족을 기억하고 치유의 은사를 간구하는 모든 분들에게도 건강과 평화를, 행복한 미소를 잃지 않도록 은총 내려 주소서. 아멘.

69일 할머니 집이 제일 좋아요

2013년 8월 5일 월요일. 낮에는 폭염, 저녁에는 소나기 한차례

유례없는 사십구일 간의 장마가 끝났다는 예보가 있었는데, 아직 아쉬움이 남았는지 저녁에 소나기를 양동이 하나 쏟아 놓고 갔다.

비가 오면 나의 면역세포도 비바람에 떤다. 이런 날은 나짱 해변이나 필리핀 세부의 막탄 섬이나 와이키키 해변에 갔던 추억을, 사진을 꺼내 보며 지금 그곳에 머물고 있는 양 최면 유도한다. 도움이 된다.

쨍쨍한 하늘을 이만큼 그리워했던 적 있었나. 긴 장마로 우울증까지 걸릴 뻔했다. 어제보다는 몸이 확실히 가뿐하다. 소변으로 잠을 깨는 횟수가 두 번으로 줄어들고 자리에 누우면 바로 잠든다. 수면 장애가 호전된다는 징조일 테지.

식욕만 돌아오면…. 지금은 물맛까지 쓰다. 용기내어 아내에게 냉면을 먹자 했다. 수지에서 판교로 가는 길에 가구점이 죽 늘어서 있고 그 끄트머리에 막국숫집이 있다. 솔직히 대장균이 겁났다. 둥둥 떠다니는 얼음에 얼마나 들어 있으려나.

에라, 모르겠다. 복불복이지. 곱빼기로 시켜 동치미 육수를 네 국자 넣고 겨자, 식초를 풀어 폭풍 흡입했다.

오랜만에 배 속을 차가운 음식으로 가득 채웠다. 으스스 떨리기까

지 했다. 이내 후회막급. 육수는 조금 남길 걸.

좋은 소식은 4박5일 동안 자기 고모집에 가 있던 손녀들이 돌아왔다. 단양에서 캠핑도 하고 물놀이를 하며 재미있게 놀았다고 한다. 그런데 데려다 준 고모가 현관문 밖으로 사라지자마자 말한다.

"할머니, 나는 할머니 집이 세상에서 제일 좋아요."

이런 깜찍한 녀석 같으니.

태어나고 나서 할아버지, 할머니, 아빠, 엄마 품을 벗어나 하루도 아니고 나흘 밤을 집 밖에서 보냈다는 게 대견한데, 이런 아부성 발언을 하다니. 잠을 깨고서도, 놀이를 하면서도 두 녀석은 한 번도 울지 않았다고 한다. 고모가 아무리 잘해 주어도 투정했을 법한데, 오빠와 언니를 따르며 잘 지냈다고 한다.

궁금해서 큰녀석에게 살짝 물었다.

"정말 할아버지 할머니 생각 안 했어?"

"밤에 잘 때 할머니가 젤 보고 싶었어요."

좋지 않은 소식이 있었다. 아침에 아들이 토했다는 며느리 전화였다. 그래서 금식하고 엑스레이를 찍는다고 했다. 회진 의사 말은 드물게 나타나는 장폐색 경련으로 보이는데 좀 더 관찰해 보자고 했단다. 중요한 고비에 주치의 유 교수가 없어 불안하다. 휴가로 수요일에나 돌아온다는데, 별일이야 있으려고.

70일 체중 5kg 빠짐

2013년 8월 6일 화요일. 오후에 칠흑같은 구름이 덮더니 기습 폭우 2시간

어젯밤에는 정말 푹 잤다. 딱 한 번 깼다. 오전에도 잠깐 눈을 붙였다. 자갈길을 달리다 포장도로에 올라탄 기분이다.

손녀들이 놀자며 내 손을 끌어당기다 할애비가 베개에 머리를 얹자 문을 닫고 나간다. 보석처럼 숨어 있다 시시때때로 나타나는 생의 희열.

면역세포의 돌기가 일제히 일어선다. 대식세포, NK세포, B세포, 호중구 나의 영원한 전사들이여! 명령하노니 놈들을 향해 총돌격하라. 남김없이 박멸하라.

쓰나미는 소리 소문 없이 다가온다. 몇 분 후에 일어날 엄청난 사태를 전혀 모르고 있던 후쿠시마 시민들, 아득하게 솟구쳐 밀려오는 물벽을 보고서야 허겁지겁 도망치던 그들. 그전에 푸켓 관광객도 그랬다.

바로 내 모습이 그렇다. 물살에 떠밀린 몸뚱이가 근 3주 동안 표류하다가 기사회생했다. 간신히 기운을 차려 보니 내일이 4차 항암 주사 날이다.

체중이 거의 5kg 빠졌다.

56kg대 체중은 성인이 된 이후 처음이지 싶다. 이십 대 군인 시절

부터 지금까지 61kg에서 ±2kg을 벗어난 적이 없었다. 나의 노력이라기보다는 부모님으로부터 받은 유전적 체질 덕분일 것이다.

원인을 짚어 본다. 첫 번째는 수면 부족, 두 번째는 아들과 교대로 병원 다니면서 받은 스트레스, 세 번째는 항암제와 폐렴약(셉트린)의 부작용으로 생각된다.

대책으로는 외식인데 감염 걱정보다 먹을 만한 메뉴가 없다는 게 문제다. 이 동네에서 영양가 있고 맛있는 식당을 찾기가 어렵다. 특별히 가리는 식성이 아닌데도 식당에 성큼 발 들여놓기가 망설여진다. 내가 좋아하는 메밀은 저칼로리, 그렇다고 보쌈 고기를 매일 먹을 수도 없는 노릇이고.

또 다른 대책은 아내의 음식 조리에 참견하는 일이다. 한식요리사도 아닌 아내에게 인터넷 정보나 요리책을 검색하여 이렇게 해주시오 하고 주문하기? 안 될 말이다.

건강이 안 좋은 아내가 환자식 요리강좌를 배운다고 했을 때 극구 말렸다. 아내가 무리하여 환자가 되면 더 큰일이다.

그러나 며칠 후 장루를 달고 퇴원하는 아들의 식사 문제, 백미밥을 선호하는 손녀들 입맛, 만삭인 며느리의 섭생을 도와줄 식단, 식구들의 지혜를 모아 퍼즐 풀 듯 풀어야 할 것이다. 지금은 내가 환자가 아니고 아들의 보호자 입장이 되어 버렸다.

경호 동생이 보내 준다는 영양 캔이 만능일까? 기대가 크다. 알라딘의 요술램프, 마법의 영양 캔이라면 정말 좋겠다.

기일 4차 항암주사 연기

2013년 8월 7일 수요일. 습도 높은 무더운 날

네 시간 자고 2시에 깨어 밤을 홀딱 새웠다. 항암주사에 대한 긴장감이 잠을 쫓아낸 것이다. 7시에 가락동에서 딸이 왔다. 8시 채혈 시간에 맞추려면 7시에 집을 나서야 하므로 두 손녀를 데리러 온 것이다. 가족끼리 서로 도와야지.

이번에는 주사를 맞으려나 하고 진료실 의자에 두 손을 가지런히 모으고 앉았다. 모니터를 보던 주치의, 미간을 살짝 찌푸렸다. 뭔가 좋지 않은 게 있나, 은근히 걱정되었다.

"몸 관리 더 하시고, 다음 주 수요일에 다시 진료하고 결정하죠."

"3차와 간격이 길어지면 항암 효과가 줄어들지 않을까요?"

"그렇지는 않습니다. 기침이 멈췄으나 4일분 약을 더 복용하시고 몸 상태를 더 좋게 만들어야 할 것 같아요."

"식욕 부진으로 밥을 제대로 못 먹고 있습니다. 항암 시작할 때보다 몸무게가 5kg 줄었습니다."

"식욕증진제를 처방해 드릴게요. 억지로라도 단백질을 섭취하셔야 합니다. 다음 주에 건강 관리 잘 하셔서 오세요."

딸이 손녀를 맡아 주는 통에 우리 내외에게 여유 시간이 생겼다. 낮잠을 세 시간이나 잤다. 조금 늘어지긴 해도 피로는 가셨다.

어제 큰녀석이 제 아빠 전화를 받고서 입술을 앙다물고 버티다 끝
내 할아버지에게 전화기를 넘긴 적이 있었다. 아빠라면 죽고 못 사
는 녀석이 의외로 반항적이었다. 나도 아내도 당황했다. 동생은 조
잘조잘 이야기를 하는데 이 녀석은 단 한마디도 하지 않으려는 듯
입을 다물고 있었다.

그런데 딸이 오늘 병원에 데려가 아빠와 면회시켰더니 그렇게 좋
아할 수가 없었다고 한다. 껴안고 뽀뽀하고 생난리가 났다고.

왜 화가 났었느냐는 아빠 물음에 "아빠가 병원에서 다섯 밤만 자
고 온다고 했는데 다섯 밤이 지나갔는데도 아빠가 오지 않았잖아.
아빠는 거짓말쟁이" 하더란다.

누구보다 믿었던 아빠였기에 실망감이 컸던 모양이다.

의사 선생님이 좀 더 있어야 한다고 해서 앞으로 얼마나 있을지
모르겠다니까 고개를 끄덕이며 그제야 표정을 풀더라는 것이다.

기분이 좋아진 손녀가 고모와 한 말.

"오늘 고모집에서 자도 좋아요?"

"그럼, 그럼."

"내일도 자면 안 돼요?"

"내일도 모레도 정원이가 자고 싶으면 자."

우리 집에 와서는 할머니집이 세상에서 제일 좋다고 한 녀석이 이
틀 새 변심했구나.

72일 장어탕이 입에 맞다

2013년 8월 8일 목요일. 낮기온 서울 35도, 대구 37도

아이들이 없으니 한결 여유롭다. 어제 이어 오늘도 장어집에 갔다. 보양식으로는 멍멍이와 장어를 친다.

10년 전만 해도 보신탕집을 찾아다녔는데 어느 날 텔레비전 프로그램을 보고 나서 딱 끊었다. 시멘트 바닥에 생고기를 퍼질러 놓고 가공하는 보신탕집의 비위생적인 조리 상태를 고발하는 프로그램이었다. 눈에 익다 싶어 자세히 보니 내가 자주 들렀던, 서래마을에 있는 그 식당이었다.

간판은 가렸지만 입구를 보니 확실했다. 강남에서도 깨끗하게 요리한다는 집이다. 비싸도 손님이 바글바글했다. 대기표를 받고 한참을 기다려도 보신탕이라면 그 집이었다.

그런 집의 주방이 그 모양인데 다른 집이야 보나마나지. 보신탕집 주방이 깨끗하지는 않을 거라고 대충 짐작은 하고 있었지만 설마 그 정도일 거라고는 상상도 못했다.

솔직히 배신감이 들었다. 지금 시설을 청결히 하고 주방을 투명하게 보여 준다 해도 멍멍이를 다시 먹고 싶은 마음은 조금도 없다.

삼계탕도 생각했지만 장어가 소화가 잘될 것 같았다.

나는 탕, 아내는 소금구이 일 인분. 탕 1만 원, 소금구이 3만 2천 원.

나는 탕을 다 먹고 아내 몫의 소금구이도 반 이상 내 입에 넣었다. 내가 "당신도 먹고 힘내요" 하고 토막을 접시에 올려 주면 그걸 내 접시에 도로 집어 놓는다. 아내는 흐뭇한 표정이었다. 그동안 오죽 애를 태웠으면.

오후에 딸이 손녀들을 데리고 왔다. 내일 아들 퇴원을 자기 차로 하겠다며. 그러자면 애들은 미리 집에 데려다 놓는 게 좋을 것 같아서 왔다고 했다. 딸이라도 미안하고 고맙다.

갈비탕 잘하는 집 있으니 거기서 저녁 먹고 가라고 해도 집에 있는 큰외손자 밥 차려야 한다며 서둘러 차에 올랐다.

손녀들과 갈비탕으로 저녁 한 끼 해결했다. 식욕증진제 메게이스 효과인지 입맛이 조금씩 살아난다. 경호 동생이 보내 준 고단백 영양식 '메디웰'(1캔 300㎉ 열량)을 하루 2캔씩 먹을 계획이다.

운동은 워킹만 하고 근력운동은 치료 기간 동안 하지 않기로 했다.

기력이 많이 좋아졌다. 현기증이 덜하고 손발의 미세한 떨림도 줄었다. 소변의 거품은 여전하나 연황색으로 색이 옅어지고 있다.

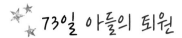

73일 아들의 퇴원

2013년 8월 9일 금요일. 아침에 소나기 내렸지만 여전히 폭염

아침에 체중계 눈금을 잘못 보았나 해서 다시 쟀다. 57.62kg.

어제보다 1.17kg 증가했다는 사실이 믿어지지 않았다. 하루 만에 이런 수치가 나올 수 있나. 장어 먹은 효과인가, 고단백 열량의 영양식 때문인가, 아니면 근력운동을 하지 않아서인가. 무엇이 원인이든 56kg에서 반곡점을 찍고 상승가도에 들어섰다면 고무적이다.

아들은 52kg. 그러지 않아도 초경량인데 입원 후 제대로 된 식사를 못했으니 단백질과 지방을 충분히 흡수할 수가 없었을 것이다.

나와 아들에겐 영양 공급, 체중 증가가 일상에서 가장 중요한 목표가 되었다.

퇴원하여 현관에 들어서는 아들. 구부정하고 거무죽죽한 얼굴이 영락없는 칠십 노인 모습이다. 화요일에 입원했으니 딱 열흘 만인데 그사이 많이 상했다.

아들은 금년에 한 번도 켜지 않은 에어컨을 돌려보겠다고 필터를 세척한다. 내부 먼지를 빼낸다며 진공청소기로 요란을 떨고 나서 거실에 시원한 바람을 끌어들인다. 냉방이 잘 된 병원에 있다 오니 더웠던 모양이다.

허리에 변주머니를 차고 하루에 대여섯 번씩 화장실에 가야 하고 식사도 대여섯 번으로 나누어 소식을 해야 하는 아들, 생활 리듬이나 식단 재료 같은 것들이 나와는 너무 다르다.

장난감 정리, 집 안 청소, 설거지, 채소 다듬기같이 집에서 해야 하는 소소한 노동은 아들이 전담했는데, 이제 내가 나서야 할 형편이 되었다.

운전도 내가 해야 한다. 며느리는 아직 왕초보에다 본인이 자신 없어 하기에 실전 투입은 이르다. 이 없으면 잇몸이고 꿩 아니면 닭이다.

손녀들은 아빠가 환자라는 것을 눈치챈 것 같다. 제 아빠를 귀찮게 하던 녀석들이 가까이에 얼씬하지 않는다.

세 번째

왜 더 살아야 하는지

74일 체중 불어나는 재미

2013년 8월 10일 토요일. 밤새 초열대야. 오전부터 오후 2시까지 비를 쏟더니 또 폭염 시작

체중이 어제보다 800g 늘었다. 장어집에 다시 갔다. 나흘 연속인데 신통하게도 물리지 않는다. 아내 눈치를 보며 괜찮으냐고 물으니 자기는 내가 좋으면 대찬성이란다. 체중 불어나는 것이 통장에 돈 불어나는 것보다 재미있단다.

거실에서 왔다갔다 운동하는 아들, 먹거리를 준비하는 며느리, 텔레비전에 눈이 고정된 손녀를 떼놓고 아내와 외식했다.

우선 나부터 살고 볼 일이다. 소크라테스가 '너 자신을 알라' 한 말, 나에게 지금 가장 필요한 행위가 영양 보충이라고 깨우쳐 준 말 같다. 《논어》 술이편에서 "반소식음수飯疏食飮水 곡굉이침지曲肱而枕之 낙역재기중의樂亦在其中矣(소박하게 차린 음식과 물을 마시고 팔을 굽혀 베고 누워도 즐거움은 역시 그 속에 있다)"라 한 건 건강한 사람에게나 해당되는 말이지, 단백질 보충이 절박한 나를 두고 한 말씀은 아닐 것이다.

고단위 단백질 캔을 오전 오후 한 개씩 챙겨 먹기로 했다. 잠은 한 번 깬 후 내리 잤다. 총 수면 시간이 여섯 시간은 되는 것 같다. 시간이 지나면서 항암 약효가 떨어지니 반비례로 기력은 서서히 좋아지고 있다. 현기증도 거의 없다.

75일 25년째 이어온 밀목회

2013년 8일 11일 일요일. 19년 만의 기록적인 폭염

꿀맛 같은 낮잠을 즐겼다. 눈치 빠른 손녀들은 저희끼리 소꿉장난 하며 놀았단다.

문득 내가 돼지처럼 사육되고 있다는 생각이 들었다. 육적인 부분 에만 관심을 집중하다 보니 영적인 감성이 메말라 버렸다. 책을 펴 기가 싫고 글쓰기는 더더욱 싫다. 느린 존재Slow Existence.

같은 계급(대위)으로 한 부대에 근무했던 사람들과 25년째 이어오 는 모임이 있다. '밀목회'라는 모임이다. 부대(공병단) 주둔지가 경기 도 광주 시내 밀목이었다. 부부 동반이 필수이고 두 달 간격으로 만 나는데 사정이 생겨 미루다가 오늘이 금년 들어 두 번째 회합이다.

원래 여섯 팀이었다가 두 팀이 탈퇴하고 네 팀만 남았다. 회자정 리會者定離. 절이 싫으면 중이 떠난다는 말, 헛말이 아니다.

회장은 돌아가면서 맡는데 금년은 내 순번이다. 말이 회장이지 한 일이 하나도 없어 송구스럽다는 말로 양해를 구했다. 계절별로 색다 른 모임 장소를 결정하고 가끔 한턱 쏘기도 하는 등 맛집이나 괜찮 은 즐길 거리를 섭외하는 일이 회장 임무다. 다른 분이 맡아 할 때 는 의욕이 철철 넘쳤는데 내 차례가 되면서 침체기에 들어서 버린

세 번째 왜 더 살아야 하는지   155

것이다.

잠실 석촌호수 옆 한**이란 음식점은 메뉴가 해물전, 돼지보쌈, 홍어회, 해물칼국수 등 다양하고 가격도 괜찮고 먹을 만했다. 다만 밀려드는 손님들로 종업원이 정신을 못 차릴 정도라 한가하게 대화 나눌 장소로는 적당하지 않았다.

식사하고 나오면서 주차안내원에게 2천 원 지폐와 발레파킹 접수증을 줬더니 10분을 넘겨서야 차를 끌고 나타났다. 속에서 솟구치는 불덩이를 가까스로 다스렸다. 항암 치료제가 감정조절 기능을 건드렸나. 급박한 일이 없는데도 대기 시간이 금싸라기처럼 여겨져 그에게 험악한 인상을 보였다.

최연장자 김재환 회장이 순번대로 다시 회장을 맡았다. 부산에서 감리단장으로 있다가 준공하고 올라와 7월 말에 회사를 그만두었다. 불편한 다리, 허리 통증에도 현장을 누비고 다녔다니 대단한 정신력의 소유자다.

강장욱 회장은 사위가 독일인인데, 부인이 다음 주 독일에 가 몇 달 있어야 한다고 했다. 직장 다니는 딸 대신 손주를 봐줘야 한다는데 "가는 김에 관광도 하고 사돈댁에 들러 재미있게 지내다 오시면 좋겠다"고 부담 없는 덕담을 주고받았다. 독일 사돈 내외 얼굴을 기억한다. 한국에서 결혼식 피로연 때 우리와 합석하여 소주잔을 부딪치며 불콰하게 한잔했었다.

황진업 회장은 공병여단장도 역임했고 연금을 받아 회원 중 모든 면에서 생활이 여유로운 편이다. 골프 여행으로 해외에 나가 있는 시간이 많다.

집 안의 소소한 일에서 이야기 소재를 찾던 회원들은 어느새 건강 쪽으로 대화 방향을 옮겨 커피만 마시고 헤어졌다. 모임 역사상 전례가 없었던 사건이다. 예전 같으면 담소가 아니라 노래방이었다.

밀목회는 남녀 공히 애주가들이다. 8명이 소주 10병, 맥주 10병은 기본이다. 언젠가 양양 어디 콘도에 숙박하면서 술을 얼마나 쏟아부었는지 아침에 일어나 보니 소주 맥주 빈 박스가 현관에 가득했다는 사실, 결코 과장이 아니다. 그러고도 조반 해장으로 소주 서너 병을 땄다.

주효酒肴와 밀목회의 금슬은 찰떡궁합인데 이제부터 나 혼자 열외로 빠진 처량한 신세가 돼 버렸다. 내 소주잔에는 투명한 생수가 채워진다.

폐렴약 셉트린은 복용이 끝났다.

76일 장모님의 불시 방문

2013년 8월 12일 월요일. 찌는 듯 무더운 날

예고 없이 장모님과 이모님께서 집에 오셨다. 청소도 안 돼 있고 아이들 장난감이 거실에 너절히 널려 있는 가운데 풀썩 주저앉으신다. 미리 전화하면 쓸고 닦느라 부담될까 봐 기척 않고 오신 것이다.

성긴 내 머리칼을 보시곤 눈물을 글썽이셨다.

"조 서방, 이거 내야 혀. 조 서방이 살아줘야 우리 모두 사는 기여."

구순을 목전에 둔 연세에 하루도 빼놓지 않고 까탈스런 장인어른의 삼시세끼 식사 수발을 하시는 장모님. 딸이나 며느리가 집 청소를 도와주려 해도 한사코 거절하고 손수 정리정돈해야 마음이 놓인다는 장모님이다.

장모님 댁은 언제 가도 깔끔하다. 한겨울에도 난방비를 아끼려고 손바닥만 한 전기방석과 두툼한 옷으로 생활하다 작은아들로부터 타박을 받기도 하고, 여름에는 우리가 사드린 에어컨을 반납하고 선풍기 하나로 지내신다. 근검절약이 몸에 배인 장모님.

올해 아흔둘인 장인어른이 중병으로 기동이 어려운 상태라 한시도 집을 비울 수 없는데도 큰 결심을 하고 행당동에서 용인 수지까지 오신 것이다. 푹푹 찌는 말복더위에. 지하철을 몇 번씩 갈아타느라 엄청 지치셨을 터다.

사위의 못난 모습을 보여 드려 죄송스럽기 그지없다. 안방으로 성큼 가시더니 내 침대를 쓰다듬는다. 쌀자루만큼 작아진 장모님의 뒷모습, 낙엽처럼 바스러질 듯 가볍다.

용돈을 드려도 한사코 거절하고 거꾸로 내 생일이면 어김없이 봉투를 주실 정도로 자존심이 유별난 장모님이시다.

이번에도 만삭인 며느리에게 기어코 봉투를 쥐여주고 이모님을 재촉하여 일어서셨다.

엘리베이터 앞에서 배웅하는 내게 빨리 들어가라 손사래치면서도 끝내 내 눈을 맞추지 않으셨다. 오래전 돌아가신 어머니 모습이 연상되었다. 얼마나 더 사실지….

오후에는 대구에서 누이동생의 아들 백종술이 딸과 함께 병문안을 왔다. 휴가 중이라 형제들을 대표해서 왔다며 깜짝 놀랄 만한 금액을 며느리에게 주고 갔다. 우리 가족이 그들에게 무엇이기에. 여기저기서 내미는 도움의 손길, 너무 미안하고 고맙다.

아들아, 여러 사람의 정성을 생각해서라도 힘내자.

77일 체중 증가 프로젝트 성공

2013년 8월 13일 화요일. 열대야에 아침부터 찌는 더위. 전력수급 비상상황

체중 증가 프로젝트는 일단 성공. 8월 8일 56.45kg에서 6일 만에 3.5kg 불었다. 거의 매일 한 끼는 장어탕을 먹고 고단백 캔음료를 하루에 두 개씩 마셨다. 식욕 돋우는 약을 끊어도 입맛이 돌아왔다.

밤에 한두 번 잠 깨는 일 말고는 평상시의 컨디션이다. 근력은 약의 잔류 효과 때문인지 평상의 90% 수준이다. 한글워드에 오타가 잦고 신경감각에 미세한 떨림을 느끼고 기억력이 예전 같지 않은 증상은 항암제 부작용이지 싶다.

뇌신경센터 박 교수 진료실. 항암제 부작용으로 힘들어 혈전용해제나 고지혈증약은 복용하지 않았다고 실토했다. 박 교수는 면역력이 떨어지면 갑자기 뇌경색이 오는 경우가 있다면서도 내가 항암 치료 중에는 복용을 원치 않는다니까 항암이 끝나는 10월 중순에 진료 예약을 하고 다시 오라 했다.

병원 홍보물에는 신관 증축을 계기로 국내 톱5에 진입했고 뇌혈관과 암센터 협진체계가 잘 구축되어 있다고 한다. 내 경우는 의사가 환자 눈치를 살피는 것처럼 느껴져, 암센터와 뇌혈관센터 의사들은 자기 분야만 열심히 챙긴다는 인상을 받았다. 협진체계 구축은 홍보용인가, 아니면 다른 환자에겐 시행하고 있다는 것인가.

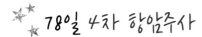

78일 4차 항암주사

2013년 8월 14일 수요일. 어제처럼 계속되는 더위

드디어 4차 항암주사를 맞았다. 또 연기할까 봐 식욕도 좋고 체중이 늘었다고 씩씩하게 말했다. 폐렴약 셉트린은 예방 차원에서 하루한 알 복용하자고 주치의가 말했다.

나야 거부권이 없는 환자니 그가 두 알 먹으라면 먹을 것이요, 세알이라면 또 어쩔 것인가. 주사 맞으란 말에 그저 감지덕지했다.

진료 시간이 아침 9시로 일찍 예약되는 바람에 항암주사는 10시에 시작했다. 병상도 풍광 좋은 창가였다.

점심은 바늘을 꽂은 채 휴게실에서 먹었다. 어제 장어집에서 포장해 온 장어탕을 국물 한 방울 남기지 않고 다 먹었다. 말초 세포에힘이 팍팍 들어갔을 것이다. 빈크리스틴을 마지막으로 끝난 시간이1시 40분, 총 주사 시간이 3시간 40분이니 수월히 맞은 셈이다.

현기증 때문에 운전이 가능할까 걱정했는데 무사히 귀가했다. 오후에는 헬스장에서 간단히 워킹하며 몸을 풀고 내친김에 며느리 입맛도 생각해서 저녁을 집 근처에 있는 코다리냉면집에서 비빔냉면을 먹었다. 앞으로는 찬 음식 먹을 기회가 없을 것 같아 미각과 후각신경의 기분을 맞춰 준 것이다. 다른 기관의 반발을 각오하고 욕심냈다.

79일 메시지 하나로 행복했던 하루

2013년 8월 15일 목요일. 열대야에 무더위

몸무게가 52kg 언저리에서 맴돌던 아들이 장어탕을 주문했다. 장어를 즐기는 편은 아닌데 내 체중 변화를 보고 시도해 보겠단다. 목표가 체중 증가라면 좌고우면左顧右眄할 일이 아니다.

아들 식사는 죽에서 밥으로 바뀌었고 산책도 시작했다. 구부정한 허리, 팔자걸음은 곧 좋아질 것이다.

오랜만에 메일을 열었더니 홍천의 수필가 송 선생이 어디서 소식을 들었는지 격려 메시지를 보내왔다. 그의 글은 춘천 막국수처럼 칼칼하고 개운하다. 글에 힘이 있고 페이소스가 바탕에 깔려 있다. 미모 또한 빠지지 않는다. 등단은 나보다 석 달 차이나지만 실력으로 따지면 나는 그의 그림자도 따라잡을 수 없다.

그 송 선생이 나를 앞으로 오빠로 부르겠단다. 내 무엇이 선생에게 어필했는지 몰라도 신선한 충격이었다. 익살맞게도 자신을 '조계환 선생 건강기원위원회 홍천 지부장'이라 했다. 이런 내용은 아내에게 말하지 않았다간 나중에 문제된다. 아내가 웃으며 말했다.

"당신, 치료 도중에 나 모르게 여자들한테 작업했나 봐."

아내의 농담도 오랜만이다.

응원 메일 한 통이 분위기를 고조시켰다.

광복절 태극기를 걷으면서 멋진 아이디어로 하루를 행복하게 해 준 송 선생에게 미소를 보냈다.

그 메시지 하나가 NK세포에게는 천군만마 지원군이었을 것이다. 타들어가는 논바닥에 콸콸 들어오는 논물 같다.

몸 상태는 근래 최고의 컨디션이다. 의사나 주사약이 만능 해결사가 아니다. 정신 건강에 도움될 일이 있다면, 죽느냐 사느냐 기로에 서 있는 환자라면, 상식의 선을 일탈하지 않는 범위에서 무엇이든지 해야 한다.

80일 반신욕 노하우 터득

2013년 8월 16일 금요일. 역시 찌는 무더위 한낮 32도

반신욕 노하우를 터득했다. 지금까지는 온탕에서 20분을 좌욕하고 나오면 비 오듯 땀이 흐른다. 샤워를 하고 타월로 몸을 훔쳐도 땀이 끝없이 배어나오고 그칠 줄 몰랐다. 집으로 걸어오는 10여 분 동안 티셔츠는 물걸레처럼 젖고 몸도 축 처졌다.

오늘부터 방법을 바꾸었다.

워킹 운동 후 샤워로 1차 몸을 헹군다. 다음, 운동으로 달아오른 내열을 식히기 위해 냉탕(20℃ 내외)으로 직행하여 3분간 담근다.

이어서 온탕(40~41℃)에서 20분 반신욕을 한다. 이때 복부에 기포 마사지를 5분 정도 한다.

다음은 건식·습식 사우나로 가서 5분간씩 땀을 더 빼고 냉탕으로 다시 들어가 몸을 담그면 정신이 명료해지고 몸도 상쾌하다.

집으로 올 때 셔츠가 약간 젖는 정도라 불쾌감도 없다. 휘파람으로 '콰이강마치'를 소리내 본다. 고등학교 아침 등교시간이면 교문에 울려 퍼지던 행진곡이다.

81일 시시한 일

2013년 8월 17일 토요일. 습도가 높아 더욱 무덥다

주사약 반응이 왔다. 내비게이션 자판에 촉지가 의도대로 되지 않아 엉뚱한 화면을 불러낸다. 잠도 설쳤다.

숙면한 시간이 모두 서너 시간이나 될까. 소변이 마려워 두세 번 깨다 보면 연속으로 잠들 수가 없다. 할 수 없이 컴퓨터를 켰더니 잠을 설친 또 한 사람의 볼멘소리가 날아들었다.

눈만 말똥말똥 5시 되기를 기다려 생수 한 병 챙겨들고 헬스장으로 갔다. 운동 끝나고 귀가한 시간은 8시다. 특별한 일이 없는 한 반복되는 일과다.

8시는 손녀 둘이 세상모르게 귀잠에 빠져 있는 시간이고, 아내가 주방에서 부산하게 움직이는 시간이다.

오늘 화두는 느긋이 쉬다, 릴랙스다.

남태평양 야자수 그늘에서 웨이터의 시중을 받으며 아가사 크리스티의 추리소설을 읽는 호사를 마음으로 그려본다.

그러나 나뭇가지는 쉬고자 하나 바람이 그냥 두지 않는다. 아들은 실내를 왔다갔다 움직여야 하고, 손녀들은 계속 떠들어야 하고, 아내는 내게 잔심부름을 시킨다. 아들이나 며느리가 하던 음식물 쓰레기 버리기 같은 일들이 내 임무가 되었다.

이전에는 몰랐던 자질구레한 일이 크게 느껴졌다. 집 안 청소, 화장실 청소, 재활용 쓰레기 버리기, 침구 정리. 내가 지금까지 무심했던 일들이다. 일 같지 않은 일이라고, 남자가 할 일 아니라고 쳐다보지 않았고, 아내도 나에게 도움을 청한 적이 없었다.

그러나 결코 시시한 일이 아니다. 최선을 다해야 한다. 아내의 입 꼬리가 올라가면 그것이 평화다.

랠프 월도 에머슨의 말을 인용한다.

"작은 일이라도 하찮게 생각해서는 안 된다. 모든 일은 사소한 것에서 출발한다."

사소하다고 얕봐서는 안 될 일이다.

82일 자형의 병문안

2013년 8월 18일 일요일. 32도 무더위

어제보다 현기증이 심하다. 10분 거리인 느티나무마트까지 운전해 갔다 오는데 다리가 후들댄다.

가래도 조금씩 뱉는다. 심하지 않았으면 좋겠다. 효험이 있든 없든 코푸시럽은 계속 복용해야겠다.

오후에는 대구에서 자형과 누님이 아들 며느리를 대동하고 집에 왔다. 자형은 허리 수술을 여러 번 하여 지팡이를 짚고서도 10분 이상 걷지 못하는 불편한 몸이다. 생질 인만이가 쌀 40kg 한 포대를 메고 있고, 자형은 그 뒤에 구부정하게 서 있었다.

쌀은 출발하기 직전에 도정한 것이라 한다. 새벽에 안동으로 가 장조카 인갑이 차로 바꿔서 동생네 들렀다고 한다. 거기서 호박잎과 와송을 받아 싣고 1시가 다 되어서야 용인 수지에 도착한 것이다.

바로 장어집으로 직행했다. 아내에게 단단히 당부했다. 식사하는 도중에 슬그머니 일어나 먼저 계산하라고. 호기롭게 소금구이를 넉넉히 주문했다. 내가 살 거니까 조카들에게도 아끼지 말고 들라고 권했다.

결과는 자형 카드로 계산되었다. 아내의 서툰 동작을 눈치챈 조카와 자형이 계산서를 빼앗아 버렸기 때문이다.

그러고도 또 며느리에게 봉투를 내놓는다. 아무리 띠앗이 좋은 형제지간이라지만 염치없이 받기만 하여 면구스럽다. 물질이든 정신적인 것이든 빚이다.

며느리가 말한다.

"아버님, 제가 다 기록해 두었습니다. 저희들이 갚아야죠."

언제 보아도 미쁜 며느리.

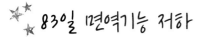

83일 면역기능 저하

2013년 8월 19일 월요일. 더위 수그러들었지만 거실에는 냉방 가동

오전에 낮잠을 세 시간이나 잤다. 어제는 한 시간밖에 눈을 붙이지 못했다. 작은손녀가 심심한지 내 눈을 간질이고 장난친다. 녀석이 날 깨우면서 "난 할아버지가 제일 좋아요" 하는데 일어나지 않을 도리가 없다.

오늘은 엄마가 단단히 이른 효과인지 내 방문을 아무도 건드리지 않더란다. 푹 잤는데도 평형감각은 정상이 아니다. 은행에서 몇 자 적는 글씨도 삐뚤삐뚤 엉망이다. 약발이 들어 면역기능이 떨어진다는 현상이 분명하다.

계간지 《현대수필》에서 청탁받은 원고를 송고했다.

아포리즘 수필로 제목은 〈작은 참나무〉다.

나와 아들의 와병, 그로 인해 충격받은 아내의 감정을 표현했다. 200자 원고지 3장 분량으로 압축해야 하는 작업이 만만치 않았다. 그러나 글쓰기에 몰두하다 보니 내가 병자라는 사실을 잠시나마 잊을 수 있었다.

작은 참나무

내가 암 3기라고 진단받았을 때, 아내의 어깨는 고요했다. 베트남에서 귀국한 아들이 내시경 검사를 했다. 직장암이 분명하다 했을 때도 그 어깨는 애써 담담해 보였다. 조직검사 결과 3기라고 하자 아내의 어깨는 기어코 무너지고 말았다. 3기 다음은 4기, 위기를 느낀 것이다.

폭풍 같은 오열을 쏟는 아내를 진정시키려 광교산 숲길을 걷자 했다. 아내가 길모퉁이 작은 참나무 앞에 멈춰 섰다. 큰 나무 틈에서 부대끼다 밀려 나온 것 같은 나무. 부지깽이 같은 줄기에 애발스런 잎사귀 몇 개가 붙은 나무. 사람들 손에 허구리가 반질반질 닳은 작은 참나무였다.

아내는 스틱으로 갑자기 나무를 후려쳤다. 나는 아내의 돌연한 행동에 얼른 주위를 돌아봤다. 나무는 도망치지도 못하고 꼼짝없이 매를 맞았다. 갈가리 찢긴 이파리가 길섶에 흩어졌다.

"네 놈은 왜 이리 크지 못해 사람들한테 시달리나. 이눔아, 저 옆엣것처럼 쭉쭉 뻗어 봐라."

나는 집에 돌아와 부러진 스틱을 우산꽂이에 꽂았다. 아내는 주방으로 들어갔다. 잠시 후 또각또각 도마질 소리가 들렸다.

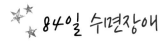

84일 수면장애

2013년 8월 20일 화요일. 더위 약간 주춤해졌으나 하루 종일 냉방 가동

2시 30분과 3시 30분의 의미는 다르다. 소변이 마려워 3시 30분에 잠을 깨면 나머지 잠을 포기하는 데 큰 갈등은 없다. 그런데 2시 30분에 깨면 당혹스럽다. 오늘이 그렇다. 눈을 감고 한 시간 동안 잠을 청했으나 시간이 지날수록 정신이 말똥말똥, 다시 살아난다. 4차 항암주사를 맞고부터 나타난 증상이다.

어제 내 턱을 보고 깜짝 놀랐다. 면도를 까마득히 잊어버릴 정도로 자라지 않던 수염이 서리 맞은 보리처럼 하얗게 솟았다. 언제부터 자랐나. 매일 보는 얼굴이고 턱인데 갑자기 이렇게 자랄 수 있나 신기했다. 다음 상황을 보기 위해 깨끗이 면도했다.

오늘 미사에서 복음 말씀은 그 유명한 마태오 19장 23~30절.
"부자가 하느님 나라에 들어가는 것보다 낙타가 바늘구멍으로 빠져나가는 것이 더 쉽다."
신부님은 성서를 협의적으로 해석하여 상호 모순이나 오류에 빠지는 경우가 있는데, 복음의 전체적인 맥락을 먼저 이해하여야 하는 부분이 바로 이와 같은 곳이라 했다.
성서에는 부자를 악인이라 한 적이 없고 사람들이 가난하게 살기를 원한다는 어떤 말씀도 없다. 부자는 단순히 돈 많은 사람이 아니라 '사람의 힘'에 의존하는 이를 말한다. 권력, 재력, 사교술, 창의력, 기획력, 이런 능력은 한계가 있다. 의존의 정도가 크면 클수록 죄와 고통, 허무와 죽음 같은 한계 상황이 뚜렷이 드러난다. 그래서 사람의 힘에 의지하며 사는 부자는 하느님 나라에 들어가기 어렵다는 것이다.

미사 강론을 들으면 귀가 밝아지고 가슴이 확 트인다. 더러워진 마음이 깨끗이 세탁되는 듯 그 순간은 경건해진다.

오후 4시에서 6시 30분까지 두 시간 반을 달게 잤다. 잠 벌충이 충분히 된 것 같다.

식욕이 조금씩 떨어지려는 기미가 있고 근육 기능도 시나브로 약해지는 것 같다.

85일 아들의 항암 재발 방지 프로그램

2013년 8월 21일 수요일. 아침에는 선선한 바람, 낮에는 땡볕

폭염으로 달궈진 낮 기온이 아침저녁엔 제법 선선하다. 가을 느낌이 난다. 계절은 어김없이 돌고 돈다. 더위도 언젠가는 물러가리니.

아들이 진료받는 날이다. 내가 운전했다. 채혈부터 시작해서 대장항문외과, 혈액종양내과 진료를 거쳐 장루를 위생적으로 관리하는 방법에 대한 설명을 듣기까지 일곱 시간이나 걸렸다. 하루에 소화하기는 빡빡한 스케줄이나 병원에 두 번 오느니 한 번에 끝내자며 주치의 유 교수가 환자 형편을 배려하여 선심을 쓴 결과다.

점심을 설렁탕 한 그릇으로 때웠더니 6시경에는 시장기로 현기증이 더 심했다. 간식으로 먹던 과일을 못 먹은 것이 이렇게까지 표가 날까. 아들도 지치고 나도 힘든 하루였다.

9월 4일 아들의 재발 방지 항암 프로그램 시작 일정이 잡혔다. 5일 간씩 4개월간이다. 나도 그날 5차 항암주사 계획이 있다. 차량 문제는 그날 상황 봐서 맞춰 보자고 했다. 부실한 내 체력을 보양한다고 일주일 연기되는 바람에 날짜가 서로 겹쳐진 것이다.

하지만 그보다 더 중요한 관심사는 장어를 먹든 캔을 먹든 체중 불리기다. 아들도 체중에 신경을 쓰고 있다.

86일 풍랑 없는 바다의 요트

2013년 8월 22일 목요일. 어제보다 아침 선선, 더위 한풀 꺾임

근력이나 평형감각 기능 저하는 각오했던 일이고, 그 외 몸 상태는 좋다. 3차 때와 같은 쓰나미 부작용은 감지되지 않는다. 풍랑 없는 고요한 바다를 항해하고 있는 작은 요트 같다. 두려워하지 않는다. 닥치면 닥치는 대로 해결할 것이다.

식욕도 좋고 가래가 조금 비치지만 괜찮아질 것이다. 수면 부족은 낮잠으로 보충하고. 워킹 운동량은 조금 줄였다. 2주차 감염에 대한 우려가 있더라도 헬스장, 대중탕은 계속 이용할 생각이다. 그마저 중단하면 운동 부족으로 소화가 안 되어 배가 더부룩해지고 다른 쪽으로 이상이 생길까 염려된다.

빡빡한 생활 리듬을 자연과 호흡을 맞춘다고 느릿느릿 행동하기란 말처럼 만만한 일은 아니다.

항암주사 중에 봉성체 오신 수녀님의 말씀.

"여기 환자들 보니까 형제님처럼 도중에 힘들어하시는 분이 계시는가 하면, 처음에 힘들어하다가 차수가 진행되면서 괜찮아지는 분도 있더라고요."

내게 조금만 참으면 고비를 넘길 거라는 격려 말씀으로 알아들었다.

87일 반신욕을 중단해야 하나

2013년 8월 23일 금요일. 아침에 폭우로 폭염 기세는 꺾임

체중에 대해 너무 과민 반응하고 있는지 모르겠다. 아침저녁 장어탕에, 닭가슴살로 연료통을 가득 채운 요트는 잔잔한 바다를 항해 중이다. 3차 이맘때는 캄캄한 터널 속을 허우적댔는데, 내부 교전이 잠시 소강 국면에 접어든 모양이다.

광교산 산행을 했다. 버둥거리며 턱걸이 3개를 간신히 했다. 예상했던 일이다. 아침에 많은 비가 쏟아져 물길 흔적이 남아 있는 등산로. 산행하는 사람이 서너 명 될까. 고즈넉한 산길이었다. 먼지 풀풀 나는 길이 단비로 꼼꼼해져 보행하기가 한결 수월했다.

텃밭의 보라색 도라지꽃이 몸을 흔들며 반겼다. 강아지풀도 토실토실했다. 왕복 세 시간 코스인 천년약수터까지 갔다 왔는데 걱정과 달리 피로감이 그리 느껴지지 않았다.

대중탕과 사우나 시설에서 급성호흡기질환의 원인인 레지오넬라균이 검출되어 주의가 필요하다는 뉴스가 고민을 추가했다. 찾아보니 레지오넬라균은 따뜻하고 습기 찬 환경에서 잘 번식하며 냉각탑수나 샤워기 등 오염된 물속에서 서식하다가 호흡기를 통해 감염된다고 한다.

폐렴형 레지오넬라증은 발열부터 근육통과 의식장애 등 증상을

동반하고 독감형 레지오넬라증은 2~5일간 발열과 기침, 어지럼증이
나타나기 때문에 즉시 치료를 받아야 한다는 것이다.

그렇다면 계속하던 반신욕을 중단해야 하나. 그러잖아도 환절기
에 감기 걸릴까 조심하는 중인데.

어제 손광성 선생님께 표지화를 부탁드렸는데 흔쾌히 받아주셨다.

출간에 속도가 붙는다.

88일 제사상을 차려줬으면…

2013년 8월 24일 토요일. 아침저녁 가을처럼 서늘하다

아침부터 예초기 소리가 요란하다. 선산을 찾아 벌초하는 때임을 알리는 소리다. 파주 종중 선산, 원래 양력 8월 마지막 일요일이 사초일이다. 금년은 기별이 없다. 참여하기 힘들어도 사역하는 날은 알아야 한다. 고향 선산은 매년 동생과 조카들이 수고하기에 금년부터는 작은아버지 노릇해 보겠다고 욕심을 냈지만 또 어렵게 되었다.

아내와 며느리에게 당부했다. 내가 어찌되면 교회법에 맞추되 최대한 성대하게 제사상을 차려 달라고 했다. 우리 집 가풍이 검약정신이지만 때로는 허례허식이라며 비판하는 행사 중 제삿날만은 생략하지 않았으면 좋겠다고 부탁했다. 직손이야 당연히 참석해야 할 것이고 가까운 거리의 친인척들도 모두 불러 흥미를 끄는 이벤트성 행사로 진행하여 하루를 즐겁게 보낸다면 추억거리 하나가 더 생기고, 의미 있는 날이 되지 않겠느냐고 했다.

유교 관습에 따른 제물이 아니면 어떠랴. 돌아가신 날을 기억하고 형편에 맞춰 음식을 정성껏 준비하는 그 과정이 얼마나 아름다운가. 나는 맏이가 아니어서 제수를 차린 적이 없다. 그래서 제사를 동경하는지도 모르겠다. 제사란 예식은 빠르게 분화하는 현대의 삶에서 친척들이 모처럼 한자리에 모인다는 데 큰 의미가 있다고 본다.

전화나 편지로 안부 묻고 하다가 만나면 정분이 더 두터워질 터. 삶을 윤기나게 하려는 욕망은 누구나 갖고 있기에 사람들은 이벤트나 세리머니를 통해 대리만족하는 것으로 생각한다.

현재 나의 세대는 연락만 하면 형제들은 물론이고 사촌, 육촌들도 웬만하면 모인다. 부부동반도 하고 아이들을 데리고 올 때도 있고 각자 형편대로 국내에 있는 한 서로 빠지지 않으려 노력한다.

그런데 나는 선고의 제사를 모시는 울산 장조카에게 두어 번 정도밖에 가지 못했다. 장거리 교통편을 이유 삼아 참석이 어렵다고 전화하면 조카는 그렇게 하시라고 마음 편하게 말했다. 솔직히 말하자면 지금까지 바쁘지 않은 날이 있었나. 술 마시느라 바빴고, 골프 치느라 바빴다. 이유를 대자면 한도 끝도 없다. 제사는 약간의 강제성을 띠고 참여하도록 독려해야 할 것이다.

넉넉하게 차려진 제사상 앞에서 조카들과 그들의 아들딸들이 왁자지껄 떠들고 있을 모습은 상상만 해도 흐뭇하다.

슬픈 표정 대신 밝게 웃으며 제사상을 차려 줬으면 좋겠다고 했다. 예전 같으면 감히 꺼내지 못했을 제사 이야기를 아내와 며느리가 진지하게 들어줬다. 젊은 사람 같지 않게 며느리가 제사를 거부하지 않고 사려 깊게 들어주어 고마웠다.

컨디션에 따라 목 성대가 잠긴다. 몸 상태가 좋지 않을 때는 풍선에 바람 빠지는 소리처럼 나오고, 지금처럼 지낼 만한 상태면 쉰 목소리지만 대화하기에는 부담이 없다. 내 경우는 목소리가 몸 상태를 나타내는 척도다.

89일 둘째 형수님의 병문안

2013년 8월 25일 일요일. 높아진 하늘에 새털구름

시골에서 둘째 형수님이 오셨다. 형님이 돌아가신 후 혼자 계신다. 농사일도 힘에 부쳐 정리하고 조금 남은 것은 도시 아들들이 거들어주어 무리하지 않게 짓고 있다 한다.

인근 동네에 주물공장이 들어서서 제3국 근로자가 많이 들어와 있다. 아래채 방을 그들에게 세놓아 큰돈은 아니라도 노후 비용은 준비하신 것 같아 다행이다.

형제 중 가장 걱정되던 형수님. 형제들이 사업을 하지 않아 (나의 사무소는 사업이랄 규모가 안 된다) 서로 큰돈을 빌리는 일이 없어 지금까지 우애에 금이 가지 않았다. 이것도 복이라면 복이다.

형제들은 골고루 잘 살아야 한다. 한쪽이 밀리면 사이가 뜨악하기 십상이다. 잘 사는 쪽이 베풀어도 받는 쪽은 인색하다, 야박하다 생각하기 때문이다.

4년 전인가, 형제들과 미국 서부 여행을 했다. 여행사 납입금 일인당 기본 180만 원에 옵션 비용, 기타 비용 합하여 예산이 250만 원 나왔다. 고인이 된 큰형님 내외분이 빠지고 누님 내외, 우리 부부, 동생 내외, 혼자 된 여동생과 둘째 형수님 이렇게 모두 여덟 명이 가게 되었다.

형편이 나은 누님 쪽에서 모든 비용을 부담하겠다고 나섰다. 나는 미지근한 상태였고, 여동생과 남동생이 펄펄 뛰었다. 모든 비용을 N분의 1로 하자고. 결국 그렇게 다녀왔다.

공짜를 싫어하는 자존심도 한몫했을 것이다. 우리 형제도 많이 다툰다. 우애 유지가 참 힘들다는 생각이 들 때가 많다.

매년 8월 15일이면 콘도 같은 숙박시설을 빌려 형제들이 모인다. 30년 넘은 행사다. 모여서 놀이기구도 타고 맛집을 찾아다니기도 한다. 묵은 마음을 서로 털어놓고 그간 있었던 오해를 푸는 기회가 그때다.

금년은 내가 유사인데 의도치 않게 콘도가 아니라 우리 집으로 모이는 상황이 되어 버렸다.

둘째 형수님의 부천에 사는 딸과 사위, 대구의 첫째, 둘째가 죽전역에서 만나 같이 왔다. 시원한 코다리냉면집을 예약해 두었는데 벌써 점심을 해결했단다.

에이 몹쓸 사람들. 예까지 왔으면 나와 같이 밥 한 끼는 먹어야지.

나의 건강 요트는 대양을 순항 중이다.

90일 헬스장 러닝머신보다 산행이

2013년 8월 26일 월요일. 낮에는 좀 더웠으나 가을이다

새벽 헬스장으로 향하다가 다시 집에 들어왔다. 생각하니 헬스장 러닝머신에서 40분 워킹하기보다 광교산 자락 매봉약수터까지 땅을 밟고 걷는 것이 도움 되지 싶어 등산화로 갈아 신었다.

러닝머신에서 워킹할 경우는 운동량에 따라 땀 배출 상태를 어림하여 신체 반응을 확인할 수 있다. 매봉약수터 길이 평탄하다 해도 야트막한 고개에 숨이 차는 걸 보면 트레킹이 심폐기능을 도와주는 효과는 분명 있는 것 같다. 엷은 안개 사이에 나풀대는 이파리, 지난 비에 발효하는 낙엽의 시큼한 냄새, 한 줄기 스쳐가는 싱그러운 공기, 산비둘기의 아침 인사가 산행에서 덤으로 얻는 보약이다.

3차 항암 2주차였나 기침으로 잠을 못 자고 식욕부진이던 그때가 떠오른다. 체중 감소에다 땅속으로 가라앉고 있다며 일기 쓰기를 힘겨워했다. 그에 비해 지금은 양털 쿠션에 누운 듯 편하다. 그러나 시건방 떨면 큰일난다. 호사다마란 격언이 있다. 일격에 가는 수가 있다. 매일 매시 조심하고 볼 일이다. 반신욕을 계속하느냐, 아니면 샤워로 끝내느냐 하다가 반신욕의 유혹을 뿌리치지 못했다.

오전 두 시간, 오후 한 시간 낮잠으로 부족한 잠을 보충했더니 생체 리듬이 조율되는 느낌이다. 꿀잠이었다.

91일 왜 더 살아야 하는지
2013년 8월 27일 화요일. 약간 덥기는 하나 청명한 가을 하늘

틀에 매인 일상을 반복하다 보면 왜 살아야 하는지, 어떻게 살아야 하는지, 깊이 생각해 볼 겨를이 없다. 동트면 출근하고 가로등이 켜지면 퇴근하고. 아프니까 내 몸을 돌아볼 여유가 생겨 나에게 묻는다.

"네가 왜 20년이고 30년을 더 살아야 하는데? 네 나이보다 일찍 세상을 등지는, 젊고 아까운 사람들이 얼마나 많은데. 네가 빠져 빈자리를 만들어 줘야 하는 거 아니야?"

"내가 100년 전에 태어났으면 암 진단이란 게 없었으니 당연히 장수노인으로 자연수명을 다했다고 하겠지. 내가 더 살아야 하는 이유는 가족들과 사랑하는 사람들과의 별리別離의 아픔도 있지만, 현대 의술이 나를 얼마나 더 생존시킬 수 있을까 하는 호기심도 있다."

"그럼 의술이 생명을 연장시켜 주면 넌 어떻게 살 건데?"

"헬렌 켈러의 말처럼 눈곱을 비비며 맞았던 태양, 그 빛에 매일 감사 기도하고 그냥 하루하루에 최선을 다할 거야. 원대한 포부, 거창한 목표는 없고 지금 하고 있는 일만 열심히 할 거야."

밤에 한두 번 터지는 기침이 신경쓰인다. 가래 뱉느라고 나오는 기침인가. 호흡기 말고 몸 상태는 순항 중이다. 감염 걱정에 반신욕을 20분에서 10분으로 줄였다.

92일 복부골반 CT

2013년 8월 28일 수요일. 낮에는 덥고 밤에는 선선함

CT 촬영이 8시 20분이라 아침 산책은 취소하고 오후에 매봉약수터에 가기로 했다. 오늘 찍는 사진은 토르소인데 2차에 비하여 4차 항암 효과가 어떻게 나타날지 확인해 보는 검사다. 토르소와 복부골반 촬영 부위가 다른지는 몰라도 팔다리가 잘린 몸뚱이가 연상되는 토르소란 말보다 복부골반이란 말이 느낌이 좋다.

배 속에 포도송이 같은 검정 덩어리가 사진이 잘못된 것이란 의구심은, 머리를 비누로 박박 문질러도 머리를 흔들어 털어내도 남아 있다. 괜스레 치료받는 것 같다. 미국 어느 병원에서 암으로 사망한 환자 658명 중 부검에 동의한 86명을 부검한 결과 22명이 암이 아니었다는 기사도 봤다. 수술이나 독성 강한 약제에 버티지 못해 사망했다는 것이다.

CT 조영제 주사로 입속이 화끈거리며 어떤 환자는 메스꺼움을 참지 못해 구토를 하는 모양이다. 금식하는 이유가 기도氣道로 음식물이 들어가지 않게 하기 위해서라고 한다.

원통 속에 몸을 집어넣고 "숨을 들이마시고 참으세요"라는 말이 나오면 이전에는 '들이마시고'에서 숨을 들이켰다. 이번에는 '숨을'이란 말이 나오자마자 힘껏 들이마시고 눈동자가 튀어나오도록 참았

다. "숨을 내쉬세요" 말할 때까지 길게 느껴진 시간. 윙윙 원통 도는 소리가 몇 번 들리더니 "끝났어요. 조심해서 내려오세요" 한다. 조영제 때문인지 어찔어찔하다.

내 몸의 세포가 10mSv(밀리시버트)의 방사선에 혼쭐이 났다. 방사선보다 정맥에 주입되는 조영제가 더 해롭다는 말도 있고 보면, 암을 잡기 위해 내 몸을 먼저 잡도리하는 기분이다.

누군가 한 말이 생각난다. 항암제로 암을 잡는 것은 유리창에 앉은 파리를 망치로 내려치는 것과 같은 무모한 짓이라고. 유리창이 무엇인가. 바로 내 몸 아닌가.

한국에 별로 많지 않다는 여포성 환자, 빅5 병원을 포함한 전국 각 병원의 혈액종양 의사의 마루타 역할을 열심히 하느라 주사도 맞고, 약도 먹고 운동하고 있다. 빈크리스틴이 아드리아마이신을 만났을 때 부작용이 있다던가. 리툭시맵이 폐에 상당한 부담을 준다는 사실을 환자에게 솔직히 알려 주었으면 한다. 대기 환자 때문에 진료 시간을 분초 단위로 쪼개 쓰는 현실을 이해 못하는 바는 아니나, 병에 관련된 상식 같은 지식을 알려 주는 데 시간을 좀 더 할애해 주면 좋겠다는 바람이다.

해거름에 빠른 걸음으로 매봉약수터를 다녀왔다. 오늘도 반신욕을 해야 할지 고심하다 결국 했다. 몸 상태는 기력이 빠진 정도 말고는 컨디션은 양호하다.

93일 하늘 아래 단 한 사람

2013년 8월 29일 목요일. 오전 비

방송에서 이시형 박사가 말했다.

"건강이 목적이 아닙니다. 어떻게 행복하게 사느냐 하는 게 목적이지요. 행복하려면 건강은 당연한 것이고요."

뚜렷한 목적의식이 없으면 제집을 못 찾고 남의 집으로 간다는 말이다. 요즘 우리 나이의 사람들은 합창하듯 건강을 외쳐댄다. 텔레비전에서도, 모임에서도, 산에서도, 전화에서도…. 대부분 건강에 관한 이야기다.

어떤 사람이 건강한 사람인가. 표준 모델이 있어야 흉내내고 따라잡을 것 아닌가. 육체미 선수처럼 근육질의 사나이? 철인경기 선수? 아닐 것이다.

그렇다면 이 세상에 퍼펙트하게 건강한 사람이 있는가. 우리 국민 5천만 명 모두 알건 모르건 크고 작은 질병이나 장애를 갖고 있다고 생각한다. 암, 심장질환, 뇌혈관질환, 희귀난치성질환 같은 4대 중증 질환 외에도 신체장애나 정신적인 장애로 고통받는 사람, 사고로 다친 사람 등 생각하면 할수록 끝이 없다. 신의 눈으로 보면 공평한 행사를 하고 있는 것인지도 모른다.

의사들 이야기는 암 진단 받은 사람이 암의 직접적인 원인보다 그

외의 경우로 사망하는 경우가 많다고 한다. 육체적인 건강 못지않게 정신적인 건강도 중요하다. 특히 정신적인 부분은 환자 자신도 잘 모르고 지낸다.

정신과 의사가 암에 걸린 후 한동안 우울증에 시달렸다는 방송도 보았다. 그는 무서운 것은 암이 아니라 우울증이었다고 털어놓았다. 정신과 의사의 입에서 그런 말이 나오다니.

나는 비록 큰 병 하나 갖고 있지만 나머지 모든 기관은 건재하다. 보행 잘하고 이도 튼튼하고 위도 소화를 잘 시키며 방광에서 오줌도 잘 흘려보낸다. 눈과 귀가 기능이 좀 떨어지긴 했어도 책 읽고 대화하는 데 문제없다.

우울증? 손녀들이며 가족들이 내게 그 괴물이 침범할 여지를 주지 않는다. 이만하면 건강한 축에 든다 해야 하지 않을까.

광교산 형제봉에 구름꽃이 핀 걸 무시하고 산책길에 나섰다. 매봉 약수터 중간 지점에서 비를 만났다. 나뭇잎이 우산처럼 빗방울을 막아 주어 매봉약수터까지는 힘겹게 당도하고 바로 반환점으로 해서 돌았다.

빠른 걸음으로 하산길을 재촉했지만 빗방울의 속도가 더 빨랐다. 산책로에는 나 혼자. 500㎖ 생수병을 움켜잡고 거의 뛰다시피 했다. 저 아래 우산을 쓰고 산을 오르는 한 여인의 모습이 보였다. 이 비에 산행을? 다가가 보니 아내였다. 우산을 하나 더 챙겨들고 있었다. 그 순간 하늘 아래 나를 생각해 주는 단 한 사람. 아내의 바지도 젖어 있었다. 손을 잡았다. 반갑다며 한다는 소리.

"왜 왔어. 다 내려왔는데….”

고마운 마음을 더 강한 메타포로 전하고자 한 것인데 아내는 타박하는 말로 들렸던 모양이다.

"환자가 산에서 비 맞는데 집에 가만히 있으라고요?”

포옹하려는 손을 밀치고 앞장서서 저만치 내려간다. 앞으로는 고마우면 고맙다, 좋으면 좋다고 느낌 그대로 말해야겠다. 은유적인 표현은 생각하기에 따라 오해를 살 수도 있으니.

94일 조카 인재의 병문안
2013년 8월 30일 금요일. 가을 느낌의 날씨

　아들의 체중이 54kg에서 좀체 불어나지 않는다. 거의 매일 장어를 대령하는데 양이 나의 절반 수준이라 대사 활동도 떨어질 수밖에 없고, 입이 짧아 9월 4일부터 항암 치료에 들어가면 식사 문제로 티격태격할 일이 훤히 내다보인다. 걱정만 할 뿐, 내가 도와줄 일이 없어 안타깝기만 하다.

　둘째 형수님의 막내아들 인재 내외가 올라왔다. 관광버스 관련 일을 하느라 평일 말고는 시간이 없다며, 늦게 문안드려 죄송하다고 했다. 지난 일요일, 그 형제들이 왔을 때 내가 흘리는 말로 "다른 사람은 몰라도 인재는 와야 한다"고 했는데, 결국 옆구리 찔러 인사받는 격이 되었다.

　19년 전 일이다. 공군하사관으로 있던 그가 충주에서 패러글라이딩 추락사고로 척추, 무릎, 발목을 모두 다쳤다. 사진을 보니 성한 곳이 없었다. 살아난 것만도 기적이었다. 충주 건국대 병원에서 응급수술하고 등촌동 국군통합병원에 이원시키는 일을 내가 뛰어다니며 해결했다. 동기생인 병원 부원장의 도움도 컸다. 형수님이 병원 정문 앞에 방을 얻어 근 6개월 간호할 때도 나는 내 일보다 그쪽을 우선했다.

처음에는 혼자 대소변을 가릴 정도의 장애 정도만 돼도 감사하겠다고 기도했다. 그랬던 그가 결혼하여 쌍둥이 아빠가 되었고 오늘 아내와 함께 찾아온 것이다. 겉으로 보면 장애인 같지 않다.

"작은아버지께서 저를 살리셨습니다. 제게 해 주신 일을 생각하면 가슴이 멥니다. 아버지가 돌아가시고 작은아버지께서 집안의 제일 큰어른이십니다. 꼭 완치하셔서 예전처럼 건강한 모습을 보여 주세요."

말하는 조카의 목소리가 떨렸다.

조카도 재활 의지 하나로 이만큼 장애를 극복했다고 한다. 볼수록 듬직하고 대견하다. 앞이 막막할 정도로 암담했던 그때를 담담하게 돌아볼 수 있으니.

"태풍 몇 개 천둥 몇 개 없이 저절로 붉어질 리 없다"는 장석주 시인의 〈대추 한 알〉. 이 시를 조카에게 보내 주고 싶다.

95일 바닷장어

2013년 8월 31일 토요일. 아침저녁 선선한 가을 날씨

가래, 콧물, 가끔씩 터지는 기침, 매일 1정씩 복용하는 설파계 항균제 셉트린의 효능이 별로다. 바짝 긴장된다.

오늘 아침은 다른 날보다 몸이 무겁다. 헬스며 반신욕이며 매봉약수터 산책 모두 쉬고 종일 집 안을 맴돌았다.

소파에서 텔레비전을 보다가 때가 되면 식사를 하고 책상 앞에 앉아 일기 쓰고 책 읽다가 안방에 들어가 낮잠을 잤다. 각기 다른 의자와 의자 사이를 이동한 것밖에 한 일이 없는 하루였다.

부산 기장에서 택배로 큰 스티로폼 박스 두 개가 왔다. 며느리의 언니가 보낸 바닷장어다. 어부에게 부탁하여 직접 잡은 것이라고 한다.

장어는 아들과 내가 거의 매일 먹다 보니 그동안 장어집에 갖다 바친 비용이 꽤 된다. 아내와 며느리가 머리를 쓴 모양이다. 풍천민물장어집에서 소금구이 320g 1마리 34,000원짜리는 당분간 찾을 일이 없겠다. 10,000원짜리 탕이라면 몰라도.

아들이 거든다.

"탕보다는 고기가 낫지요."

눈치를 살피던 며느리도 조심스레 한마디 얹는다.

"양식하는 민물장어는 항생제가 많이 들었다잖아요."

작년인가 며느리가 붕장어를 많이 주문한 바람에 매일 식탁에 장어가 빠짐없이 등장하여 질린 적이 있었다. 며느리는 그 일이 마음에 걸렸던 모양이다.

"아버님, 민물장어하고 맛이 어떠세요?"

"음, 똑같아. 더 맛있는 것 같은데."

이제 내 입맛이 달라졌어. 며늘아야, 하하.

96일 게으름을 보는 다른 시각
2013년 9월 1일 일요일. 아침저녁 제법 쌀쌀함

해거름에 아내와 버들치고개 숲길을 다녀온 것밖에는 종일 빈둥댔다. 이상의 〈권태〉를 펼쳤다. 안다고 생각했던 줄거리가 처음 본 듯 낯설다.

"나는 아침을 먹었다. 할 일이 없다. 그러나 무작정 널따란 백지 같은 '오늘'이라는 것이 내 앞에 펼쳐져 있으면서 무슨 기사라도 좋으니, 강요한다. 나는 무엇이고 하지 않으면 안 된다."

그는 최 서방의 조카를 깨워 장기 한판 두기로 한다.

러셀의 《게으름에 대한 찬양》은 다른 시각의 사유를 요구한다.

"근로가 미덕이라는 믿음이 현대사회에 막대한 해를 끼치고 있다. 행복과 번영에 이르는 길은 조직적으로 일을 줄여가는 일이다."

21세기 우리에게 닥친 최악의 재난은 전쟁이나 지진, 해일이 아니고 '스티브 잡스'라고 누가 말했던가. 만들어서는 안 되는 그 금단의 사과(애플) 때문에 많은 사람들이 밤잠을 설치고 충혈된 눈으로 거리를 서성인다 했다. 러셀의 사상에 전적으로 공감하진 않지만 오늘은 책 내용이 자연스럽게 와닿는다.

기침은 조금 하고 콧물, 가래는 호전될 기미가 없다. 5차 항암을 또 연기시킬까 걱정이라 의사에게 이실직고하기가 망설여진다. 2, 3일 경과를 봐서 셉트린 1정을 2정으로 늘려 처방해 달랄까 보다.

97일 큰처남의 방문

2013년 9월 2일 월요일. 하늘 높고 청명함

아들이 꼬리뼈 부분과 장루 연결 부분에 통증을 느껴 예약한 시간에 맞춰 서울 아산병원에 갔다. 주치의 유 교수는 일반적으로 나타나는 증상이라며 장루 기구와 약 처방을 해 주었다.

아들은 아파트 단지 산책도 조심스러워하는 편이다. 매봉약수터 산행을 권할 처지가 아니다. 장루 팩을 손으로 감싸고 걷다 보면 등이 자연히 굽는다. 휘어진 전신주가 걸어가는 것 같다.

바닷장어가 매 끼니마다 식탁에 오르고 있다. 칼로리 보충 캔도 열심히 마신다. 아들은 그린비아, 나는 메디웰.

오후에 손아래 큰처남이 처남댁과 같이 왔다. 연락도 없이 뜻밖이었다. 사소한 오해로 1,2년 동안 관계가 소원한 상태였다. 서로 전화 통화도 하지 않고 지낸 지 꽤 오래된 걸로 기억한다. 명절에도 만나지 않았다.

나보다 아내가 당황스런 표정이었다. 그러나 손님이고 문병을 왔는데 어쩌랴. 자연스레 처남댁은 주방 식탁에 앉아 며느리와 아내와 담소하게 되고, 나는 거실 소파에서 처남과 이런저런 경과 이야기를 나눴다.

시간이 좀 지나자 자리를 털고 일어서려는데 내가 붙잡았다. 저녁 먹고 가라고. 멀지 않은 곳에 메밀국수를 맛있게 하는 집이 있으니 거기서 저녁을 먹자고 했다.

흠칫하던 처남이 흔쾌히 동의했다.

식사가 끝나고 집에 와서 아내에게 말했다.

"내 동기들 여럿이 문병 온 것보다 오늘이 가장 기분 좋은 날이요. 막혔던 덩어리 하나가 시원하게 내려갔어요."

아내도 기도를 했다고 한다. '제가 미워하고 원망했던 모든 이에게 용서를 빕니다' 하는 기도를.

육신의 상처보다 다친 마음의 상처로 고통이 더 클 경우가 있다. 타인의 말이나 행동으로 입은 정신적 상처는 치유의 시간이 오래 걸리고 상흔이 완전히 지워지지 않는다.

진통제로 잠시 잊을 수 있는 육신의 고통과 달리 정신적 고통은 꿈속에서도 괴롭힌다. 마음의 병이 더 무섭다. 겉은 멀쩡한데 속을 푹푹 끓이고 있는 사람이 얼마나 많을까.

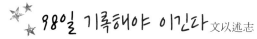

98일 기록해야 이긴다 文以述志

2013년 9월 3일 화요일. 높은 하늘

어제 메밀국수와 같이 나온 보쌈 수육을 많이 먹은 탓인지 몸무게가 하루 새 1kg이나 늘었다. 신체 기능이 이렇게 즉각 반응해도 되는가. 어찌 되었든 기분은 나쁘지 않다.

헬스 탈의실에서 다부진 체구의 김 장관님이 A4용지에 복사한 신문 칼럼을 주셨다. 《사상계》 주간을 했고 4선의원에다 초대 환경부 장관을 지낸 분인데 이야기 끝에 내가 잘 아는 수필가를 그분도 잘 안다기에 더욱 격의 없이 대화를 나누는 사이가 되었다.

그분의 칼럼은 논리정연하고 빈틈이 없다. 역사적인 사건이나 시사적인 내용을 하나하나 근거를 대가며 분석한 문장을 읽노라면 독자들은 저절로 몰입되고 화자가 원하는 결론에 꼼짝 못하고 끌리고 만다. 내 취향의 칼럼니스트 이규태, 유근일, 김순덕, 이규민, 김대중을 아우른다고나 할까.

여든이 가까운 연세에도 지방 신문에 고정 칼럼을 쓰고 계시다. 오늘 주신 칼럼, 제목만 봐도 궁금증이 인다. 〈명성황후를 누가 시해했나〉.

"일본 정부의 치밀한 계획으로 동원된 육군 장교 8명의 칼에 희생된 암살임에도 그들은 지금까지 낭인의 소행이라고 역사를 왜곡하고 있다. 일본은 진실을 알고 있다. 언제까지 입을 다물고 있을 작정인지 묻고 싶다"며 화자는 격정을 토로한다.

독도, 위안부, 야스쿠니 신사 참배 이야기만 나오면 열부터 먼저 내는 사람들이 있다. 심지어 일본 순시선이 독도 근처에 나타나기만 하면 전투기나 함정으로 선제공격하자는 열혈파도 있다.

적에게 이기기 위한 방법은 《손자병법》에 이미 기록되어 있다. '지피지기면 백전불패'라고.

여포성 림프종과 같은 일본.

결미에 그는 "이런 수모를 겪지 않을 방법으로 《일본의 만행에 대한 종합보고서》를 발간하여 인류 역사에 새겨놓자"는 제안을 했다. 적극 찬동한다.

우리는 독일에서처럼 '전범사냥꾼'을 두어 본 적이 없었다. 731부대의 만행이라든지 그들이 저지른 상상도 못할 행위를 퇴색하지 않을 기록으로 후대에 반드시 남겨두어야 할 것이다. 아니면 반성하지 않는 일본을 향해 통곡의 벽이라도 만들어 세세손손 기억시키는 방법도 있을 것이다. 예루살렘 통곡의 벽같이.

나의 일기 쓰기도 맥락이 다르지 않다. 생애 최대의 고비를 맞은 이 사실들도 기록하여야 할 가치가 충분히 있다고 본다.

'학이명리 문이술지學以明理 文以述志', 배움으로써 이치를 밝히고 글로써 뜻을 기록하라. 옛 명현名賢도 이르기를, 말보다 글이라고 했다.

99일 종양 크기도 줄고 5차 항암주사

2013년 9월 4일 수요일. 새털구름 드문드문, 아침저녁에 다소 쌀쌀

아들의 항암 일과 겹쳐 차량 이동 문제가 가장 걱정됐다. 다행히 아들이 태워 주고 항암 끝난 다음 픽업해서 편히 치료를 받았다.

조금 긴장했다. 4차 항암 CT 결과를 알려 줄 때까지 시간이 길게 느껴졌다. 모니터를 보던 주치의, 대뜸 "오늘 주사 맞고 가시지요" 한다. 아니, 나는 내 몸안의 그놈이 살았는지 죽었는지, 그게 궁금한데 말씀이 없다. 눈치를 보다가 먼저 물었다.

"사진에 종양이 좀 줄어들었습니까?"

"그럼요, 줄었지요."

"종양의 숫자가 줄었다는 겁니까, 아니면 가장 큰 종양의 크기가 줄었다는 건가요?"

"크기가 줄었어요."

"초기를 100으로 보면 50 정도 된다는 건가요?"

"그보다 더 줄었어요."

"그러면 지금 제게 약효가 듣고 있다는 말이네요."

"그럼요. 걱정 마시고 오늘 주사 맞으세요."

"백혈구 수치는 괜찮습니까?"

"괜찮습니다."

왜 이리 감질나게 말할까. 최소한의 정보를 환자에게 알려 주면 어디 덧나는 데가 있나. 웃으며 인사했지만 속은 답답했다.

나이 든 사람이 주절주절 말 늘어놓을까 봐 방어적 차원인지, 원래 의사의 성격이 그런지는 모르겠다.

그나마 표정은 늘 스마일이라 그에는 점수를 후하게 쳐주고 싶다.

주사는 9시 50분에 시작해 오후 1시 20분에 끝났다. 3시간 30분이 걸린 셈이다. 주사기를 꽂은 채 장어탕, 닭가슴살, 오이샐러드로 점심을 넉넉히 먹어 두었다.

모든 운동을 취소하고 두 시간 동안 잠을 보충했다. 저녁도 점심 못지않게 과식이다 싶을 정도로 많이 먹었다. 마음에 성차지 않아도 오늘은 해피 데이다.

100일 감염보다 감염 노이로제가 문제

2013년 9월 5일 목요일. 제법 서늘한 기온, 아침저녁 긴팔 남방

체력이 고갈되는 감이 들어도 입맛이 살아 견디겠다. 파도가 덮친 배 바닥의 물을 퍼낼 때도 있었지만 이 정도면 대양을 순항 중이라는 표현이 옳으리라.

길이 어슴푸레 보이기 시작하는 새벽 5시 30분에 산자락 초입에 다다랐다. 시야에 들어오는 등산객은 10명 남짓, 등산로는 소소蕭蕭했다.

욕심내어 버들치고개 넘어 두 번째 송전탑까지 갔다. 가래를 뱉느라 몇 번이나 멈췄으나 산행은 크게 무리하지 않고 잘 다녀온 편이다. 운동량을 조금씩 늘려봄직도 하다.

등산하는 내내 껌처럼 달라붙어 있던 생각은 감염 예방을 완벽하게 실천할 수 있을까 하는 의문이었다.

모든 집회 장소에 마스크를 쓰고 다니기도 그렇고, 대중탕 같은 헬스장의 목욕 시설은 이미 지불한 등록비가 아까워 포기할 수 없고. 캠벨 포도는 흐르는 물에 대충 씻어 바르지 않고 먹었다. 포도는 껍질째 잘근잘근 씹어야 맛이 난다. 사과도 과육이 아니라 과피果皮를 먹어야 맛이 제격인데 농약이니 뭐니 하며 언제부터인가 깎아 먹는다.

어쩌면 감염보다 감염 노이로제가 문제 아닐까. 무균실에서 생활하지 않는 이상 균의 침입을 어떻게 막겠는가. 무단으로 들어온 그놈을 우리의 용감한 전사들이 치열한 전투로 완벽하게 물리쳐 주리라 믿기에 적당히 조심한다.

아침에 큰손녀가 콜록거리더니 둘째도 말간 콧물을 흘린다. 가족들이 감기에 걸리지 않아야 하는데 환절기인 지금 집집마다 감기 환자가 생기고 있다.

아내도 갑자기 재채기를 한다. 병원에 가 봐야 되는 것 아니냐니까, 며느리가 조금만 기다려 보잔다. 대신 도라지차에 꿀물을 타서 애들에게 먹인다.

그러고 보니 가래를 뱉기 위해선지 모르지만 나도 몇 번인가 기침을 했다. 요트에 고인 물이 바닥에서 새어 들어온 물이 아니기를 바랄 뿐이다.

기쁜 소식 하나, 만년 하위 LG트윈스가 보름 만에 다시 1위에 랭크됐다는 뉴스다. 보름 전 8월 20일, 식욕이 떨어지고 근육이 처지던 상황이었는데 딱 하루 1위를 했다. 얼마나 위안이 되고 감사했는지. 야구뿐 아니라 축구도 원뿌리가 LG인 FC서울을 응원한다. 청장년 시절 우리 가족의 생계를 책임져 준 그 고마움을 어찌 잊겠는가. 힘내라 LG! 파이팅!

101일 순항할 듯한 예감

2013년 9월 6일 금요일. 완연한 가을 기온

아직까지 식욕이 왕성하다. 식욕증진제 메게이스 효과이지 싶다. 항암 후 이틀 동안 아침에 무조건 먹어야 하는 에멘드 80mg을 꼭 복용해야 하나 망설일 정도로 구역질, 구토감이 전혀 없다.

조금씩 힘 빠지고 숨이 가쁘다는 것이 증상이라면 증상일까. 5차도 4차처럼 순항할 것 같은 예감이 든다. 한 달간은 근력운동을 삼가고 산행으로 체력을 유지해야겠다. 가래와 콧물이 오늘 산행에서는 한 번도 나오지 않았다. 좋아진다는 징표이리라.

대신 아들이 심각하다. 연거푸 닷새 동안 주사를 맞아야 한다. 이틀 맞고서부터 입안이 헐고 식욕이 떨어져 식사량이 현저히 줄고 있다. 그러잖아도 평소 양이 나의 반 정도인데 그마저 남긴다.

며느리 얼굴이 어둡다. 내가 먹고 있는 메게이스를 같이 먹으면 안 되겠느냐고 하니 아들도 처방받은 약이 있다고 한다. 소화기관이 정상인 나와 달리 장루를 매달고 있는 아들, 조급증 내서 서두르면 안 될 테지. 독하게 마음먹으라고 했다.

암환자 둘을 빼고 모두 콜록거린다. 임신 중인 며느리는 약도 먹을 수 없다. 감기, 만만히 보면 안 된다. 지금 우리 집은 가족 모두 기진맥진한 형국이다. 식구 중에서 내가 가장 건강하다.

102일 외식할 때 복약을 깜빡

2013년 9월 7일 토요일. 뭉게구름

외식하러 나가면 약 먹는 일에 신경써야 한다. 집에서는 약을 눈에 띄는 곳에 두고 벽시계를 확인하니까 제시간에 챙겨 먹는다.

며칠 전 사위 생일에 같이 식사하자고 딸네 식구들을 오라 했다. 역시 그 장어집으로 결정하고 점심 후 먹어야 할 니소론정을 지갑 속에 챙겨 넣었다. 집에서는 1시 30분에 점심이 끝나면 보통 2시쯤에 복용한다. 깜빡했다. '아차' 하고 지갑을 열었을 때 시간은 6시. 어쩔 수 없이 털어 넣었다. 늦으면 늦은 대로 먹는 게 복약 상식이라고 했다. 대신 저녁 후 복용 시간은 9시 30분으로 좀 늦추었다. 니소론, 속을 메슥거리게 하는 약이 너였구나. 당장 반응이 왔다.

오전에 아내는 성당 모임으로, 아들은 병원 항암주사로 집을 비운 사이 누님의 사위 곽 서방이 복숭아 한 상자를 들고 급하게 들어섰다. 나와 며느리가 그를 맞았다. 갑자기 웬일인가 하니, 9월 16일 미국으로 발령이 나서 인사드릴 시간이 없을 것 같아 제일 먼저 우리집에 들렀다고 한다.

급작스런 발령이라 대구의 장인 장모께도 아직 알리지 못했고 점심은 부천에 사는 자기 누이 집에서 하기로 했다며 선걸음에 일어섰다. 가게 되면 한 4년은 주재할 예정이라고 했다. 참 잘됐다.

103일 동 먹지 못하는 아들

2013년 9월 8일 일요일. 맑음

통 먹지 못하는 아들 때문에 집안 분위기가 침울하다. 입에 뭔가 들어가면 이내 다 토하고서야 화장실을 나오는 아들.

나에게 병원 좀 태워다 달라고 했다. 평소 같으면 아버지도 환자라며 차 열쇠를 빼앗던 아들이 오늘은 도저히 감당이 안 되는 모양이다. 살바도르 달리의 늘어진 시계가 조수석에 걸쳐 있다.

항암주사 시간은 생각보다 오래 걸리지 않았다. 한 20분 걸렸나? 부자는 지하 식당가를 발목에 납덩이를 달고 걷듯 느리게 걸어갔다. 그는 차고 있는 장루가 무거웠고 나는 마음이 무거웠다. 일요일이라 설렁탕 나오는 한식당은 휴무일 안내판이 걸려 있었다.

오늘은 무슨 말을 해도 스트레스다. 아들도 나도 조심했다.

오후에는 안동 동생의 딸과 아들이 찾아왔다. 둘 다 아직 미혼. 수진이는 외국계 은행에 잘 다니다가 무슨 바람이 들었는지 사표 내고 언론 관계 대학원에서 학위 준비한다고 했다.

막내는 증권회사 지점에서 본점으로 옮겨 업무 스트레스가 덜하다고 한다. 예전 같았으면 빨리 짝을 찾으라는 둥 큰애비로서 한마디 던졌을 터. 다른 화제로 대화 소재를 찾느라 신경이 쓰였다. 그들도 그랬을 것이다.

걸을 때 평형감각은 흔들리나 호흡기능과 다른 기관은 오히려 좋아진 느낌이다. 새벽에 매봉약수터까지 걷고, 오후에 천년약수터에 갔다 왔다. 뻐근한 허벅지, 반신욕을 하고 나니 맥이 풀린다. 요트는 그런대로 순항 중이라 해도 되겠다.

몇 년 동안 텃밭 일구던 이야기를 연작으로 쓴 원고를 찾았다. 다제내성 결핵으로 고비를 맞은 이들에게 신선한 채소를 먹여야 한다는 일념으로 밭을 일구던 그때의 치열했던 날이 생생하다. 제목을 붙였다. 〈흙 위에 쓴 여름 일기〉

104일 모니터에만 존재하는 덩어리

2013년 9월 9일 월요일. 상쾌한 가을 하늘

아직도 나는 의심을 떨쳐낼 수 없다. 작년 건강검진 때까지만 해도 아무런 증상이 없었던 나였다. 아프거나 만져지는 것이 없고 잘 먹고 잘 눴다.

복부 초음파 검사에서 췌장 부분에 덩어리가 발견되어 그날 CT를 찍었고, 대장 내시경에서 조직검사 한다더니 12월 31일 제야의 종 몇 시간 앞두고 멀쩡하던 내가 중증환자가 되어 버린 것이다.

이게 꿈이냐 생시냐.

모니터에 있는 검정 덩어리 몇 개를 보긴 했다. 그러나 그것이 내 몸에 천착해 고생시키고 있는 놈이라고는 믿기지 않는다. 오직 모니터에만 존재하는 흑점으로 믿고 싶었다.

육박전이 벌어질 임시에 아군 진지로 포격하는 박스마인Box Mine 포격이란 게 있다. 적도 아군도 똑같이 희생되는 최후의 방어전술이다.

항암 표적치료제가 내 복부, 목 주위, 서혜부의 암세포와 치열하게 백병전을 벌이는 NK. T. B세포를 지원하는 박스마인 포탄인 셈이다. 우리 진지에 극약 포탄이 터져 내 몸이 초토화되고 있는데도 나는 실감을 못하고 있다. 크루즈 미사일이 바그다드를 폭격하는

CNN방송의 한 장면을 보듯 의사가 나를 대상으로 워 게임war Game 하는 것 아닌가 하는 착각마저 든다.

점심을 사겠다고 찾아온 중학 동창 최 사장이 머리카락만 빠졌지 얼굴은 전보다 좋다고 덕담한다. 지난 토요일, 딸도 내 얼굴이 좋아졌다고 했다. 나아 보인다는 말에 은근히 기운이 되살아나긴 한다. 복용하면 생목 증상이 나타나는 쓰고 독한 약 니소론 복용은 오늘 점심으로 끝이다.

아들은 담당 임상 간호사로부터 일반적인 후유 증상이라며 차츰 나아질 거란 말에 표정이 부드러워졌다. 수술 후 완전 회복이 안 된 상태에다 장루를 달고 있는 지금이 최악의 컨디션일 거라고 한다. 아마 일주일 정도는 고생할 거라며 한 시간에 한 수저라도 들라고 한다.

식욕이 없어 그러나 싶어 내가 먹는 식욕증진제를 처방해 달라 요청하니 식욕 문제가 아니라 구역질이 심해서 그렇단다. 단위 함량이 낮은 위장관운동조절제를 처방받아 효과가 별로인 모양이다. 간호사는 보험 때문에 함량이 낮은 처방을 했다며 심하면 내원해서 고단위 약으로 처방받으란다. 이런 제길!

105일 쓰지 않는 가발

2013년 9월 10일 화요일. 추적추적 내리는 비

　회사에 들러야 할 일이 생겼다. 대중교통이냐 승용차냐 하는 결정 말고 가발이냐 모자냐를 두고 잠시 고민했다. 가발 맞추고 나서 지금껏 한 번도 쓴 적이 없었다. 민머리도 눈에 익으면 그리 어색하지 않을 것 같기도 하고 운동모자 쓰고 나서면 젊어 보인다는 사람도 있다.

　가발걸이에서 가발을 들었다 놓았다 한다. 오늘 안 쓰면 앞으로는 영영 쓸 일이 없지 싶다. 괜히 맞추었나? 아내는 가발을 반대했는데. 50만 원짜리 애물단지가 되어 버렸다. 갑자기 심기가 불편하다.

　협회에서 9월 27일 교육이 있다며 꼭 참석해야 한다고 당부했다. 25일에 6차 주사 예정이라 우려는 되지만, 연간 정해진 시간을 이수해야 하는 교육이고 시간을 바꾸면 그때 또 무슨 계획으로 빼먹을 일이 생길까 싶어 등록했다.

　'약발이 먹힌다'는 이로운 효과인지 오늘 가벼운 외출이었는데도 피곤하다. 버스와 지하철 환승을 운동량으로 보면 러닝머신 30분 한 것과 같지 싶다.

106일 기력 저하

2013년 9월 11일 수요일. 비 내리다 오후에 그침

면역력이 저하된다는 2주차 시작이다. 기력이 떨어졌음을 확연히 느낀다. 추력이 딸리는 요트가 시커먼 연기를 뿜으며 힘겹게 움직이는 상황이다. 관절이며 근육의 말초신경 반응이 무뎌졌고 균형 감각을 잃었다. 걸을 때도 휘청거린다.

잘 먹고 배변도 원활한데 보이지 않는 무엇이 힘을 훔쳐간 모양이다. 2시간 30분 낮잠으로 부족한 수면을 보충했다. 며느리의 도라지차가 주효했는지 다행스럽게도 가족들의 기침 소리는 멎었다.

아들은 입안까지 헐었다. 소화불량에다 구역질에 삼중고다. 그도 입에 맞는 걸 결사적으로 찾는다. 쇼핑 목록을 보면 전복, 닭똥집, 열빙어, 매생이, 족발, 보쌈수육…. 며느리가 마트에서 열심히 챙겨오면 아들 입에는 딱 두 점 들어간다. 나머지 70%는 내가 처리하고 30%는 아내와 며느리, 손녀가 소화시킨다. 영양 과잉이 될 것 같아 단백질 캔 음용도 중단했다. 주방은 당연히 아들 위주로 식단 마련하는 데 고심하고 있다.

107일 감염에 무뎌지고 싶은 마음
2013년 9월 12일 목요일. 흐리고 선선한 바람

요즘은 감염에 대해 크게 생각지 않고 행동한다. 어쩌면 무신경할 정도다. 사과도 껍질째 먹고 상추며 깻잎 같은 푸성귀가 식탁에 빠지지 않고 오른다. 외식 땐 수저라든가 식수를 주는 그대로 사용하고 마신다. 1, 2차 항암 시에는 집에서 수저를 챙겨가는 등 감염에 대해 조심했는데 3, 4차 지나면서 '별일 있을까' 하며 긴장이 풀린 것이다.

편하게 생활하고픈 마음은 자연스러운 욕구다. 몸에 익어야 일상에서 실천이 가능하리란 생각에 별일 안 생긴다면 이 정도의 습관으로 감염에 조금 무디게 대응하고 싶다.

한 주일 동안 감염에 주의하고 체중, 식사 유지만 한다면 5차 항암 과정도 무난히 넘어가리라고 본다.

아들은 여전히 고전 중이다. 배는 고픈데 음식을 씹고 넘기는 과정이 힘들다고 한다. 오늘은 식사량이 좀 늘었다고 며느리 표정이 밝다. 오랜만에 보는 미소다. 몸이 조금 좋아지면 버들치고개까지 차를 갖고 가서 거기서 산속으로 들어가 보자고 했다. 산 공기는 보약이다. 집 안 거실에서 마시는 공기와 질이 다르다. 한 시간이고 두 시간이고 허파꽈리 가득히 산 공기를 채워서 오자고 했다.

108일 차츰 가라앉고 있는 몸

2013년 9월 13일 금요일. 하루 종일 비

아침에 성복천변을 걸었다. 느린 걸음으로 약간은 비틀대며 걸었다. 매미 소리가 사라지고 귀뚜라미가 치르륵 울고 있었다.

평균 기온 24도면 매미가 소리를 내지 않는다고 하던데, 온도가 떨어졌다는 신호다. 황톳빛 개울물이 좔좔 소리 내며 돌 틈을 헤집는다. 물소리가 새롭다.

우산을 접었다 폈다 하며 한 시간을 걸었다. 물방울이 또르르 구르는 풀잎이 싱그럽다. 누렇게 변색된 그루터기가 가을이 성큼 다가왔음을 알려 준다.

몸이 가라앉는다.

오전에 두 시간, 오후에 두 시간 사정없이 누워 잤다.

며느리가 손녀들에게 안방 출입을 단단히 단속시킨다. 귀여운 놈들, 며칠만 참아요.

아들의 식사 상태는 호전되는 중이다. 체중이 53kg이나 되었다고 아내 미간도 활짝 펴졌다.

치료를 마치고서 어떻게 살 것인가에 대해 대화를 나눴다. 마음의 여유가 없던 초기와 달리 치료 방법에 어느 정도 적응되었다는 뜻이다.

산속 공기 좋은 곳, 그러면서도 서울에 쉽게 왕래할 수 있는 곳, 경기도 충청도 지역에 대해 이야기를 많이 나누었다. 아들도 직장을 다니든 사업을 하든 수입이 있어야 하니 조금 더 생각해 보자 했다.

나와 아내는 다음 달 산월에 태어나는 아기로 식구가 늘면 분가하지 말고 불편해도 한 해만 합가하여 살자는 주장을 은연중에 내비쳤다. 생활비 때문이다. 어쨌든 판단은 아들 며느리가 해야겠지만.

손녀들의 교육 여건도 중요한 고려 대상이다. 또래들은 어린이집이며 유치원에 다니는데 두 손녀는 하루 종일 집에서 뒹굴고 있다 내년에 유치원 가면 친구들에게 왕따나 당하지 않을지 걱정이다. 공부야 중간만 가도 좋다. 건강하고 예의 바른 아이로 자라만 준다면.

네 번째

의외의 후폭풍, 기침 가래

109일 전국성령대회 참석

2013년 9월 14일 토요일. 종일 비

아침부터 부산하다. 청주체육관에서 열리는 '2013 전국성령대회'에 참석하기 위해서다. 아내가 7시 30분에 출발하는 버스 시간에 맞추어야 한다며 외출복을 챙긴다.

궂은 날씨에 컨디션도 좋지 않고 많은 사람들이 모이는 곳에 가는 것이 께름칙할뿐더러 장시간 체육관에서 버틸 수 있을까 걱정스러웠지만, 못 가겠다는 말은 아내의 단호한 신념 앞에 입속에서만 우물우물하고 말았다.

체육관은 전국에서 모인 신자들로 열기가 뜨거웠다. 원인으로 영국의 다미안 스테인이란 수사가 운집한 신자들 앞에서 치유의 능력을 직접 보여 주었다. 그는 교황청의 인준을 받은 가톨릭형제회 회원으로 10년 간 온 세계를 순방하며 20만 명이 넘는 사람들에게 기도하는 법, 성령의 영적 선물에 대한 체험을 알리고 치유의 은사를 베풀고 있다고 한다.

실제로 오늘 뇌종양 수술로 다리가 마비되었던 50대 여성이 부축 없이 일어나 걷는 모습을 보았다. 마술 같은 사실에 두 눈을 의심했다. 완전히 나았는지 여부는 병원에서 정밀진단을 해 봐야 알겠지만 말로만 듣던 일을 직접 보니 놀라지 않을 수 없었다.

나를 포함한 많은 암환자들이 그로부터 치유의 안수기도를 받았다. 머리가 뜨거워지고 손가락이 찌릿한 느낌. 뭔가가 신경 혈관을 훑고 가는 기운이 전해졌다고나 할까, 개운했다. 금방 나을 것 같은 기분이 들었다.

아내의 소원을 들어준답시고 마지못해 나선 걸음이었는데 신기하게도 그렇게 피곤하지 않았다. 성령 강림의 효험인가. 아침 7시에 출발하여 저녁 7시에 귀가, 딱 12시간을 밖에서 보냈고 그것도 딱딱한 자리에 있었는데도 괜찮았다면 내가 이해하지 못하는 신비스런 어떤 힘이 내 몸에 분명 작용했을 것이다.

아들이 엄청 걱정을 하고 있었다. 몸이 편하니 전화를 깜박한 것이다.

110일 광교산 속살로 들어감

2013년 9월 15일 일요일. 비 그친 가을 날씨

어제저녁까지 괜찮던 호흡기에 말썽이 생겼다. 기관지 쪽에 염증이 있는지 가래와 콧물이 계속 나온다. 자다가 기침 때문에 자주 깬다. 밭은기침을 열댓 번 했나. 아내가 키위 하나와 도라지차를 끓여 줘 마시니 조금 가라앉는 듯하다.

추석 대목이라고 사람들이 잰걸음으로 다닌다. 마트에 사람들이 넘치고 자동차가 분주히 길을 누빈다. 우리 가족만 열외자가 된 기분이다.

인천공항이 미어터진다는 뉴스다. 이번 연휴에 50만 명이 나가기로 되어 있다나. 덩달아 나도 그 무리에 끼어 있다는 착각이 들었다. 이전만 같아서도 해외로 여행을 떠났을 것이다. 그렇다. 건강할 때 움직여야 한다. 남의 눈을 의식할 필요는 없다. 자신의 인생은 자신이 가꾸는 것이다. 모든 가능성을 생각하고 무조건 해 보는 것, 이 얼마나 멋진 일인가.

온 가족이 광교산에 갔다. 매봉약수터 같은 언저리가 아니라 광교산 속살로 들어갔다. 아들이 제안했다. 버들치고개에 차를 대놓고 거기서 천년약수터 방향으로 올라가, 광교산의 송림 냄새를 한 시간이라도 더 맡아 보자고. 우람한 나무에서 내뿜는 피톤치드는 향이

다르다고 했다.

길이 넓고 평탄하여 아이들이 걷기에도 좋았다. 큰놈 작은놈 신명 나 앞장선다. 먼지도 날리지 않았다. 삶의 강인한 의지를 보여 주는 듯 정맥처럼 불끈 솟구친 나무뿌리가 갈퀴처럼 대지를 움켜잡고 있다. 사람들의 발길에 닿아 반질거리는 그것은 6남매를 묵묵히 키워 낸 어머니의 투박한 손처럼 짠한 느낌으로 다가왔다.

오후 두 시간의 산행은 나무랄 데 없는 선택이었다. 아이들이 모기에 몇 방 맞은 것이 옥의 티라면 티랄까. 눈, 코, 귀가 생기를 찾은 날이다.

모두 행복한 표정이다. 사이좋게 어우러진 소나무와 참나무가 우리 가족을 내려다보며 미소 짓고 있었다.

요트는 순항하고 있다.

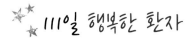

111일 행복한 환자

2013년 9월 16일 월요일. 구름 한 점 없는 청명한 가을 하늘

아들의 식사량이 많이 늘었다. 체중계에 자주 오른다.

어제 재미를 붙인 광교산에 오전에 다시 갔다. 오후 산행과는 또 다른 느낌인 것이 동치미 국물처럼 시원하달까.

아들로서는 수술 이후 한 달 반 만이다. 아이들도 산행이 피곤하지 않은 눈치였다. 내친김에 외식까지 했다. 러시아산 동태 맑은탕 1인분 6,000원, 5인분 시켜서 후쿠시마 방사능 오염 신경 끄고 온 식구가 맛있게 먹었다.

샤워하면서 거울을 보니 배가 빵빵하다. 근력운동을 하지 않은 표가 바로 난다. 체중은 그대론데 푸짐하게 먹은 밥과 고기는 어디로 새버렸나. 그놈이 싹둑 해치웠나.

스포츠센터 프런트 직원이 어디 편찮은 데가 있냐고 물었다. 얼마 전부터 유니폼을 지급받지 않고 옷장 키만 달라고 하니까 주의 깊게 본 모양이다. 유니폼을 안 받으면 운동하지 않고 샤워만 하고 가겠다는 것이다.

한 달만 잘 참아내자. 지금의 상태라면 행복한 환자 축에 든다.

네 번째 의외의 후폭풍, 기침 가래 217

112일 5차 항암 결과 확인용 복부 CT 촬영

2013년 9월 17일 화요일. 약간 흐릿한 하늘

여섯 시간 금식이라 아침을 거르고 병원에 갔다. 10시 30분에 도착해 예약 시간보다 30분 빨리 시작하였다. 한 끼 안 먹었다고 무슨 대수일까 만만하게 봤는데 그게 아니었다.

간호사가 팔에 바늘을 꽂을 때 현기증이 났고, CT 촬영 중 조영제가 주입되면서 입안이며 온몸이 생각보다 뜨거웠다. 이전에는 가볍게 느껴졌던 증상이었다. 속이 비고 기력이 빠졌기에 감각 기능이 더 예민하게 반응하는 모양이다.

포도 한 송이와 물 한 병(200㎖)을 벌컥벌컥 들이켰더니 그제야 정신이 돌아왔다. 샤워도 하지 말라는 간호사의 주의사항을 지키자면 집 안에서 빈둥댈 일 말고는 할 일이 없다. 아들도 어제 무리했는지 오늘 광교산행은 쉬었으면 하는 눈치였다. '그래, 광교산도 좀 쉬어야지' 하며 소파에 길게 몸을 눕혔다.

기침 빈도가 잦고 기력이 빠지는 느낌이다. 그러나 식욕이 당기고 배변도 양호한 상태로 보아 요트가 순항 중이라고 표현하고 싶다.

113일 동네 이비인후과 처방
2013년 9월 18일 수요일. 완연한 가을 날씨

기침 가래로 밤을 지새웠다. 10시 취침하여 1시 30분에 눈을 떠 멍하게 앉아 있다가 물 한 컵 벌컥 들이켰다. 책 읽다가 인터넷 검색하다가 방안을 어슬렁거리다가 6시경 다시 침대에 누웠다. 한 시간 정도 눈 붙였을까, 기침 발작으로 다시 깼다. 기침은 어제보다 더 나아지지 않고 오히려 심하다. 하루 더 지나면 좋아지려나.

동네 이비인후과에서는 환절기 알레르기로 콧물, 가래가 생긴다고 한다. 지금 암 치료 중이라 설명하고 폐렴약을 매일 한 정씩 먹는다며 처방약 이름을 대니 "그건 항생제예요" 한다. 그렇다면 듣지도 않는 항생제를 계속 복용하고 있었다는 건가.

의사는 거담제와 완화제를 3일분 처방해 줬다. 항생제는 이미 복용하는 것으로 대체하고.

물에 적신 수건을 전자레인지에 3분 정도 데운 다음 입에 대어 증기를 마시면 가래나 기관지에 좋다고 하여 해 보니 목젖이 좀 부드러워진 감이 들었다.

호흡 기능, 숨이 가쁜 것 외에는 내 몸의 면역체계는 굳건히 제 몫을 다하고 있다.

114일 기침 가래가 더 심해지다
2013년 9월 19일 목요일. 구름 한 점 없는 청명한 하늘

기침이 줄어들지 않는다. 기침 소리에 잠을 설친 아내 얼굴이 퉁퉁 부었다. 수시로 나오는 가래를 뱉으러 화장실을 들락거렸다. 작은 솔방울만 한 걸 뱉고 나면 한 시간도 안 되어 기관지에서 간질간질 신호를 보낸다. 목젖 아래 숨어 있는 끈적끈적한 그것을 한 번 뱉으려면 온몸의 기가 쏙 빠진다.

마지막이겠거니 하면 또 나오고, 마르지 않는 샘처럼 계속 솟는다. 도대체 어떤 박테리아가, 바이러스가 내 면역세포를 공격하고 있단 말인가. 뱉고 나면 5분은 시원하다가 잠시 지나면 도루묵이다.

추석이라고 차량이 고속도로를 꽉 메운 뉴스 화면이 보인다. 시간이 지날수록 차량 소통이 좋아지고 목적지 도착 시각도 단축되고 있다. 내 기관지 속의 가래도 시간이 지나면 조금씩 사라지면 좋으련만. 3주차는 회복기라 하니 점차 살아나겠지. 감염 때문에 외출은 자제해야겠다.

한복을 갈아입고 재롱을 피우는 손녀들, 축 늘어진 할애비 표정을 읽더니 자기들끼리 논다. 몸 상태가 이러니 책장을 넘겨도 활자가 눈에 들어오지 않는다. 그냥 추석 특집 프로나 보며 오늘 하루 소일하리라 생각하고 거실 소파에 앉았다.

손녀가 텔레비전 리모컨을 꽉 잡고 있었다. EBS 만화영화라면 울다가도 뚝 그치는 손녀들. 녀석들은 등장하는 캐릭터의 이름, 성격을 훤히 꿰뚫고 있었다.

손녀들 때문에 뽀로로며 마야며 이름을 다 외우지 못할 만큼 애니메이션 영화를 실컷 봤다. 아이들이 왜 좋아하는지 조금은 알 것 같다. 변화무쌍한 상상의 세계, 0.1초도 안 되어 바뀌는 화면, 신나는 동요, 이런 매력들이 아이들의 눈을 화면에 잡아 두는 것 같다.

영상매체에 익숙해져 버린 어린아이들이 십 대가 될 십 년 후의 세상이 어떻게 변해 있을지 궁금하다.

115일 잠이 보약

2013년 9월 20일 금요일. 약간 흐릿한 하늘, 기온 19~29도.

대중탕에서 땀이나 뺄까 하다 생각을 접었다. 오늘까지는 외출을 자제하고 내일 이비인후과를 다시 들러야겠다.

잠이 보약이라는 사람도 있고 잠은 인생의 반을 훔쳐가는 도둑이라는 사람도 있다. 전자는 불면 같은 어떤 경험이 있었거나 아니면 잠이 많거나 하는 사람이고, 후자는 일 욕심이 많은 사람일 것이다.

셰익스피어는 "단잠이야말로 자연이 인간에게 내린 살뜰한 간호부"라고 했다. 반면 에디슨은 네 시간만 자면 된다고, 다만 숙면해야 한다는 조건을 달았다. 몇 년 전 어느 저축은행 광고도 있었다.

'나폴레옹이 잠을 정복하지 못했다면 코르시카 섬의 어부로 남았을 것이다.'

수필가 피천득 선생은 천국이 있다 해도 잠이 없다면 가지 않겠다고 했다. 잠이 곧 천당이라는 이야기다.

이제 몸으로 느낀다. 아무리 맛있는 요리도 잠만 못하다는 사실을.

그늘 짙은 감나무 아래 평상에 누워 낮잠을 청하던 옛 추억을 끌어낸다. 항아리에 감또개가 적당히 익었다면 더할 나위 없다. 나폴레옹처럼 쪽잠으로 보충하니 생기가 조금씩 살아난다.

116일 기침약 다시 처방받다

2013년 9월 21일 토요일. 낮에는 30도까지 더운 날

10시에 마을버스를 타고 전에 진료받은 이비인후과를 찾아갔다. 실내 간판에 불이 켜져 있어 진료하는 날로 알고 문밖에서 30분을 기다렸다. 토요일 1시 30분까지 진료한다고. 출입문에는 분명히 적혀 있었다. 휴무한다는 말은 어디에도 없었다.

병원 전화 말고 의사, 간호사 휴대폰 번호가 보이지 않았다. 연락할 길이 막막하여 어쩔 수 없이 발걸음을 돌렸다.

돌아오는 길, 자주 오던 마을버스가 오늘따라 뜸하다. 집을 떠나면서 의원에 오늘 진료하는지 전화하지 않고 떠난 내 잘못도 있다. 하지만 연휴에 근무했으니 오늘은 쉰다고 팻말 하나 달아 놓으면 아까운 30분은 허비하지 않아도 되었을 터. 사소한 듯 보이는 이런 일, 되는 의원이라면 간호사가 챙기고 의사가 확인할 것이다.

집 가까이 있는 이비인후과의 문은 열려 있었다. 지난 연휴에 쉬다 보니 대기실에 환자가 만원이다. 2시간 30분을 대기해야 한다 하여 손녀들과 광교산 산책을 먼저 하기로 했다. 광교산 산행은 오로지 아들의 컨디션에 따라 결정된다고 보면 맞다. 그런데 오늘은 내가 숨이 차서 도중에 벤치에 앉았다.

손녀들이 흙으로 개미집을 만드는 놀이에 푹 빠졌다. 동네 놀이터

의 모래에는 강아지 배설물, 기생충이 있을 거라며 아예 손대지 말라 했는데, 청정한 산속의 흙, 길가에 있는 모래는 마음껏 만지며 놀아도 된다고 하니 얼마나 신이 났겠는가.

젊은 의사는 내가 항암 치료 중이라니까 처방은 하는데 대학병원에 확인하고 복용하라고 한다. 버스 타고 찾아간 이비인후과에서는 그런 말을 안 하던데.

젊은 의사 쪽이 신뢰가 갔다. 하루 이틀이야 못 참을까.

2013년 9월 22일 일요일. 새털구름 가을 하늘

처방받은 약제의 효능과 부작용에 대해 인터넷을 검색했다.

- 아모라닉캡슐 : 페니실린계 복합항생제, 세균의 세포벽합성 억제, 항균작용 발휘
- 국제시메티딘정 : 식도염, 위염, 궤양 미란성 출혈 제산제, 항궤양용제
- 튜란트캅셀 : 진해거담 기침감기약, 소염제, 용해제, 인후두염, 부비강염, 소화기장애 부작용

대학병원 종양내과에서 처방받은 셉트린정(매일 아침 1정씩 복용)에 대해 찾아봤다.

- 셉트린정 : 설파계 항균제, 각종 감염증 치료, 면역 저하에 의해 발생하는 폐렴 예방

그런데 면역력 감소에 따라 세포 내 감염을 일으키는 폐렴으로 폐포자충폐렴(PCP)이 있음을 알았다. 일반 환경에 널리 분포하고 있는 이것은 면역억제환자의 세포에 침투하여 발생하는 폐렴이다. 면역

억제환자란 에이즈 환자, 항암 화학요법제나 장기이식 후 면역억제제를 복용하는 환자를 말하는데, 면역력이 정상인 사람은 폐포자충 폐렴이 거의 발생하지 않는다.

CT나 흉부 엑스레이에 잘 나타나지 않아 확진이 쉽지 않으며 임상 양상이 다른 질환과 혼동하기 쉬워 반드시 조직학적으로 검사 확진해야 한다고 한다.

치료 약제로는 엽산 및 단백 합성을 억제하는 설폰아마이드 항생제로 조직 침투력이 우수하고 생체이용률 90%인 셉트린(예전에는 박트림)을 투여한다. 항암 치료 중에는 리툭시맵 사용을 유보한 사례가 있다.

나의 기침 가래를 단순히 인후두염이나 부비강염 증세로 간주하여 치료해서는 안 될 것 같다. 내일 간호사에게 전화는 하겠지만 간호사가 어찌 말하든 동네 의원 처방약 복용은 고려해 봐야겠다. 약해진 내 몸의 세포를 또 다른 약제로 함부로 공격하게 놔둬서야 될 말인가.

6차 항암주사 예정인 수요일, 그날 주치의가 무슨 말이든 하겠지.

118일 인후염으로 간주 기침약 복용

2013년 9월 23일 월요일. 기온차가 심하다 20~30도

며느리가 대학병원에 전화를 걸었다. 내가 끊임없이 콜록대면서도 약을 먹지 않겠다고 하니, 상황을 보다 못해 손발 걷어붙인 것이다. 전화 통화하는 데 애를 먹었다. 연휴로 그동안 밀린 질문이 쏟아질 터인데 대학병원 암병동 전화가 달랑 한 대다.

긴 통화음으로 한없이 대기하다가 간신히 개통되니까 간호사에게 이것저것 나 대신 질문한다. 간호사야 수천 명 환자 중의 하나일 따름일 테니 매뉴얼에 있는 대로 복창하는 이상 이하도 아니리라.

그쪽에서는 열이 없다니까 크게 걱정 말고 동네 의원에서 1차 치료해 보고 그래도 낫지 않고 증상이 계속되면 내원하란다. 위안 삼아 전화해 본 셈이 됐다. 폐렴에 대한 걱정은 일단 접어두고 인후염으로 간주해서 동네 의원 약을 처방받기로 마음을 바꾸었다. 항생제 셉트린은 아모라닉 캡슐 페니실린 항생제와 중첩되기에 중지하고 사나흘 반응을 살펴보기로 했다.

며느리가 도라지차를 연방 대령한다. 오늘 하루도 문밖출입을 삼갔다. 큰녀석이 숨바꼭질이며 '무궁화꽃이 피었습니다'를 같이하자는 통에 어쩔 수 없이 응해 줬다. 몸이 힘들다고 내 몸만 챙길 수는 없지 않은가.

119일 계속 기침나라

2013년 9월 24일 화요일. 흐리고 가을비

기침이 수그러들 기미가 보이지 않는다. 날씨마저 으스스하다.

깊이 숨어 있는 가래를 뱉어 내노라면 젖 먹은 힘까지 끌어내야 한다.

자지러지듯 기침을 하면 정말이지 기운이 하나도 없다.

3주차, 이제 면역력이 회복되어 있어야 하는데, 그놈의 기침이 조금 비축해 두었던 힘마저 뺏어 간다.

힘이 손가락 사이로 모래 빠지듯 샌다.

몸 상태는 꼭 절인 배추다. 머리에 뻐근한 통증도 있다.

먹고 있는 약이 약효가 없다는 건가. 누우면 목젖이 간질간질 기침 모드가 되어 잠자리에 들기가 겁난다.

오늘은 어차피 지나갈 것이고, 내일이면 내일의 해가 뜨겠지.

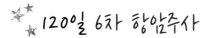

120일 6차 항암주사

2013년 9월 25일 수요일. 갠 하늘에 간간이 새털구름. 기온이 많이 떨어짐

6차 항암주사 맞는 날이다. 김정구 선생의 〈바다의 교향시〉를 부르고 싶은데, 찜찜하다. 세미나로 자리를 비운 주치의 대신 젊은 의사가 나를 맞았기 때문이다. 주치의보다 싹싹한 점은 맘에 든다. 모니터를 살피던 의사가 CT 사진을 보더니 "5차에 또 찍으셨네요" 한다.

그렇다. 첫 항암 때 찍고 2차 항암 후 찍고 4차 항암 후 찍고 이번 5차에 찍었으니 네 번 찍었다. 환부가 어떻게 진행되는지 궁금하긴 할 것이다. 그렇다고 독한 방사선의 CT를 디카 사진 찍듯 해서 될 일인가. 의사들이야 궁금하니까, 앞으로 치료 계획을 세워야 하니까 당연한 절차라고 하겠으나, 환자 입장에서는 촬영 빈도에 대해 좀 더 신중히 판단해 주었으면 좋겠다는 말이다. 6차 최종 결과를 보려면 PET와 CT를 또 찍어야 할 것이다.

"지금 제 상태가 어떤가요?"

"많이 줄어들었습니다. 8㎝인 가장 큰 덩어리가 지금 4㎝로 작아진 게 보이시죠."

의사는 줄어들었음을 강조했다. 아직 남아 있다는 데 급실망한 나는 모니터 앞에 눈을 갖다 댔다. 아내도 내 곁에 바짝 다가섰다.

"없어지지 않고 남았네요."

"여포성이라 병기 진행도 느리지만 치료도 더딥니다."

"큰 덩어리 말고도 작은 것들이 여러 개 있었는데 그것들은 없어진 게 있나요?"

"부피가 가장 큰 것이 중요합니다. 물론 작은 것 중에 일부 없어진 게 있습니다만, 큰 것을 봅니다."

"4cm 크기가 남아 있다면, 오늘이 마지막 항암으로 치료가 종결되는 걸로 알고 있는데 고민스럽네요."

"고민은 주치의 이 교수님이 할 일이지 환자인 아버님이 걱정하실 일이 아닙니다. 오늘 주사 맞으셔도 되겠습니다. 3주 후 이 교수님 외래 진료 예약해 두겠습니다."

백혈구 면역 수치는 정상이라며 주사를 맞아도 된다는 말에 꿀꿀했던 기분이 조금 좋아졌다. 기침은 동네 병원에서 치료를 받아도 좋다고 했다. 그래도 항생제는 5차와 마찬가지로 처방을 하겠다고 해 동의했다.

치료 종결은 3주 후 진료 때 다시 찍게 되는 사진을 판독하여 결정할 것이다. 아니면 2차를 추가하여 총 8차 항암 치료를 해 보자 할지. 의사에게 믿고 맡기는 길 말고는 환자인 내가 무얼 선택할 수 있겠는가.

6차 항암주사는 11시에 시작, 2시 30분에 끝났다. 구역질, 열 없이 무난히 마쳤다. 주사를 맞으면서 이 정도 체력이라도 유지하게끔 건강을 주신 주님께 감사 기도를 정성껏 바쳤다.

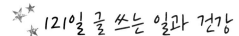

121일 글 쓰는 일과 건강

2013년 9월 26일 목요일. 기온이 어제보다 떨어짐, 13~24도

어제보다 숨쉬기가 좋다. 간헐적으로 기침이 나오기는 하지만 빈도나 강도로 보면 호전되고 있는 기분이다. 동네 의원 처방이 먹힌 것인지 독한 항암제의 영향인지 몰라도 기관지로 넘어가는 숨이 부드럽다. 다행이다.

오늘 나들이 계획이 있고, 내일은 교육 스케줄이 잡혀 있다. 호흡 문제만 아니라면 나의 항암 치료는 정말 순풍 항해라고 해도 되겠다.

아침에 《손바닥 수필》의 저자 최 선생과 통화했다. 그가 말미에 당부한 말이 인사치레거니 하면서도 예사롭게 받아들여지지 않았다.

"글 쓰는 일이 건강을 많이 해치는 것 같아요. 조심하셔야 해요."

책 내는 일에 너무 신경을 썼나.

뉴스를 보다가 최인호 소설가가 어제 타계했다는 소식을 들었다. 1945년생으로 자치동갑인 그는 나의 우상이었다. 몇 년 전에 매우 고통스럽다고 한 말이 기억난다. 침샘암이 그렇게 독한 놈인가.

그는 글에 실망이나 낙담보다는 희망과 환희와 삶의 기쁨을 더 많이 담아내고자 했다.

깃발이 휘날리는 것은 바람 탓도 아니고 그것을 보는 마음이 흔들리고 있기 때문이라는 혜능의 말은 진리의 구경이다. 언젠가, 그 사진 속에 있는 모든 사람은 죽을 것이다. 나도 죽고, 아내도 죽고 (중략) 삼라만상도 사라질 것이다. 그러나 모든 것이 죽고 사라질지라도, '꽃잎은 떨어지지만 꽃은 영원히 지지 않는다'는 성 프란치스코의 말처럼 우리 인생은 영원히 사라지지 않을 것이다.

《가족》 138쪽

인연은 향나무처럼 자신을 찍는 도끼에게 향냄새를 풍긴다.

《가족》 73쪽

당신이 지구 반대편에서 눈물을 흘리고 있을 때 또 다른 지구의 반대편에서 그 누군가가 당신을 위하여 울고 있다.

《최인호의 인연》 220쪽

그는 침샘암이란 도끼에 찍히면서도 향을 내뿜은 향나무였다. 그 향은 영원히 사라지지 않고 남을 것이다. 부디 천국에서 영면하시길.

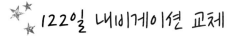

122일 내비게이션 교체

2013년 9월 27일 금요일. 구름 한 점 없는 청명한 가을 하늘

나는 몸에서 생명을 유지시키는 기능의 중요도를 호흡 기능이 90%, 나머지 10%가 식사, 배설, 근력, 수면 같은 기능으로 호흡 쪽에 거의 모든 비중을 두고 싶다. 먹고 배설하는 일은 내 의지로 일시 참을 수 있지만 숨쉬기는 2분을 못 참는다. 지금까지 건강하게 숨쉬게 해 준 호흡 기관(폐, 심장, 기관지)에 새삼 고맙다는 마음을 전한다. '숨만 쉬면 산다' 아니던가.

오늘 건축사 실무교육 강의는 〈공동주택 하자조사 보수 산정방법 판정기준〉, 〈한옥의 새로운 도전〉 두 과목이다. 3시간 반 동안 딱딱한 의자에 묶여 있자니 여간 힘든 게 아니었다. 강의 시간 내내 납작 엎드려 있었다. 교재만 줘도 될 법한데….

집합 교육에서 중요한 것은 출석 체크다. 10분 휴식 시간. 종이컵 커피를 들고 배회하는 사람, 계단참에서 밖으로 담배 연기를 내뿜는 사람, 왁자지껄 떠드는 소리를 피해 다시 교실로 들어와 책상에 엎드렸다. 어쨌건 주사 이틀째, 잘 견뎌 냈다.

집으로 오는 길에 내비게이션을 업데이트하러 AS센터에 들렀다. 무료로 해 준다는 메시지가 왔기 때문이다. 업데이트하는 중에 직원이 나를 찾았다. 좋은 신상품이 출시되었는데 이왕 왔으니 신형으로 교체하면 어떻겠느냐고. 2년밖에 사용하지 않은 물건을 구형이라며 바꾸란다. 지금이 행사 기간이라 특별 할인가에 보증도 5년 해 주고 오늘로 마감한다 했다. 그들은 기회를 놓치면 후회할 거라며 내 결심을 다그쳤다.

그러잖아도 다음 주 우리 집에 일어날 큰 변화를 염두에 두고 있던 차 마음이 흔들렸다. GINI 3D란 제품이다. 아들이야 눈치챌 테지만 아내에게는 몇 푼 안 들었다고 해야 할 것이다.

새 가족이 등장하기 전에 집이나 차량을 미리 점검하고 손봐두어야 해서 10월 1일 정비공장에 예약도 했다.

새로 설치한 내비게이션 효과도 점검할 겸 망설였던 고교 동창 모임에 참석, 저녁을 같이하고 위문금까지 받았다. 거기서도 얼굴은 좋다고 했다.

"어차피 나이 들면 병 하나는 훈장처럼 달고 가야 할 터이고 내가 일찍 참한 걸 잘 골랐지."

다들 무덤덤하다. 그래서 한마디 던졌다.

"야, 아무리 썰렁한 개그라도 한번 히죽거려 봐."

기침이란 역풍을 맞고 있는 상태지만 그런대로 요트는 순항 중이다.

123일 기침완화제 추가 처방

2013년 9월 28일 토요일. 한낮은 덥고 저녁에 비

　동네 이비인후과에서 프리비투스 8㎖ 현탁액으로 기침완화제를 추가 처방했다. 의사는 3일 치료해 보고 차도가 없으면 약을 바꿔 보겠다고 했다. 온 가족이 나의 기침에 집중하고 있다. 특전미사에 참예한 일 말고는 꼼짝없이 집에 갇혀 있었다.

　식사나 배변은 양호하지만 약봉지를 뜯으려면 시간이 꽤 걸린다. 손끝이 미세하게 떨리기 때문이다. 젓가락질은 괜찮은데 글씨가 엉망이고 집 안에만 있으니 근육운동을 못한 탓에 하체의 힘도 많이 빠졌다.

　아들이 좀 살아나서 집안일이 돌아간다. 다음 주 새 식구가 태어나는 상황에서 아들이 비실비실하면 안 된다. 참 오묘한 섭리다. 한편이 기울어지면 다른 한편이 일어서고. 환자 둘이 정신 바짝 차려서 스스로의 섭생은 물론이고 무슨 일이건 손발 걷어붙이고 나서야 한다. 지금 우리 집으로서는 중대한 시점인 것이다.

124일 머리도 몸도 비움

2013년 9월 29일 일요일. 아침부터 비, 오후에 갬, 습도 높고 온도 16~24도

기침으로 밤을 꼬박 새웠다. 아내에게 미안하다. 오히려 더 심해지는 느낌이다. 가래를 뱉어 내느라 기진맥진이다. 세면기 앞에서 껵껵 하다 보면 이웃집에서 시끄럽다고 인터폰 올까 걱정될 정도다.

오늘부터는 좀 나아지겠지, 이비인후과 처방약의 효능을 한 번 더 믿어 보기로 했다.

기력이 빠지니 몽유병 환자처럼 비틀거린다. 머리도 몸도 비운 오늘 하루, 일기도 짧게 쓴다.

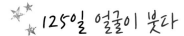

125일 얼굴이 붓다

2013년 9월 30일 월요일. 온도 18~25도

기력이 더 떨어졌다. 헬스클럽을 다녀오면서 굼벵이처럼 느리게 발을 옮겼다. 다리가 후들거리고 젓가락질도 부자연스럽다.

5차 때와는 완연히 다르다. 얼굴과 발등이 부어 탱탱하다. 입맛도 살짝 갔다.

책 읽기, 텔레비전 보기는 아예 포기하고 컴퓨터도 한 시간 이내에 작업을 마치려고 노력한다. 아들도 며느리도 내 동정에 신경쓰고 있다. 기침이라도 멎어 준다면 좀 살겠다.

126일 정신없이 바빴던 하루

2013년 10월 1일 화요일. 한낮에는 더웠음

2주차. 면역력이 떨어지는 시기다. 그래도 꼭 해야 할 일은 시간이 날 때 바로 해야 한다.

겨울철을 대비하여 예약했던 정비공장에 가서 오일 교환, 와이퍼 교체, 타이어 위치 이동 정비를 완료했다.

정비가 끝날 무렵 회사에서 급하게 연락이 왔다. 설계 변경 등 그간 현안 문제에 관해 회의를 했으면 하고. 긴급히 결정할 일이 몇 가지 있다고.

쉬었으면 좋겠는데 미루지 못할 일이라 해서 갔다. 급하다는 일일수록 알고 보면 별거 아닌 경우가 많다. 이럴 때일수록 화를 참아야 한다. 집에 돌아오니 오후 3시가 넘었다.

아내가 내 눈치를 본다. 시장을 봐야겠다는 말을 못하고 "피곤해서 힘들겠죠" 한다. 다시 핸들을 잡았다. 성남 하나로마트 지하 주차장에 차를 대는데 사방의 사람들이 내 차를 주시한다. 뭐라고 하는 사람도 보인다. 바닥을 긁는 날카로운 소리가 나는데도 청력이 신통찮은 내가 듣지 못한 것이다.

다시 정비공장으로 갔다. 하부 보호판이 너덜너덜했다. 험프처럼 길바닥 돌출 부분에 부딪힌 일이 있었던 모양이다. 통으로 갈지 않고 조각을 덧대 임시 조치할 수 있어 그만하기 다행이었다.

시장을 보고 나서 오늘 일과는 이것으로 끝이다 생각했는데 웬걸. 저녁 식사를 하는 도중에 양재동 부동산에서 급히 만나자는 연락이 왔다. 아들이 임대하는 집 전세 계약자가 나타났다고.

그들의 마음이 변하기 전에 도착할 생각으로 카레이서처럼 달렸다. 일이 되느라고 그런지 단숨에 계약이 성사되었다. 한두 달 공가를 각오했는데 쉽게 풀렸다.

돌아오는 길, 서울 아산병원에서 아들에게 전화가 왔다. 아들이 대장암(직장 포함) 수술 2만례 환자로 선정되었으니 15일 행사에 참석해 달라고. 병원 전화는 분명 축하의 뜻이었으나 우리로서는 마냥 기뻐할 일은 아니다 싶다. 완치되지 않았으면서도 투병 중인 다른 환자들이 희망을 갖게끔 이 병원이 이렇게 건강한 몸을 되찾아 주었다고 무대에 당당히 등장해 줘야 하는 것이다. 그날 컨디션이 어떨지 벌써부터 걱정된다.

정신없이 바빴던 오늘, 하지만 양재동 일로 엔도르핀이 팍팍 솟구쳤다. 전만 같았어도 거나하게 한잔 걸쳤을 것이다. 호흡은 조금씩 좋아지고 있다.

127일 무상무념 쉬고 싶다

2013년 10월 2일 수요일. 오전에 비, 오후엔 옅은 구름

    같은 진해거담제인데 목틴캅셀(한미약품)에서 비졸본정(한국베링거잉겔하임)으로 바꾸어 처방받았다. 달짝지근한 프리비투스 현탁액(대원제약 진해 기침)은 계속 복용했다.

    목과 콧속을 살피던 의사는 조금 나아졌다고 하는데, 기침 가래는 여전하다. 3일 복용해서 효과를 확인하고, 듣지 않으면 다시 약을 바꾸겠다고 한다.

    빠른 걸음으로 한 시간이면 충분히 왕복하는 매봉약수터를 2시간 30분 동안 걸었다. 천근같은 다리, 길을 쓸면서 걸었다고 해야 하나.

    6차 항암주사의 위력이 근육 부분부분마다, 말초신경 곳곳에 강력히 전해진다. 구역질 같은 오심도 느껴지고 글씨 쓰기와 젓가락질이 부자연스럽고 걸을 때 일직선 보행이 안 된다. 뒤뚱뒤뚱한다. 호흡도 가쁘다. 무상무념, 그냥 앉아 쉬고 싶은 마음뿐이다.

    나의 지원군이여, 참고 참을 테니 제발 일망타진만 해다오.

128일 의미 없이 보낸 하루

2013년 10월 3일 목요일. 구름 한 점 없는 가을 하늘, 아침 12도 쌀쌀

    기력이 빠져 아침부터 포댓자루처럼 퍼질러 있다가 매봉약수터나 가볼까 하고 나서다 아파트 단지 정문에서 걸음을 돌렸다. 30분 이상 걸을 자신이 없었다. 단지 내를 산책하기로 했다.

    걸으면 앉고 싶고, 앉으면 눕고 싶고. 정말 의미 없이 보낸 하루였다. 사라져 가는 시간이 보인다.

129일 이웃 오 회장님

2013년 10월 4일 금요일. 전형적인 가을 하늘

오늘도 어제와 같은 컨디션이다. 그냥 한없이 아래로 가라앉는 느낌이다. 간헐적인 기침 가래가 조금 아껴 둔 체력을 바닥까지 긁어간다.

현관문을 마주하고 있는 오 회장님과는 최초 분양받으면서 이웃이 되었으니까 햇수로 13년 된 셈이다. P골프웨어 관련 기업 CEO를 지내셨고 동향에다 ROTC 1기 대선배이기도 하여 만날 때마다 존경심을 갖고 인사드린다. 장기간 집을 비울 경우, 우편물이라든가 화분 같은 것을 맡아 두었다 돌려드리기도 한다.

허리가 불편하여 지팡이에 의지하지만 표정은 늘 밝으시다.

현관을 열다 회장님과 눈이 마주쳤다. 회장님께서 작심한 듯 오늘 점심을 같이 먹자고 했다. 얼마 전에도 식사 이야기를 하신 적이 있어 몸 상태를 구실로 하기엔 구차한 변명으로 오해하실까 봐 선뜻 승낙해 버렸다. 회장님은 꼭 오늘이 아니더라도 좋다고는 하셨지만. 뇌의 전두엽이 다른 감각 정보를 무시하고 "예, 감사합니다"로 일을 저질러 버린 것이다.

산 너머 신봉동의 한식집은 넓은 부지에 나름대로 인테리어에 신경쓴 집이었다. 예약된 자리로 종업원이 안내했다. 회장님 내외분과 우리 부부, 마주 보고 앉기는 처음이다.

따뜻한 밥보다 더 따뜻한 마음의 고마움을 온몸으로 받아들인다. 참으로 감사하다. 아침에 절임배추 같던 육신의 말초세포가 미세하게 기운을 차리는 느낌이다.

우리 손녀들이나 아들, 며느리에게도 꼭 당신 가족처럼 살갑게 대해 주시니 어찌 공경하지 않겠는가. '이웃을 잘 만나야 한다'는 말은 한편으로는 '내가 이웃에게 경우바르게 하라'는 함의含意도 있을 터.

다른 곳으로 이사 가지 마시기를 진심으로 바란다.

골때리는 이웃이 있다. 공해 물질로 채워진 미세먼지를 일 년 열두 달 서해 건너 우리 국토로 날려 보내는 나라. 그로 인한 피해 보상은커녕 합동 조사하려는 태도도 보이지 않는다. 오만한 이웃이다.

130일 젓가락질 안 되고 몸이 비틀거림

2013년 10월 5일 토요일. 기온차 심하고 맑은 날씨

어제 오 회장님과 함께한 식사로 고조되었던 엔도르핀 세로토닌이 밤새 사그라졌는지 광교산행은 엄두도 못 낼 만큼 몸이 가라앉았다. 수저 들고 먹는 일이 이리 힘들 줄이야. 밥맛이 없어서, 씹고 삼키지를 못해서, 소화가 안 돼서, 스스로 수저질을 못해서 곡기를 끊고 싶다는 사람의 심정을 이해한다.

코로 튜브를 삽입하여 액체로 된 영양제를 공급받는, 자율적인 삶은 사라지고 타인이 내 생존을 좌지우지하게 되는 그런 상황이 닥쳤을 때 나는 과연 의연하게 대처할 수 있을까? 가슴이 먹먹하다.

친분 있는 교우들로부터 점심을 같이하자는 연락이 와서 외식하면 괜찮아질까 기대하고 따라갔다. 추어탕집 깍두기가 맛있어 보이기에 젓가락으로 집는데, 결국 옆 사람의 도움을 받았다.

저녁때는 토요 특전미사에 가서 내내 앉아 있었다. 미사 예절에서 일어서야 할 경우에 일어나지 못했고, 미사 마치고 집으로 돌아가는 길에도 몸의 중심을 못 잡아 비틀거리니까 아내가 부축했다.

가뭄에 단비 같은 소식. LG트윈스가 플레이오프에 직행한다는 뉴스다. 마지막까지 오리무중이던 판세가 이병규의 시원한 한 방으로 깔끔하게 해결된 것이다. 우승까지 해 주길 간절히 빈다.

131일 움직여야 산다

2013년 10월 6일 일요일. 맑은 가을 하늘.

움직여야 산다. 동물이 식물과 다른 점은 움직여야 한다는 것이다. 식물은 한자리에 서서 토양으로부터 영양을 흡입하고 광합성으로 자라고 꽃을 피우지만 동물은 다르다. 토양에 다리를 박지 않아도 광합성이 없어도 체내 대사로 몸집을 불리거나 줄인다는 것.

대사 작용이 활발하다 함은 오장육부가 원활히 작동되고 있다는 말이다. 위는 소화액을 적당히 분비하여 소화시켜 주고, 폐는 흡입한 신선한 공기로 혈액을 정화시켜 심장에 전달하고, 췌장과 담낭, 지라, 십이지장, 간, 소장, 대장들이 씩씩하게 제 몫을 다하면 건강한 몸이라고 한다.

그런데 영양만 섭취하고 움직이지 않으면 당장 위에서 소화기능이 약해진다고 신호가 온다. 한 사흘 거의 병원에 입원한 환자 수준으로 생활했다.

운동을 해야겠다는 강박감에 광교산 약수터를 목표로 걷기를 시도했다. 단풍이 들기 시작하는 갈참나무 숲길을 기침과 가래를 달래가며 천천히 느리게 걸어갔다. 스무 발짝 내디디면 한 번 서서 긴 호흡으로 숨을 고르고, 힘이 부치는 오르막엔 나무를 붙잡고 몸을 지탱했다.

생수 500㎖ 하나 들고 헉헉거리며 오르는 길엔 다행히도 산행하는 사람이 별로 없었다. 단풍 행락철이라 장거리로 빠졌기 때문이지 싶다.

한 발 한 발 내딛는 걸음이 달에 착륙한 암스트롱의 걸음 같다는 생각이 들어 실소했다. 지금 교통사고나 중풍으로 재활 물리치료 받는 환자들의 고행을 체험하는 중이다.

집에서 2㎞도 채 안 되는, 한 시간이면 너끈히 다녀오는 광교산 매봉약수터를 2시간 30분이나 걸려서 갔다 왔다.

전화기를 갖고 가지 않아 식구들이 많이 걱정했던 모양이다. 집 밖으로 나설 경우는 휴지, 생수, 스마트폰은 필수적으로 챙겨야 할 것들이다. 오후에는 두 시간 동안 혼곤히 떨어졌다.

132일 아들의 2차 항암 시작

2013년 10월 7일 월요일. 맑다가 오후 흐림

8시에 일어나니 이미 아침 식사를 끝낸 아들이 집에 없었다. 며느리가 오늘이 항암이 시작되는 날이라고 알려 줬다. 참 그렇지. 벌써 한 달이 됐나.

오늘부터 연속 닷새 동안 맞아야 한다. 오심에다 구내염으로 고생했던 1차 때를 기억하여 의사에게 완화하는 처방을 요구하라고 했다.

오후에 기진맥진해서 돌아온 아들. 자기 방에 들어가 그대로 눕는다. 항암제 용량을 조금 줄였다고 한다. 애처롭고 안타깝다.

나는 어제보다 기력이 많이 살아나는 느낌이다. 풀잎처럼 누웠던 면역세포의 돌기가 하나둘씩 기지개를 켜고 일어서는 기운이랄까. 가래 기침도 조금 완화되는 듯 보이나 뿌리를 뽑아야 한다는 생각에 암센터 간호사에게 물었다.

"동네 의원에서 기침 가래로 치료받고 있는데 항생제 클라리스로마이신을 써도 되는지 주치의 선생님께 확인하라고 하네요."

"열은 없지요? 그러면 항생제는 그 의사 처방대로 하세요."

3일이 예정일인 며느리의 배가 산만큼 부른데 나올 놈은 아직 기미가 없다. 그 녀석 우리 집 상황을 살피고 있는 중인가. 이놈아, 빨리 나와 얼굴 한번 보자. 그래야 집안에 개편된 생존 질서가 빨리 자리잡지 않겠나.

 기분 전환 삼아 저녁은 분당 정자동에 있는 유황호박오리집에 갔다. 그런데 차에서 내리는 아내 걸음이 이상했다. 놀라 물으니 마켓에서 생수 2ℓ 여섯 병 묶음을 들다가 발등에 떨어뜨렸다는 것이다.

 발등이 시퍼렇다. 엑스레이 찍자니까 그럴 정도는 아니라고 얼버무리는데, 아무래도 병원에 가봐야겠다. 기침도 하고, 상태가 예사롭지 않다. 정신이 바짝 든다. 내가 빨리 회복해야 하는 절실한 상황이다.

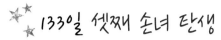

133일 셋째 손녀 탄생

2013년 10월 8일 화요일. 태풍 다나스의 영향으로 전국적으로 비

기침으로 밤을 새웠다. 체력도 거의 방전되었다. 6차는 5차와 격이 다르다. 5차가 미풍이라면 6차는 돌풍이다. 마지막 치료라고 항암제가 필사의 공격을 하는 것인가.

아침에 아내와 아들이 함께 나섰다. 병원으로 가는 도중에 양재동 코스트코에 들러 장을 봐 온다고 한다. 집에는 며느리와 손녀 둘, 그리고 나만 남았다.

오늘은 뭔가 소식이 있을 것 같은 예감에 만류하고 싶었는데 먹거리 비축도 급한지라 조심해서 다녀오라고 했다. 떠난 지 3,40분이나 되었을까, 9시 조금 넘은 시각, 며느리가 진통이 왔다며 급한 표정이었다.

아들에게 알리면 분명 항암을 포기하고 차를 돌릴 것 같기에 가락동에 사는 딸에게 연락했다. 빗속을 뚫고 한 시간도 안 되어 딸이 나타났다. 반가운 지원군. 우리 가족이다. 딸이 며느리를 태우고 산부인과로 직행했다. 정오를 넘기면서 항암주사가 끝날 것 같은 시간에 아들에게 메시지를 보냈다. 곧 소식 있을 거라고.

오후 2시경이었다. 3.7㎏ 귀여운 공주를 순산했다는 반가운 소식이 날아왔다. 산모도 건강하고. 전송된 스마트폰에 똘똘하게 생긴

놈이 강보에 싸여 있었다. 비슷한 시각에 태어난 옆의 아기보다 머리 하나가 더 있어 보인다. 아들이 삶의 의지를 더욱 굳건히 붙들어 맬 희망의 끈, 셋째 손녀가 탄생했다. 간절히 기도를 올렸다.

주님, 감사합니다.
천둥번개 치는 날 저희에게 빛나는 보배를 안겨 주셨습니다.
환희의 눈물을 흘립니다.
그 크신 사랑, 잊지 않고 더욱 겸허해지겠습니다.
나만을 위해 살아왔던 삶을 반성하고
남은 날들은 나누면서 살도록 하겠습니다.
이 결심 변치 않도록 주님 권능으로 도우소서. 아멘.

또 하나의 낭보가 날아왔다. 산업통상자원부가 주관한 '미래의 상상력 아이디어' 공모전에서 아들이 입상했다는 연락이다. 프로필을 묻고 하는 품새가 입상 정도를 넘어서 어쩌면 대상이 아닐까, 아들도 적이 들뜬 표정이다. 아직은 정확히 밝힐 단계가 아니지만 18일 시상식 행사에 친지와 함께 참석하라고 했다니 기대해 봐도 되겠다.

폭풍우가 거세게 몰아치다가 언제 그랬냐는 듯 화창한 태양이 여린 싹을 따스하게 보듬어 주고 그 힘으로 산천초목이 꽃을 피우듯 우리 인생이 그렇다. 희로애락이 교차하면서 겪는 갈등과 번민, 외로움, 조여드는 고통의 순간 없이 어찌 아름다운 꽃이 피겠는가.

아들아, 축하한다. 손녀의 작명을 서둘러야겠구나.

134일 동생들 문병 오라

2013년 10월 9일 수요일. 맑게 갠 가을 하늘

20년 만에 한글날이 쉬는 날이 되었다고 대구에서 안동에서 동생들이 아들이 좋아하는 쌈장(그는 작은고모의 장맛이 최고라고 한다)과 내가 좋아하는 호박잎과 고구마, 물김치까지 바리바리 싸가지고 왔다. 동기간 우애라지만 자꾸 받기만 하는 것 같아 미안하고 고맙다.

정이란 게 돈으로 환산할 수 없는, 마음의 교감을 통해 이심전심 일치시키려는 감정이다. 형제들의 정이 내 병소에 들어가 그놈을 깨끗이 녹이고 있을 것이다. 항암 지원군이라 할까. 여동생은 노후에 먹고 지낼 수입원이 있음에도 노인요양병원에서 청소일을 하며 지금이 제일 행복하다고 한다. 쳐다보는 얼굴이 밝다.

부기가 좀 빠진 내 얼굴을 보고 모두 괜찮아 보인다고 했다. 병색이 짙으면 당사자나 보는 사람이나 자리가 불편했을 터. 이 정도 모습을 유지한 것만 해도 다행스럽기 짝이 없다.

안동 동생이 상호를 '초아원草芽園'으로 사업자등록을 했다 한다. 비 온 뒤 풀싹이 돋아나듯 번창하리라 굳게 믿는다.

다리에 힘이 빠져 건들건들 걷는다. 3주차, 오늘부터는 내가 언제 환자였느냐는 듯 면역세포의 기가 펄펄 살아났으면 좋겠다. 턱걸이도 하고 천년약수터도 3시간 안에 주파하고 근력운동도 하고 싶다.

135일 아기가 집에 오다

2013년 10월 10일 목요일. 맑음

기침은 다소 줄었다. 어젯밤 잠을 설치지 않은 것만 해도 큰 선물이다. 아들이 4일째 주사 맞는 오늘도 운전을 부탁했다. 아산병원 복도에 붙어 있는 대장암 수술 2만례 행사 포스터 식순을 보니 개회사에 아들의 주치의 유 교수의 이름이 올라 있었다.

아들의 주사 시간은 10여 분, 일찍 끝났다. 나도 완전히 회복이 되지 않은 상태라 운전 중에 여러 번 코도 풀고 가래도 뱉었다. 박테리아인지 바이러스인지 나보다 더 질긴 놈이다. 아내의 식사 준비를 덜어줄 요량으로 도중에 갈비탕으로 점심을 해결했다.

집에 들어오니 귀여운 아기가 엄마 품에 안겨 있었다. 젖이 잘 안 나와 가끔 자지러지게 울어젖혔다. 귀여운 그놈을 덥석 안았다. 안는 자세가 불안해 보였는지 아내가 얼른 채간다. 일곱 명이 된 식수食數 인원, 아들이 열심히 뛰어야 할 이유가 또 생겼다.

각오한 터이지만 아내가 더 바빠질 것이다. 산모 도우미를 구했으나 환자 시부모 있는 집에 오려는 사람이 없다고 한다. 이가 없으면 잇몸이다. 출산한 산모 집에 도우미가 있어야 한다는 법은 없지 않은가. 서로서로 도와가며 이 고비를 슬기롭게 넘기자고 했다. 2, 3개월만 참아 내자고 했다.

136일 며느리를 생각하며

2013년 10월 11일 금요일. 두꺼운 구름, 스산한 바람이 길 위의 낙엽을 쓸다

며느리는 2006년 9월에 정식으로 한 가족이 되었다. 산모가 아기를 출산할 때 가장 보고 싶은 사람이 친정엄마라고 한다. 부모가 돌아가시고 할머니 손에 자란 며느리. 그 할머니도 몇 년 전에 세상을 뜨셨으니 며느리는 우리 집 말고는 기댈 곳이 없다. 며느리에겐 우리가 부모다.

부산에서 혈혈단신 상경, 아르바이트를 하며 명문대 대학원을 마친 며느리. 책장에서 며느리의 학위논문집을 꺼내 본다. 《지역 항공의 서비스 마케팅 전략 방안에 관한 연구》. 88쪽 논문집 갈피에 편지가 들어 있었다.

부모님께

아버님, 어머님!

격려해 주시고 염려해 주신 덕분에 제가 논문을 출간할 수 있게 되었습니다. 힘든 순간마다 항상 곁에서 도움 준 성진 오빠가 있었기에 치열했던 지난 6개월을 잘 넘기고 졸업을 할 수 있게 되어 그 기쁨은 말로 표현할 수 없을 만큼 큽니다.

짧은 기간 쓴 논문이라 서툴고 부족한 부분이 많아 드리기에 조금

부끄럽기도 하지만, 제일 먼저 보여 드리고 싶어 이렇게 창피를 무릅
쓰고 드립니다.

30여 년간 사랑으로 지켜 주신 하느님께 감사하며 더 열심히 아름답
게 살도록 할게요. 늘 감사드립니다.

2006년 6월 30일

로사 드림

　친정에서 보름이고 한 달이고 몸을 보양하고서 금의환향하는 산
모들을 보면 나조차 부러운데 며느리는 오죽할까. 산모 도우미까지
없다 보니 시어머니 혼자 주방일을 하도록 쳐다만 볼 수 없는 노릇.
조금씩 운신하며 거든다.

　안쓰럽지만 몸조리하라는 말조차 잔소리로 비쳐질까 봐 거실에서
주방 쪽으로 눈길을 주는 행동도 삼갔다. 선녀와 나무꾼에서 아이
셋 낳을 때까지는 옷을 돌려주지 말라고 했던가. 이제 셋이니 옷을
돌려줘도 되겠네.

　기침 가래가 크게 호전되지 않았는데도 이비인후과에서는 콧속이
며 인후를 살피더니 많이 좋아졌다며 동일한 처방을 줬다. 콧속과
목젖을 식염수로 소독을 시작했다. 기력이 아직 반곡점을 찍지 않은
것 같다.

　입맛은 살짝 갔으나 의외로 식욕은 그대로라 다행이다. 대신 아들
이 비상 상황이다. 오늘까지 연거푸 5일간 항암주사를 맞는 바람에
식욕이 급격히 떨어진 것이다. 행사가 많아 다음 주는 감염에 특별
히 조심해야 한다.

137일 혼신의 힘으로

2013년 10월 12일 토요일. 맑음

한참 망설이다가 매봉약수터까지 다녀오기로 했다. 체력이 달리는 이유는 항암 부작용도 있지만 호흡기능이 정상이 아니기 때문이라 짐작된다. 수시로 기침하고 가래를 뱉어 내면 진이 쏙 빠진다. 현기증이 날 정도다.

아파트 단지를 벗어나 텃밭을 지나서 횡단보도까지 이르는데 30분 걸렸다. 횡단보도에서 50m를 가면 밤나무, 참나무가 무성한 산자락 초입이다. 나뭇잎이 완연한 가을빛이다. 서서히 잎을 떨어뜨릴 준비를 하는 낙엽수들. 결초보은의 유래에 나올 법한 풀들을 헤치면 바로 가파른 길이 나온다.

물 한 모금 마시고 소나무를 붙들고 잠시 숨을 고른다. 바싹 마른 입안이 화끈거린다. 또 걸음을 옮긴다. 조금만 더 가면 고갯마루. 거기서부터는 비교적 평탄하다. 속도를 내고 싶으나 다리가 뇌의 명령을 따르지 않는다. 젖 먹던 힘까지, 죽을힘을 다해, 혼신의 힘으로 발을 내디뎠다.

녹슨 추억 한 조각. 군대에서 야간 행군한 경험을 상기했다. 삼복 뙤약볕에서 논에 김을 맬 때의 힘든 시절도 끌어내 지금 상황은

네 번째 의외의 후폭풍, 기침 가래 255

아무것도 아니라고 자기 최면을 걸었다. 걷자, 한 걸음씩.

또 나무를 잡았다. 발밑에 반질반질 윤이 나는 밤톨이 유혹했다. 주변을 보니 떨어진 밤알이 제법 눈에 띄었다.

그러나 내게는 그림 속의 밤톨이다. 물 한 모금 마시고 다시 출발하여 벤치까지 왔다. 매봉약수터까지는 불과 500m 남았다. 여기서 돌아갈까 매봉약수터까지 갈까 말까 갈등이 생겼다. 결국 내 주특기 깡아리의 힘으로 매봉약수터까지 갔다. 그리고 벤치에 길게 몸을 눕혔다.

산행객들은 더 먼 산의 단풍을 보러 갔는지 부산하던 약수터가 의외로 조용했다. 새소리, 벌레 소리도 들리지 않았다. 갈잎 하나가 내 얼굴에 떨어졌다. 평화로운 산속이다.

138일 틀림과 다름
2013년 10월 13일 일요일. 맑음

내가 단것을 좋아한다 해서 모든 사람이 같으리라 생각해서는 안 될 것이다. 매운 것을 더 좋아하는 사람, 씀바귀나 머윗잎이 입맛 돋운다고 쓴것을 찾는 사람, 사람들의 기호는 천차만별이다.

'스타킹'이란 텔레비전 프로그램에서 별난 사람들의 기호나 기행을 보면 나와 다른 사람이 참 많다는 사실에 놀라지 않을 수 없다. 다른 습관, 다른 언어, 다른 국적의 사람은 나와 틀린 사람이 아니라 다른 사람이다.

우리 세대는 다름을 인정하는 데 완고했다. 성리학을 기반으로 하는 유교문화의 틀에 거스르면 용서가 안 된다. 눈을 내리깔고 고분고분 순종해야만 마음에 든다고 했다. 남들 눈에 튀는 옷을 못 입게 했다.

큰손녀는 살코기만 먹는다. 작은녀석은 비계가 붙은 물컹물컹한 고기를 즐긴다. 캐러멜은 두 놈 다 반색하지만 큰녀석은 단맛이 강한 건자두는 쳐다도 안 본다.

아기가 오고부터 두 손녀의 행동에 미세한 변화가 보였다. 질질 끌던 식사 시간이 짧아지고 제 엄마에게 부리던 응석이며 어리광이 줄었다.

특히 둘째는 자기 이름 끝에 언니란 말을 붙인다. 엊그제 난 갓난 아기 보고 "정민이 언니" 하란다.

아이들의 눈치가 여간 빠른 게 아니다. 큰녀석은 아기가 온 날부터 안방으로 와 할머니와 자기 시작했다. 누가 강요하지 않았는데 스스로 결정했다. 참 신기하다.

손녀들 행동을 보면 세상일이 살아가는 대로 다 맞춰지게 마련이라는 평범한 진리를 깨우치게 된다.

몸은 아직까지 풀어져 있고 기침은 현재진행형이다.

139일 힘들었던 출생 신고

2013년 10월 14일 월요일. 기온차가 심한 날, 최저 11도 최고 24도

오전에 동네 이비인후과에 다녀오고 오후에는 은행 일이며 손녀 출생 신고로 바빴다.

기침이 여전하다고 했더니 동네 의사가 다시 약을 바꿨다. 그리고 대학병원에서 가져온 셉트린 항생제를 반 알로 쪼개어 하루 세 번 복용하라고 했다. 혹시 폐에 문제가 생긴 것은 아닌지 물어봤다.

그는 등에 청진기를 대고 들숨날숨을 반복하라 하고 몇 번 확인해 보더니 폐는 괜찮다고 한다. 한 달 넘도록 기침을 하는데 괜찮다고? 대수롭지 않다고 여긴 일이 나중에는 긴급한 사태로 진전되는 경우가 허다하지 않은가. 생명이 걸린 일이라면 목침도 절굿공이 들 듯이 해야 할 것이다.

찝찝한 마음에 대학병원 암센터에 전화했다. 호흡기내과에 진료 신청을 해 볼까 하는데 암센터의 의견은 어떤지. 암센터 담당 간호사가 휴가라 전화를 받을 수 없다는 녹음 음성이 흘러나왔다. 담당이 없으면 대타라도 두어야지. 제기랄, 내가 너무 성급했나.

어차피 모레 수요일에 암센터 진료 예약이 잡혀 있다. 그날 주치의에게 직접 협진 요청해도 될 터. 며칠 사이에 뭐가 그리 급하다고.

아기 이름을 지었다. 여러 개 후보를 올려놓고 어른 네 명이 다수

결로 결정했다.

'조수민'. 나라 조趙, 빼어날 수秀, 하늘 민旻. 주민센터에 출생 신고를 하러 갔다. 신고서에 쓰는 내용이 많아 방위로 보이는 젊은 직원에게 도와달라고 했는데, 그 부분은 꼭 신고인의 자필로 써야 한단다. 이 서류만은 악필로 제출하고 싶지 않았다. 왼손으로 오른쪽 손목을 잡고 떨지 않도록 집중해서 한 글자씩 적어 넣었다. 작성하는 데 20, 30분 걸렸던 것 같다.

아들은 18일 대상 시상식과 관련하여 통화하느라 정신없기에 출생 신고는 비교적 간단한 일이니 내가 맡겠다고 했는데, 글자 몇 자 적어 내는 일이 이리 힘들 줄이야.

셋째부터는 출산 지원금이 있다고 해서 은행 통장 사본까지 준비해 간 일은 백번 잘했다. 만일 서류를 보완해야 한대서 집에 걸음할 일이 생겼다면 바로 포기하고 아들보고 처리하라 했을 것이다.

한번 진이 빠져 버린 몸, 정상 수준이 되려면 아직 멀었다.

이번 6차는 약발이 누적된 탓인지 말초근육의 이완이 오래간다.

140일 2만 번째 환자 기념품

2013년 10월 15일 화요일. 부슬비

　　서울 아산병원 대장항문외과 의료진을 보면 웬만한 전문병원 규모다. 네 개 팀으로 조직되어 있고 각 팀마다 외과, 소화기내과, 방사선종양학과, 종양내과, 영상의학과 전문의가 참여하도록 협진 체계가 되어 있다. 아들을 수술한 유 교수는 네 개 팀의 과장이며 오늘 대장암 수술 2만례 기념 세미나 좌장이다. 2만 번째 수술 환자에 선정된 아들, 간단한 기념품도 전달받는다 하여 약간 상기된 표정이다.

　　동관 6층 대강당에 도착하니 사례라든지 치료법에 대한 강의가 벌써 진행되고 있었다. 계단식 좌석으로 된 강당에 백 명도 넘는 환자가 링거병을 꽂은 채 귀를 기울이고 있었다. 뭔가 희망의 작은 불씨를 찾을 수 있을까. 모두들 기대하는 표정이었다. 순간 스치는 생각은 '암환자 참으로 많구나!'

　　사회자가 2만 번째 환자라고 소개하자 아들이 강단에서 마이크를 잡고 병명과 발병 후 치료 경과와 근황에 대해 발표했다. 아들은 혹시 건강검진권이라도 들어 있지 않을까 하고 기념품에 큰 기대를 하고 있었다. 그런데 쇼핑백을 개봉하니 '센트룸'이란 비타민제 달랑 두 통이었다. 좀 실망했다. 선물 증정 식순에 절을 몇 번씩이나 하며 받아 온 선물이 고작 그것이라니.

큰 행사에 불러놓고. 왕복 기름값에 톨게이트 비용을 계산하면 적자라며 실쭉했다.

하긴 모든 일을 경제적 잣대로 생각할 수야 없지. 여러 환자들 앞에서 건강한 모습을 과시했으니 유 교수가 자신의 명예를 걸고 아들의 건강을 지켜 줄 것이라고, 마치 내가 그로부터 약속을 받아 낸 것처럼 말했다.

그렇게 단언하고 보니 실제 그러리란 생각도 들었다.

통상 오전에 하던 지역 건축사 회의를 이번 달은 오후에 한다고 연락이 왔다. 일기가 궂고 몸 상태가 좋지 않아 참석을 망설이다 몇 명 안 되는 회원에 머릿수 하나라도 채워 줘야겠다 생각하고 나섰다.

회의를 마치고 저녁 식사 자리를 같이했다. 반주로 술잔을 나누는 자리에 갈비탕 한 그릇 놓고 세 시간을 버티고 앉아 있으려니 여간 곤욕이 아니었다. 10시가 다 되어 파김치가 된 채 집에 돌아왔다. 내 잘못이오, 내 잘못이오, 저녁을 뿌리치지 못한 내 잘못이오.

141일 PET-CT 찍어 결정하기로

2013년 10월 16일 수요일. 올 들어 가장 쌀쌀한 기온, 아침 6.1도, 낮 16.8도

심판받는 심정으로 의사 앞에 앉았다. 그런데 그가 3주 후 PET-CT 사진을 찍자고 했다. 그걸 보고 나서 유지치료로 갈 건지 결정하잔다. 의사가 '유지치료 하겠다'면 곧 "완전 관해되었습니다"란 말이 된다.

완전 관해라 해도 암 뿌리가 완전히 없어졌다는 의미는 아니다. 5mm 이하는 사진에 나타나지 않는다니까 육안으로 확인이 안 되는, 보이지 않는 놈이 다시 기가 살아나지 않도록 재발 방지를 위한 치료가 유지치료다. 다지기 작업이며 잔불 정리인 셈이다.

기침이 안 멎는다니까 영상실로 내려보내 흉부 엑스레이를 찍게 했고, 결과를 보더니 폐는 깨끗하단다. 안도했지만 그래도 미진하여 호흡기내과 협진을 원한다고 하니 오후에 진료받을 수 있게 예약해 주었다. 한 달이나 넘게 가래 기침이 계속되는 원인이 무엇인지 시원하게 밝혀졌으면 좋겠다.

지금까지 몰랐는데 누가 귀띔해 줘서 알았다. 혈액검사 항목별 결과표를 간호사에게 요청해서 받으란다. 의사는 환자가 수치에 너무 연연하지 않는 게 좋다지만 내 성미가 궁금증이 나면 잠을 못 잔다.

메인센터 간호사에게 갔다. 간호사가 진료를 받았느냐고 물어보

고는 볼펜으로 수치를 적은 결과지를 주었다.

9월 25일 채혈한 콜레스테롤 수치가 미세하게 높을 뿐 수치상으로 보면 나는 정상 범위에 든다.

항목	10/16 채혈 결과	9/25 채혈 결과	정상
백혈구	9.5	8.6	4.0~10.0*1000
혈색소	11.8	11.7	12~16
혈소판	260	223	130~400*1000
절대호중구	6983	6665	
간기능	27/37	25/36	0~40
콜레스테롤	185	203	0~200

아들이 보더니 백혈구 수치, 호중구 수치가 자기보다 양호하다고 한다. 호중구 수치가 500 이하면 위험하다고 하는데, 나는 7000에 근접한 수치라 든든하다.

오후, 호흡기내과 의사는 7월 31일 CT 사진에 폐렴 초기 증세를 보였으니 일주일분 투약해서 효과 여부를 보고 엑스레이에 잘 나타나지 않는 병소를 CT로 확인해 보자고 했다. 암센터용으로 오늘 아침 채혈한 혈액은 호흡기 감염 여부 확인에 필요한 수치가 빠진 게 있어 다시 채혈해야 한단다.

그리고 일주일 지난 후 진료 전에 한 번 더 채혈하고 폐 사진을 찍어 수치 변화를 비교해 보자고 했다. 불쌍한 나의 혈관.

처방받은 약

- 아벨록스정 400mm(아침에만 복용) : 항생제, 타항생제 내성 있는 환자, 면역 기능 저하 환자, 중증 감염 환자, 부작용 심한 약제.
- 뮤코팩트정 30mm(하루 세 번) : 점액분비 장애 급만성 호흡기 질환, 기관지염
- 알도스텐 캡슐 300mm : 급만성 호흡기 질환에서 점액 용해 및 거담

암센터에서 처방한 폐렴 항생제는 그대로 먹으라고 했다. 그렇다면 위 보호제는? 혈관만 불쌍한 게 아니라 독한 항생제로 위도 고생하게 생겼다.

142일 작은 시련, 큰 은혜

2013년 10월 17일 목요일. 기온차 심함

ㅍ시 공설운동장에서 9시부터 시작되는 건축사 체육대회는 필히 참석해야 한다고 여러 곳에서 압력이 왔다. 시간에 늦지 않게 새로 단 내비게이션에 목적지를 찍어 8시 30분에 도착했다. 집에서 47km 거리다.

그런데 이상했다. 운동장에는 당연히 걸려 있어야 할 현수막이나 천막 같은 행사용 시설이 보이지 않았다. 협회 직원에게 전화로 확인하니 서부공설운동장이라며 카톡에 행사 주소를 올렸는데 보지 못했느냐고 되물었다.

카톡에 찍힌 시간을 확인하니 아침 식사 후 내가 약 먹는 시간이었다. 마음이 바빠 스마트폰을 보지 않고 덜렁 출발한 내가 바보가 된 셈이다. 그 운동장에서 서부공설운동장까지 17km, 30분이나 시간을 낭비했다. 기름 낭비에다 체력 소모까지, 이 상황에서 욕을 참을 수 있다면 나는 성인 반열에 들 것이다.

눈도장 찍고 응원 좀 하다가 슬며시 빠져나왔다. 아내의 눈이 심상찮아 안과에도 가야 하고, 무엇보다 중요한 약속이 오후에 있었다. 임대하고 있는 한남동 주택 '보보스' 건 때문이었다. 임차 계약이 만료된 G회사 문 대표가 새 임차인을 오늘 소개해 주겠다고 해서 약속 시각에 맞춰 갔다. 외국에서 공부하고 온 젊은 분인데 자기도 마음에 든다며 조건에 대해 아무런 토를 달지 않고 받아들였다.

부동산 소개소를 거치지 않아 소개비도 절약하게 되었다. 아들의 양재동 주택 일이 잘 풀리더니 걱정했던 여기도 엉킨 실타래 풀리듯 술술 풀렸다. 비워 내면 바로 채워 주시는 은총, 적당한 시련과 자비의 손길, 그분의 오묘한 섭리를 확실히 체험한다. 표현할 수 없는 벅찬 느낌에 가슴이 뜨겁다.

자정이 이슥해서 동생 내외가 왔다. 시상식 행사에 참석해야겠다면서 며칠 전에 왔는데 또 왔다. 행사가 오전부터 시작되고 장거리 운전이 걱정되니 오지 말라고, 축하 전화 한 통이면 된다고 했는데도 막무가내다. 우리 형제들 고집, 인정한다.

143일 '상상설계대전'에서 아들이 대상을 받다

2013년 10월 18일 금요일. 쾌청한 가을날

엔도르핀이 팍팍 솟은 하루였다. 먼저 기침이 확 줄었다. 어젯밤에 한두 번 기침을 했을 뿐, 누울 때 숨가쁘던 것이 많이 편해졌다. 기력도 살아났다. 호흡기내과 이 교수의 아벨록스 항생제 처방이 먹혀드는 것 같다. 좀 센 항생제라더니 하루 복용한 효과가 바로 나타나서 놀랍다.

며느리와 작은손녀, 그리고 갓 태어난 막내를 뺀 나머지 가족이 63빌딩 행사장으로 갔다. 안동 동생이 운전을 자처했다. 용인 수지에서 1시간 30분이면 넉넉하다는 생각에 8시에 떠났는데, 상습 정체 구간인 양재IC와 서초IC 구간에서 생각보다 시간이 지체되어 9시 30분에 턱걸이로 도착했다.

제23회 '엔지니어링의 날'이다. 공로자에 대한 훈·포장 수여와 대통령, 국무총리, 장관 표창이 끝난 다음, 제1회 상상설계대전 입상자에 대한 시상식 식순으로 진행되고 있었다. 몽골 쿠부치Kubuchi 사막을 녹화하겠다는 야심찬 아이디어로, 신축성 있는 거대한 스텐레스 튜브Expanded metal tube를 설치해 '오아시스'를 만들겠다는 구상이 심사위원들의 일치된 호평으로 대상을 수상하게 된 것이다. 직장암 수술 끝나고 항암 치료를 하면서 준비하고 응모했던 모양이다.

나는 전혀 몰랐다. 알았으면 극력 말렸을 것이다. 경찰 악대의 취주악이 울리면서 무대에 등장한 아들은 산업자원부장관(1차관이 대신 수여)이 수여하는 순금 30돈(6, 7백만 원 상당)의 메달을 목에 걸었다.

　며칠 전 아산병원에서 2만 번째 환자로 단상에 선 모습을 보고 장루 착용 때문인지 구부정하게 보여 오늘은 어깨를 당당히 펴라고 일렀다. 자랑스럽고 대견했다. 창의상이니 미래상이니 다른 상을 받은 사람이 여럿 있었지만 주역은 아들이었다. 사진 촬영하랴 인터뷰하랴 한참 시간을 보낸 후, 가족과 합류하여 사진을 몇 장 찍었다. 작은처남 내외도 4시간(오찬 포함) 가까이 진행된 식에 참석하여 축하해 주었다. 아들의 임파선 쪽으로 번졌던 암세포나 혹은 혈류를 타고 전이를 노리는 암세포가 있다면 고양된 오늘의 기분에 주눅이 들어 싹 사라졌을 성싶다. 그렇게만 된다면 얼마나 좋을까.

144일 기침 멎다

2013년 10월 19일 토요일. 쌀쌀한 가을 날씨

긴 시간 숙면했다. 기침에서 해방되니 신천지가 보인다. 한 달 이상 괴롭혔던 그놈이 드디어 임자를 만난 것이다. 항생제 아벨록스정, 점액 분비 기관지염 치료제 뮤코팩트정의 위력에 궤멸당한 모양이다. 거담제 알도스텐캡슐은 약발이 먹히지 않는지 가래는 멎지 않고 계속 나온다.

동네 이비인후과는 인후, 기관지 정도만 본다. 호흡기 전반에 대하여는 역시 대학병원 호흡기내과 전문의의 진료를 받아야 한다는 생각이다. 이번에 확실히 깨쳤다.

오늘은 헬스운동이며 반신욕을 거르고 단편소설 몇 편 읽으면서 늘어지게 쉬었다. 6차까지 누적된 항암제의 독성이 땀이며 소변으로 완전히 빠져나가지 않은 모양인지 근력 회복 속도가 더디다. 시간이 지나면 나아질 테지.

소변 거품은 많이 줄어들었는데 거품과 색깔을 관심있게 보면 약의 독성이 잘 빠져나가는지 대충은 짐작하게 된다.

145일 나태해진 일상을 다시 조임
2013년 10월 20일 일요일. 설악에 단풍이 절정이라는 소식

　아들과 광교산에 갔다. 광교산은 해발 582m로, 정상이라면 대여섯 시간에 왕복하기 딱 적당한 코스다. 지금은 어림없다. 중간 지점 정도 되는 버들치고개까지 차를 끌고 가서 정상까지 못 가고 도중의 천년약수터 2km 남짓 산책 코스 같은 편평한 산길을 다녀올 작정으로 나섰다.

　배낭을 멘 아들이 앞장서고 내가 뒤를 따라갔다. 1km도 못 가서 가슴이 답답하고 숨이 턱턱 막혀 주저앉았다. 아들이 나를 앞장세운다. 이렇게 허약해지리라 짐작도 못했다. 가축 사육하듯 체중 불리기에만 관심을 두고 일상생활이 절제되지 못해 몸이 망가진 것이리라.

　먹은 모든 것이 내장 지방으로 붙어 결과적으로 허리띠가 두 마디나 늘었다. 근력운동이 절실하다. 그러고 보니 감염 우려로 헬스장에 발길 끊은 지가 꽤 여러 날이다.

　혈액 수치로 보면 면역력이 충분히 회복된 듯 보이니 사과도 껍질째 먹고 식물성 단백질을 많이 섭취하도록 노력해야겠다.

　항암 시작할 때의 초심으로 돌아가 나태해진 생활 리듬을 규칙적인 습관이 되도록 의지를 다져야 할 것이다.

다섯 번째

완전 란해 판정

146일 18년 전 대장암 수술받은 분

2013년 10월 21일 월요일. 완연한 가을 날씨

    헬스장에 갔다. 달 반을 쉰 것 같다. 낯익은 얼굴들이 반갑다며 인사했다. 특히 김 장관이 반색하며 안부를 물었다. 항암 6차가 끝나고 사진 확인 절차가 남아 있다고 하니 그사이 자기 집에도 우환이 생겼다고 했다.

    가족 중 가장 가까운 분이 침샘 쪽에 암이 발견되어 일산 암센터에 입원 중이라 했다. 침샘암이라면 최인호 작가가 걸렸다는 그 병 아닌가. 그가 꽤 고통스러워했다는데. 얼마나 힘드실까. 오히려 내가 위로해 드렸다.

    운동을 마치고 대중탕에서 또 한 분 지인을 만나 인사를 나눴다. 아침 6시 헬스장 개장 시간에 맞춰 나오는 분인데 날 보고 어디 불편한 데가 있었느냐고 물었다. 치료받은 사실을 이야기하고 지금부터 체력 보강할 계획이라니까 자기도 18년 전에 대장암 수술을 받았다고 한다.

    18년이란 말에 귀가 번쩍 뜨여 정말 18년 되었느냐 반문했다. 나보다 10년 연장이지만 노익장이란 말에 걸맞게 정말 열심히 하신다. 집에 와서 아들에게 이야기했다. 아들의 표정이 단박에 환해졌다.

광교산에 손녀 둘을 데리고 올랐다. 어제 아들과 단출히 다녀온 산을 꼬마들과 동행하려니 곱으로 힘들다. 큰녀석 가방에 요구르트와 잼 바른 식빵을 넣었더니 신나게 메고 간다.

가다가 손을 잡고 걷잔다. 손잡고 가면 보폭을 손녀에 맞춰 종종걸음으로 가야 하므로 빨리 피로해진다. 그래도 어쩌겠는가. 어차피 같이 나선 길, 녀석들 기분을 살려줘야지. 산행을 마치고 아파트 단지로 들어서면서 다리가 후들거린다.

아들도 나도 방에 들어서자마자 큰 대자로 쭉 뻗어 버렸다.

147일 뇌신경센터 진료

2013년 10월 22일 화요일. 아침 낮 기온차가 심함, 11~23도

　뇌신경센터에서 받을 진료는 뇌로 가는 경동맥이나 뇌에 퍼져 있는 가는 실핏줄이 혈관 내 죽상경화반으로 혈류 흐름을 방해하여 뇌졸중이 될까 미리 검사해 보는 거다. 의사는 혈액 콜레스테롤 수치 변화와 경동맥초음파검사 혈관을 보고 고지혈증 여부를 판정한다.

　박 교수는 10월 16일 채혈 결과에서 수치가 깨끗하다고 했다. 아스피린이며 고지혈증약을 복용하지 않은 지 4개월이 넘었는데도 혈액은 정상이란다. 그는 항암 진행 경과를 묻더니 두 달 후에 다시 보자고 한다. 나이에 비추어 나의 뇌혈관이나 치매 등 뇌 상태가 비교적 양호하다고 하면서도 계속 진료 일정을 잡는다.

　약 처방 없이 그냥 관찰만으로는 부족한 것일까. 내 생각은 앞으로 채식 위주의 식단에 규칙적으로 운동을 하면 고지혈증약이 필요 없지 싶은데, 의사는 병원에 자꾸 오란다.

　9월 25일 6차 항암하고 근 한 달이 다 되어 간다. 운동 신경, 근력이 무뎌졌다. 중추신경이 문제인지 말초신경이 문제인지, 아니면 부신피질 호르몬이 말썽을 피우는지 모르겠다. 언제쯤이나 약 기운이 모두 빠지려나. 마시자! 하루 2ℓ의 물. 요트는 연기를 내뿜고 프로펠러가 용을 쓰고 있다.

148일 폐센터 진료

2013년 10월 23일 수요일. 상강, 새벽에 쌀쌀한 기온, 한낮은 22도

"교수님 처방으로 기침이 멎었습니다" 하니 호흡기내과 이 교수의 얼굴에 만족스런 미소가 번졌다. 항생제는 그만 먹고 싶은데 그는 일주일치만 더 복용하란다.

PET-CT 찍는 날에 맞추어 다시 진료일을 잡았다. 뇌신경센터와 마찬가지로 리스트에서 지워지지 않는 영원한 환자가 되는 것인가.

병원에 온 김에 암센터에 들렀다. 독감 예방주사를 맞아도 되는지 알아보기 위해서다. 간호사는 컨디션이 괜찮으면 맞아도 된다고 했다. 오늘 주사 자국이 난 팔뚝, 내일도 빈 곳을 찾아 사정없이 찌를 것이다. 0.1mSv 흉부엑스레이, 10mSv 복부골반, PET-CT 10~16mSv, 자연적인 1년간 방사선 피폭량 3.08mSv. 흉부엑스레이 8회, CT (건강검진 포함) 9회, PET-CT 3회. 대충 계산해도 내 몸에 1년간 누적된 방사선 피폭량이 140mSv이다. 100베크렐의 방사선 오염 생선 10kg을 먹어야 0.013mSv만큼 피폭된다는데, 그렇다면 내 몸에 후쿠시마 원전 앞바다 생선이 다 들어온 정도란 말인가.

암을 잡으려다 더 지독한 놈이 불쑥 튀어나오지 않을까 걱정된다.

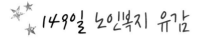

149일 노인복지 유감

2013년 10월 24일 목요일. 낮 기온 18도, 아침 기온 11도, 어제보다 쌀쌀함

보건소에서 65세 이상은 무료라는 독감 예방주사를 맞았다. 오늘은 성복동 차례인데 65세 이상 노인이 그렇게 많으리라 생각도 못했다. 예닐곱 군데 마련된 접수대가 빈자리 날 새가 없다. 이런 상황을 보면 지금의 노인복지제도에 할 말이 많다.

100년 복지의 밑그림을 그린다 치면 65세 지하철 무임승차를 70세로 높이고 그중 소득 상위 10%는 유료로 해야 된다는 의견을 조심스럽게 제안한다. 65세는 너무 젊다. 미래 세대를 위해 소득이 있는 노인층이 솔선해서 양보하는 아량을 보여 준다면 젊은이들의 노인층에 대한 부정적인 인식이 보다 긍정적으로 변화하지 않겠는가.

IMF 위기 당시 '전국민 금붙이 모으기'의 기적을 상기하면 국민소득 3만 불에서 정체된 지금이 국운을 번창시킬 신의 한 수가 필요한 때로 본다. 고생한 세대니 복지를 누릴 당연한 권리가 있다고 목청을 돋우는 친구의 말도 일리가 없지는 않다. 하지만 우리 노년층에서 뭔가 통 큰 결단을 내린다면 국가의 추동력이 생기지 않을까 해서 감히 운을 띄워 본 것이다.

모든 노인에게 기초연금 보장 20만 원 지원은 잘못 펜 단추라 본다. 재정이 거덜나는 사태를 내 생전에는 보고 싶지 않다.

한 10년만 참아 주십사 해야 한다. 10년 후에는 세계 10위권 이내의 복지국가에 들도록 할 테니 그때까지만 허리띠를 조이자고 노년층을 설득해 보라. 통치자가 비전을 제시하고 국민이 신뢰하는 정책을 펼친다면, 그래서 미래가 있고 희망이 보인다면 왜 안 따르겠는가. 피자 한 판, 사탕 몇 알로 허기를 달랠 수는 없다.

싱가포르처럼 공무원이 청렴하면 국민은 두말없이 믿고 따른다. 그 나라 국민들의 설문 조사 결과 청렴도 1위에 교통경찰, 2위에 세무공무원이라는 믿기지 않는 기사를 본 적 있다.

그에 비해 우리나라는 쓰고 단 것을 솔직하게 펼쳐 놓고 국민들로부터 양해를 구하려는 노력이 없다. 교묘한 말장난으로 국민을 현혹시키려 드니 동조는커녕 분노하는 것이다. 솔직 투명하면 뭐가 겁날까.

내가 알고 있는 많은 어르신들은 20만 원 기초연금이 세대 갈등의 씨앗이 될까 봐 걱정한다. 노인 수가 기하급수로 증가하는 현실을 직시한다면 그들에 대한 보편적인 복지는 신중해야 할 것이다. 정말로 복지가 필요한 노인들은 당연히 국가가 책임지고 찾아내서 보살펴야 할 것임은 당연한 일이고.

몸무게가 늘어 신경쓰인다. 끼니마다 먹는 고기가 원인 제공 인자因子이지 싶다. 아내 눈치를 보며 아들은 고기, 나는 채소 위주로 식단을 주문한다.

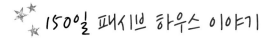

150일 패시브 하우스 이야기

2013년 10월 25일 금요일. 낮 기온 12도, 아침 기온 5.8도

코엑스 녹색건축산업대전을 참관하러 나섰다. 제법 쌀쌀한 늦가을 기온, 목덜미에 와닿는 공기가 찼다. 전람회장에는 최근에 강화된 단열기준 법령의 영향으로 단열재와 패시브 하우스, 환경과 관련된 음식물 쓰레기 처리 제품들이 주로 전시되어 있었다.

여러 전시물 중에 건축가 등 전문가들의 머릿속에만 머물러 있던 패시브 하우스가 뜨고 있다. 탄소 저감 정책의 일환으로 우리나라 모든 건축물은 2017년까지 패시브 하우스 수준으로 강화한다는 게 정부 목표다.

패시브 하우스란 무엇인가. 아파트나 주택에서 현재 사용하는 냉난방 에너지의 10%만 쓰게 한다는 집이 패시브 하우스다.

전기료, 난방비가 거의 들지 않는 집이다. 불과 4년 남았다. 그런데 대부분의 국민들은 모르고 있다. 또 2025년부터는 제로 에너지 수준의 주택을 의무화하겠다는 로드맵도 있다. 화석연료로 생산된 에너지 공급이 필요 없는 집을 짓도록 한다는 것이다. 전기도 화석연료로 생산된 에너지다. 9월부터 중부 지방은 2중유리(페어글라스)가 아니라 3중 유리창으로 시공하지 않으면 법규 위반이 된다. 허가가 나지 않는다.

다급하게 변화하는 이런 내용을 국민들이 알아야 한다. 40년 후에는 석유가 고갈되고 원자력도 배척한다 하니 국가 차원의 집중적인 에너지 공급원은 축소될 수밖에 없다. 단위 세대별로 에너지 문제를 해결하겠다는 계획이 패시브 주택, 제로 에너지 주택이다.

　우리는 석유가 없어도 살아야 하고 전기가 끊겨져도 살아 내야 한다. 영양가 없는 정치 문제에 관심을 쏟기보다 친환경적이면서 경제적인 삶을 영위할 수 있도록 사회구조를 점진적으로 변화시키는 방향으로 눈을 돌려야 된다고 본다.

　인간이기에 주거 문제는 필수적이고 해결책도 인간의 몫이다. 방법이 뭣인가 고민해야 한다. 두터워져 가는 대기권의 탄소층. 환경학자, 지구과학자만의 몫이 아닌 우리 모두의 과제임을 심각하게 인식하고 지혜를 모아야 할 때다.

　헬스 근력운동 후 기력이 많이 좋아졌다. 한편으로 체중이 급격하게 늘어 걱정이다. 하나가 좋아지면 어느 한쪽에는 걱정거리가 생긴다. 질량불변의 법칙 때문인가.

151일 생감자 갈아먹기

2013년 10일 26일 토요일. 아침 기온 5도, 낮 기온 16도

산길을 걷는 아들의 발걸음이 몰라보게 빨라졌다. 회복되고 있다는 표징이다. 가쁘게 들숨날숨하며 그 뒤를 따라붙었다.

산등성이에 올라서는 좀 쉬었다 가자는 말을 내가 먼저 했다. 10월에 생긴 반전이다.

6차 항암주사를 맞은 지 딱 한 달 되었는데도 의지와는 다르게 팔다리가 무겁다. 독성이 땀이나 소변으로 모두 빠져나갔어야 하는 시점이라고 확신하는 내가 너무 조바심을 내는지도 모르겠다.

PET 사진 결과가 어떻든 항암을 연장 치료하겠다면 지금 심정으로는 거부하고 싶다. 공고유지 요법으로 가자고 떼쓰고 사정해야겠다.

그래도 내 몸에 감사한 일은 6차까지 면역기능이 한 번도 기준치 이하로 떨어지지 않아 촉진제를 맞지 않고 여기까지 왔다는 사실이다. 불만을 드러내긴 했어도 여기까지 온 결과의 공로는 주치의 이 교수에게 있음은 당연하다. 이제 의심하지 않는다. 그의 처방이 나의 아형에 딱 맞춘 치료법이었을 거라고 굳게 믿는다.

오늘 아침부터 생감자를 믹서에 갈아 먹었다. 대장암 수술받은 지 18년 되었다는 분이 6개월만 먹어 보면 몸의 반응이 온다고 한 말을

믿기로 하고 아들에게도 권했더니 노땡큐다.

앞으로 아들이 짠 젓갈을 먹든지 튀김이나 돈가스를 먹든지 스트레스받을까 해서 나는 참견하지 않을 생각이다.

셋째 손녀를 안아 주었다. 기침이 멎어 가능한 일이다. 딸랑이를 흔들면 눈동자가 반짝인다. 며느리는 아기가 방에 있을 때와 거실에 나올 때를 아는 것 같다고 한다. 하루가 다르게 인물이 난다. 첫째, 둘째 녀석이 살그머니 다가와 제 동생에게 뽀뽀한다. 할애비 눈치 보며 머리를 쓰다듬는다.

가족 3대가 한집에 살면서 느끼는 뿌듯함. 행복한 이 순간, 이 시간을 붙잡아 두고 싶다.

152일 황혼의 미학

2013년 10일 27일 일요일. 기온 맑음 6~18도

영적 독서 추천도서로 안셀름 그륀의 《황혼의 미학》을 두 권이나 샀다. 저자 안셀름 그륀은 로마 성 안셀모 대학에서 신학박사 학위를 취득하고 칼 융의 분석심리학을 집중 연구한 독일 출신 수사신부다. 이 책은 곱게 늙는 기술은 어떤 것인지, 삶의 목적은 무엇인지, 다소 철학적인 냄새가 나는 주제를 이해하기 쉽게 분석하고 풀이했다.

'자신을 받아들이기'에서는 과거와 화해하기, 자신의 한계 받아들이기, 고독을 다루는 법을 알려 주었고, '놓아 버리기'에서는 재산에 집착하지 않기, 건강에 매달리지 않기, 관계에 느긋해지기, 성에서 자유로워지기, 권력 내려놓기, 자아 버리기 같은 익숙한 내용들이었으나 권위 있는 신학자의 글이어서인지 더 무게감 있게 받아들여졌다. 솔직한 심정은 다른 사람들에게 권하기는 쉬워도 내가 실천하기는 어렵다는 것이다.

노년의 덕, 불안과 우울 다루기, 침묵의 길, 자신을 넘어서기, 죽는 연습. 하나같이 가벼운 주제는 아니다. 하지만 하나씩 내려놓고 관조하는 덕목을 갖추어야만 황혼의 삶이 기쁨으로 채워진다는 이야기다. 반복해서 소리 내어 읽었다. '건강에 매달리지 않기'에서

공감하는 구절을 뽑아 보았다.

자나깨나 건강만 생각하고 사는 사람은 삶이 기쁘지 않다. 음식이 건강을 해칠 수 있다는 불안 때문에 먹는 것도 즐겁지 않다. 건강에 대한 집착은 지나친 노력이 되고 이 노력은 기쁨이 아니라 불안으로 그를 가득 채우고 만다. (중략)

건강에 주의해야 하지만 과하면 안 된다. 건강하려고 아무리 노력해도 언젠가는 늙고 병든다. 그때는 건강에 매달리지 않는 것이 중요하다. (중략) 건강만 숭배하는 사람은 끊임없는 불안에 싸여 결국 건강을 잃을 수도 있다.

나는 과연 누구인가? 나는 건강만을 기준으로 내 생활을 옭아매지나 않은가. 내 삶의 원천적인 가치를 결정함에 있어 건강이 차지하는 비중은 어느 정도인가?

나이 들면 언젠가는 건강이 상할 것이고 그 상황에 대비하여 인간 실존의 심오한 차원에서 어떤 삶이 가치가 있는지 찾는 노력이 필요하다는 말이다. 건강을 잃으면 전부를 잃는다는 말에 동의하지 말라는 뜻으로 이해된다. 즉 내 삶의 원천적인 가치에서 건강이 차지하는 비중이 결코 100%일 수는 없다는 것이다. 육체적인 고통이 극심할 때 이 구절을 음송해 본다면 고통을 더는 데 조금은 도움이 될 성싶다.

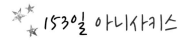

153일 아니사키스

2013년 10월 28일 월요일. 맑음, 기온 8~19도

대학 동창 다섯이 바닷바람이나 쐬자며 소래포구로 갔다. 4호선 오이도 종점에서 수인선을 바꿔 타고 세 번째 역이 소래포구역이다.

오십 대였나, 어느 해 김장철이었다. 젓갈은 소래시장으로 가야 한다는 아내의 고집에 운전기사로 따라나섰다. 질퍽대는 시장 길에는 갖가지 새우젓이 허리춤까지 오는 큰 통에 담겨 있었다. 호객을 하는 아주머니 할머니들, 낯가림이 있는 나는 그들과 눈을 마주치지 못하는데 아내는 여기저기 기웃거리며 갔던 길 되돌기를 몇 번이나 한 끝에 산 것이 달랑 2kg 육젓이었다.

가락동 수산시장을 들먹이지 않아도 동네 큰 마트에만 가도 그 정도는 얼마든지 고를 수 있다. 마음에 드는 옷을 골랐을 때보다 더 흐뭇한 아내의 표정에 나는 불편한 내색을 할 수 없었다. 그 소래포구에 당도한 것이다.

소래포구 전철역은 웅장했다. 어디선가 어촌의 비릿한 냄새를 밀어내고 구수한 붕어빵 냄새가 풍겨왔다. 이걸 냄새라고 하나 향기라고 해야 하나. 아무튼 콧구멍이 벌렁벌렁했다. 거대한 건물에 들어 있는 수산시장을 벗어나 좀 더 걸었다. 눈에 익은 장터가 보였다. 야트막한 채양 밑에 가지런히 진열된 조개며 생선, 펄펄 뛰는 활어,

눈 맞추며 미소 짓는 이쁜 아주머니들.

이 집 저 집 기웃대 봐야 거기서 거기 아닌가. 내가 얼른 횟감을 골랐다. 광어부터 숭어, 방어, 우럭. 무게고 뭐고 달 것 없이 회 두 접시에 5만 원을 건넸다. 환자인 내 눈치를 보던 친구들의 움직임이 활발해졌다.

우리나라 포구는 어딜 가나 횟집이 널려 있다. 그곳에서는 회 말고 다른 음식을 주문하는 사람이 유별나게 보인다. 횟감을 준비할 동안 메추리알을 안주로 소주잔 건배부터 했다. 회는 막걸리도 양주도 아닌 소주가 궁합이 맞다. 비주류인 내 잔에는 물론 생수다.

드디어 회가 나왔다. 술도 한 순배 돌았다. 주문한 매운탕이 나올 동안 회라도 먹을까 해서 방어회 한 점을 젓가락으로 집다가 흠칫했다.

얼마 전 카톡으로 정보를 알게 된 고래회충 아니사키스 생각이 났기 때문이다. 젓가락을 들면서 고래회충이 있나 유심히 살폈는데 보이는 것은 없었다. 정말 없는 것인지 시력이 나빠서인지는 알 수 없다. 에라, 모르겠다며 입에 넣었다. 광어, 숭어, 방어 모두 아니사키스의 숙주다. 분위기상 친구들에게 아니사키스의 존재는 말하지 못했다. 즐거운 자리에 괜한 말을 던져 초칠 수는 없지 않은가.

몇 점 먹은 회 때문에 장염 같은 부작용이 생길까 걱정되어 잠자리에 들 때까지 신경을 곤두세웠다. 다시는 회를 먹지 못할 것 같다.

154일 스포츠 이야기

2013년 10월 29일 화요일. 흐리고 한때 비, 9~16도

오늘 두산베어스를 7대 5로 이긴 삼성라이온스가 2승 3패 승률로 간신히 기사회생했다. LG트윈스 팬인 나로서는 어느 편이 이기든 상관없다. 빨리 한국 시리즈가 끝났으면 하는 마음이다.

두산과 만나면 이상하게 위축되는 LG. 그러니 내 눈에는 두산이 미운 곰이다. 늘 우승하는 삼성이 느끼하다면 두산은 얄밉다고나 할까. PO에서 4등 한 팀이 우승 문턱에 가 있다는 사실이 믿기지 않는다. 아무리 변수가 많은 야구라 해도 LG가 허무하게 무너진 데 대해 아쉬움이 크다. '두산은 수비가 탄탄하다'는 찬사가 나오면 채널을 바꿔 다른 프로를 본다. 내게도 놀부 심보가 있나 보다.

야구에서 희망을 잃은 대신 축구는 내달 9일 열리는 광저우 경기를 기다리고 있다. 2013 아시아축구연맹 챔피언스 리그(ACL)에 FC서울의 결승 진출은 내게 감격이다. 홈에서 비록 2대 2 무승부였으나 최용수 감독의 지략과 패기로 원정 경기에서는 우승할 것이다.

ACL에 집중하다 보니 K리그 성적이 위태하다. 현재 4위에 머물고 있는데 3위로 한 단계 올라가야 내년 ACL 리그를 엿볼 수 있다. 두 마리 토끼를 잡도록 젊은 최 감독이 좀 더 파이팅해 주기를 주문한다.

인연이 뭣인지. LG건설에 재직했다는 인연으로 야구는 LG트윈스, 축구는 GS그룹의 FC서울 팬이다. 내가 삼성에 대해 유난스럽게 반발하는 이유를 친구들은 이해할 수 없단다.

1983년도만 해도 삼성전자와 LG전신 럭키금성사가 박빙의 차이로 기술력을 겨루고 있었다. 그 시절 식당 같은 곳에서 "삼성 같은 것이 감히 금성사를 넘 봐" 하며 큰 소리로 떠들며 허세를 부리기도 했다. 우리 편 릴레이 주자가 추월당할 때의 기분이 그렇지 않을까. LG그룹에서 받은 급여로 생활했고 아들딸을 성가成家시켰다. 회사를 떠난 지 오래되었어도 고마운 마음은 변함없다.

만년 약체인 LG트윈스가 우승한다면 100만 원이라도 기꺼이 내놓겠다는 마음이다. 스포츠의 아웃사이더인 내가 이렇게 빠져드는 걸 보면 스포츠엔 묘한 마력이 있긴 있나 보다. 내년 시즌에는 실력 있는 선수를 뽑아 꼭 우승하길 간절히 바란다.

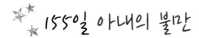

155일 아내의 불만

2013년 10월 30일 수요일. 중국에서 미세먼지 주의보

　소변이 마려워 화장실에 들락거리며 내는 부산스러운 소리에 곤히 자던 아내가 깼다. 며느리 산후조리며 두 환자의 식단을 준비하면서 마트를 다니느라 지칠 대로 지친 아내다.

　여닫이문 닫는 쾅 하는 충격음, 파우더룸 미서기 행거에서 나는 마찰음, 몇 번 손을 봤는데 효과가 없었다. 고치고 나면 며칠 잘 구르다가 원상태로 돌아가 기분 나쁜 쇳소리를 다시 낸다.

　고치러 온 목수의 말은, 롤러가 내장된 제품이라 문짝을 통째로 갈아야 하는데 그러기에는 일이 너무 크니까 살살 여닫는 수밖에 없다고 했다. 사람이고 집이고 자동차고 오래된 것들은 살살 다뤄서 쓰라는 말로 들렸다.

　채소 다듬는다고 반찬 준비한다고 자정 넘어서야 자리에 드는 아내, 새벽 운동한답시고 4시나 5시에 기상하는 나. 감자즙이랑 과일을 챙겨 준다고 내 기상 시간에 맞춰 자리를 털고 나오는 아내. 아내는 늘 피곤하고 잠이 부족하다.

　나도 항암 치료하면서 제대로 숙면한 날이 없었다. 한 번이든 두 번이든 깨면 다시 잠드는 데 삼십 분이나 한 시간 걸린다. 그런데도 잠이 모자란다고 느껴지지 않는 것이 신기하다. 아드리아마이신약 기운이 몸에 남아 자율신경을 괴롭히는지 모르겠다.

아침에 냉기가 돌았다.

주방에서 그릇 딸그락거리는 소리가 유난스럽게 크고 "식사해요" 하는 언성이 거칠게 느껴져 내가 먼저 포문을 열었다.

"나한테 뭔 불만 있어요?"

"···."

"아니, 이야기를 해야지."

"나도 잠 좀 자게 해 줘요. 제발 방문 좀 살살 닫아요."

환자인 내게 이 말을 하려고 얼마나 망설였을까. 내가 재빨리 꼬리를 내렸다.

"아, 나 정말 몰랐어. 살살 닫아도 문소리가 크게 나. 앞으로 진짜 조심할게."

눈치를 보던 며느리, 아침에 먹는 감자즙이며 과일은 자기가 전날 챙겨 놓겠단다. 그렇다고 바로 평화 모드로 바뀌기야 하겠냐만 표정은 한결 나아졌다. 원상회복되려면 사나흘은 걸릴 것이다.

156일 아기 천사

2013년 10월 31일 목요일. 기온 5.8~ 17도 중국에서 미세먼지 날아오다

손녀 둘의 성격이 확연히 차이난다. 큰녀석은 새침데기로 여성스럽고, 작은녀석은 애교가 철철 넘치면서 능청스럽다. 작은녀석은 가끔 내 방에 들어와 컴퓨터 앞에 앉아 있는 내 의자에 올라 씩 웃으며 관심을 끌려고 하는 적극적인 성격이다. 소파에 볼펜으로 그림을 그린 게 누구냐고 추궁하면 "저는 아닌데요" 하고 시치미 뚝 떼기도 한다.

두 녀석이 서로 양보하지 않는 것이 있다. 내 약봉지를 뜯는 일이다. 비닐로 된 약봉지를 뜯어 약을 할애비 손에 얹어 준다. 그때의 표정은 대단한 일을 한 듯 의기양양하다.

한 번은 귀찮아서 몰래 약을 털어넣었다가 난리가 났다. 식사 후 30분을 기억하고 있던 둘째가 약봉지를 내놓으라고 울음까지 터뜨렸다. 하찮다고 생각한 행동이 둘째에게는 대단한 일이었던 것이다.

태어난 지 23일 되는 셋째, 자기 방과 거실을 알아챈다. 따뜻한 방의 느낌과 서늘한 거실의 온도를 감지하는 것 같다. 방으로 안고 들어가면 뒤척이며 불편하다는 몸짓을 하다가 거실로 나오면 편안하게 잠든다. 잠잘 때 쌩긋 잘 웃는다.

해맑은 얼굴을 보는 순간 '아, 그래서 아기 천사라고 하는구나.'

시간 가는 줄 모르고 그 모습에 빠져든다. 산모 도우미 없이 잘 해 낼 수 있을까 했던 걱정이 이러구러 날이 지나면서 저절로 해소되었다. 물론 수고한 아내와 며느리가 있다. 도우미 수고비로 준비한 돈이 그대로 굳었다. 그보다 해냈다는 자신감, 가족의 결속력이 무형의 소득 아닌가 싶다.

내 몸 상태가 시나브로 나아지고 있다. 겨울을 이겨 낸 초봄의 가로수 가지가 연둣빛으로 물드는 모습이라고나 할까. 눈에 띄지 않을 만큼 껍질 속에서 조금씩 삐져나오는 은행나무 새순처럼 감질나게 회복되고 있다.

삐뚤삐뚤 쓰던 글쓰기는 80% 좋아진 듯 보이는데, 산행하면 여전히 호흡이 가쁘고 팔다리 근육이 무겁게 느껴진다. 그럴 때 내가 아직 환자라는 사실이 실감난다.

157일 죽음에 대한 묵상

2013년 11월 1일 금요일. 어제보다 기온 다소 오름, 7~19도

오늘 배달된 평화신문 지면은 온통 죽음에 관한 내용이었다.

가톨릭에서 11월은 위령성월이다. 선종한 부모형제도 조상님의 영혼을 위해 특별히 기억하고 기도를 바치는 달이다. 죽음이란 지상 생활을 마치고 새로운 삶으로 옮겨 가는 과정이라고 했다. '지상의 소풍 끝내고 하늘로 돌아가리라'는 시 구절이 연상되는 죽음.

강릉 갈바리 의원의 최종순 원장수녀, 그는 우리나라에 호스피스 제도를 처음 도입했다. 시한부의 삶을 통고받은 환자에게 고통을 덜어 주고 행복감을 느끼게 할 목적으로 강릉에서 처음 운영한 제도다.

그는 죽음의 두려움을 덜고 보다 편안한 임종을 맞으려면 주위의 도움이 꼭 필요한데, 환자가 젊을 때부터 미리 계획을 세우고 시시로 죽음에 대한 묵상을 한다면 죽음을 그리 겁내지 않게 된다고 했다. 지난 일요일에 읽은 《황혼의 미학》에서도 죽는 연습(자살이란 말은 아님)이란 주제가 있었다.

신문에 전국 40곳의 가톨릭 호스피스 기관 연락처가 실려 있다. 이어 영화 〈엔딩노트〉의 줄거리를 소개했다.

감독이 자기 아버지의 죽음을 직접 찍은 다큐멘터리 영화다.

주인공 스나다 도모아키는 자신의 장례식에 초대할 사람을 미리 컴퓨터에 정리해 두고 혹시나 해서 여벌받기까지 해 둔 명단을 아들에게 넘겨주며 말한다.

　"장례식에서 주빈은 나니까."

　"장례식 도중에 잘 모르겠으면 나한테 전화해"라는 재담으로 웃음을 선물한다.

　올해를 넘길지 모르니 연하장과 부고장을 같이 보내겠다며 친구에게 전화한다.

　암울하고 절벽처럼 막막하게 보였던 죽음, 대화에서 기피 대상인 죽음이란 단어가 양지로 나왔다. 검정 코트를 입은 하얀 얼굴의 저승사자에게 끌려가는 것이 아니라, 좋았던 친구와 팔짱 끼고 의연하게 가는 모습으로 그려진다.

　숨을 쉬는 한 최선을 다해 치료받고 내 몸을 관리할 것이다. 그러고도 하느님이 데려가야겠다고 결정하면 그렇게 하시라고 하겠다. 공포도 고통도 없는 영원의 세계로 한발 디디는 순간에 겁을 낸다는 것은 이승의 육신에서 나오는 반응 아닌가. 번지 점프를 하듯 뛰고 나면 편안할 것이다. 죽음에 대한 인식도 결국은 마음먹기 나름이다. 나중은 몰라도 지금은 두렵지 않다.

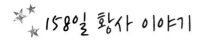

158일 황사 이야기

2013년 11일 2일 토요일. 미세먼지 주의보. 흐리고 오후에 비

    중국에서 날아오는 미세먼지 때문에 비상이 걸렸다. 비 소식보다 먼지 주의보 때문에 광교산행을 포기했다. 다제내성 폐결핵을 앓았던 아들, 항암제 후유증인지 한 달 이상 기침에 시달렸던 나, 그저께부터 기침이 시작된 아기까지 우리 가족에게 호흡 관련 문제는 만만히 넘길 수 없는 현안이 되었다.

    마스크를 쓰고 헬스 근력운동을 했다. 아들이 미세먼지는 완전히 밀폐시킨 마스크가 아니면 효과가 전혀 없다고 한다. 나는 10%건 20%건 조금은 효과가 있겠지 하고 대꾸했다.

    '함신'이라 불리는 사우디에서의 황사가 생각난다. 집 안의 통기는 에어컨 필터로만 통하게 하고 창문 주위는 청테이프를 붙여 공기가 통하지 못하도록 했다. 그런데도 아침에 일어나면 책상 위에 노란 먼지가 수북이 쌓여 있었다. 에어컨 필터를 통과한 먼지, 즉 마이크로 먼지가 나를 보고 웃고 있었다. 아들의 말이 일리 있는 것이, 아무리 촘촘한 마스크라 해도 에어컨 필터만 하랴.

    그곳의 황사는 강도가 달랐다. 매캐한 냄새, 10m 앞이 안 보이는 시계視界. 밖에서 두어 시간 있다 옷을 털면 먼지가 풀풀 날았다. 그 황사는 이삼일 정도 계속된 것 같다. 우리는 대피할 곳도 피할 방법도 없이 폐에 노란 먼지를 들이마셨다.

그 먼지가 걷힐 때는 순식간에 사라진다. 한순간에 나타나는 청명한 하늘. 구름 한 점 없는 하늘을 보며 깨끗한 공기를 흡입하면 감사한 마음이 절로 우러난다. 감격스럽기까지 하다.

지금 내 몸에 있는 폐와 심장이 건강하게 작동한다는 사실에 새삼 감사한다. 비록 항암 이전보다는 쌕쌕대고 숨차지만 일시적인 것이니 시간이 지나면 좋아지겠지.

거울에 비친 얼굴을 유심히 보니 눈두덩이 조금 부었다. 최근이 아니고 항암 치료 내내 몸에 부기가 있었던 것 같다. 그러고 보니 냉장고에서 갓 꺼낸 김치나 과일을 덥석 입에 넣지 못한다. 전 같지 않게 이가 시려 입안에서 녹인 후 씹는다.

가문 날 논바닥처럼 트고 갈라졌던 손바닥은 예전처럼 발그레한 살빛으로 원상회복되었다. 걷기보다 앉고 싶은 생각이 앞서는 걸 보면 내 몸 상태가 아직 정상이 아니라는 것이다. 잠 깨는 빈도는 현저히 줄었다. 지금까지 확인된 부작용을 살펴보는 일이 마치 고토탈환故土奪還한 뒤에 피해 상황을 점검하는 일 같다. 이제 여유가 생겼다는 말씀이지.

159일 시제 제수 음식 준비
2013년 11일 3일 일요일. 아침 안개, 한낮 포근, 오후 흐림

내 본관이 함안이지만 중시조 참판공파는 파주 월롱면 아가매에 터를 잡았다. 그래서 남쪽의 경남 함안으로 가지 않고 북쪽의 파주에서 시제를 모신다.

10대조 중승重升 선조까지는 파주에 사셨고, 둘째 아드님 남진 선조께서 경상도 고령(옛날 성주현)으로 내려와 그 후손이 지금의 번성한 일가를 이루었다. 중승 선조의 제수 음식을 서울 경기에 사는 사촌, 육촌 형제들이 순번을 정해 돌아가며 마련하고 있다.

금년은 내가 유사다. 동생들은 내 형편을 살펴 바꾸면 어떻겠느냐고 했다. 내 성격이 결정된 일은 웬만해서 안 바꾼다. 한번 계획하거나 일정이 잡힌 일은 비가 오거나 바람 불거나 그대로 진행해야 한다. 조금 걸림돌이 있다 하여 해야 할 일을 뒤로 미룬다는 것, 도저히 받아들이지 못하는 성격이다.

형제들끼리 집집마다 돌아가며 연말에 한 번씩 식사 턱을 내는 행사가 있다. 내 차례였던 해에 아들이 결핵으로 병원에 입원했었다. 입원 사실을 숨기고 우리는 음식을 마련했다. 놀란 형제들, 순번을 바꾸면 될 텐데 무리하느냐고 뭐라 했지만, 그날도 여느 때와 같이 그들을 접대했다. 그 시간만큼은 즐거운 시간이 되도록 신경썼다.

선조의 산소는 산 중턱에 있다. 맨몸으로도 숨이 찰 정도로 산길이 가파르다. 남자 넷이 이 비탈길을 제기며 제수 음식을 옮겨 날라야 한다. 라면 박스로 6개 분량에다 휴대용 가스버너, 돗자리까지 있다. 일산에 사는 경욱 동생에게 전화하니 이미 와서 기다리고 있다고 한다. 결국은 그가 몇 번씩이나 오르내리며 거의 다 져 날랐다. 고마운 동생이다.

나는 가톨릭 신자지만 우리 고유의 전통예절을 되도록이면 따르려는 주의다. 종손과 족장 여러분이 배례하는 가운데 초헌관으로 헌작했다. 따뜻한 날씨가 큰 부조였다. 어제 날이 궂어 밤새 걱정했는데 기우였다.

가져온 음식을 나눠 먹고 5시 조금 지나 집으로 출발했다. 장거리 운전에다 육체적인 무리가 따랐으나 숙제를 마친 학생처럼 마음은 개운했다. 제수 음식 준비하느라 고생한 아내. 서로 표현하지 않았지만 아내 마음도 나와 다르지 않을 것이다.

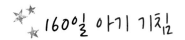

160일 아기 기침

2013년 11월 4일 월요일. 아침 안개, 기온차 심한 날씨 9~17도

집에 비상이 걸렸다. 아기가 기침하고 토해서 병원으로 달려갔다. 의사는 큰 걱정 하지 말라고 하면서도 항생제를 처방해 줬다. 황달기도 있고 중이염 증상도 있는데 한 이틀 동안 약을 복용해도 차도가 없으면 큰 병원에 가보라고 한다.

조그만 얼굴이 흙빛이 되고 토끼같이 작은 입으로 토하느라 용을 쓰는 모습을 보면 애간장이 미어진다. 간호사는 기침하는 둘째로부터 감염된 것 같다고 했다. 둘째가 며칠째 기침을 하는데도 아들과 며느리는 도라지차만 준다. 자연 치유를 바라는 마음도 이해는 한다. 안타까워도 참견 않고 입 다물고 있다.

간호사는 다른 집도 첫째보다 둘째나 셋째가 기침으로 내원하는 경우가 많다고 했다. 감기 걸린 언니나 오빠로부터 감염에 쉽게 노출되기 때문이란다. 둘째 손녀는 막내 입에 수시로 뽀뽀한다. 야단치고 눈을 부라려도 잠깐 눈 돌리면 아기에게 다가간다. 귀엽다며 아기 머리를 쓰다듬고 얼굴에 입을 갖다 대는 모습을 보면 심하게 야단친다는 것도 좀 그렇다.

아들의 11월 다지기 항암주사가 시작되었다. 오늘부터 금요일까지 5회 연속으로 맞고, 쉬었다가 12월 첫 주에 또 시작한다. 9월, 10월에 이어 세 번째 달이다. 다지기 항암은 고형암에서 효과가 5%로 의사들 간에도 찬반 논쟁이 있는 항암주사로 부작용이 심하다고 한다.

식욕이 없어지고 입안이 헐다 보면 영양 공급이 전반적으로 부실해진다. 4월 1일 직장암 발견 이후 만 7개월여 동안 아들도 치료와 유지관리에 나름대로 열심히 하고는 있다. 여포성 임파선암 못지않게 대장암 계열 직장암도 재발률이 높은 암이다. 재발이 안 되도록 식습관이나 다른 익숙했던 좋지 않은 습성을 원점에서 다시 돌아보고 고쳐야 할 것이라고 당부했다.

내 체중이 드디어 65kg을 돌파했다. 72일째 8월 8일 일기에는 56.45kg이었고, 그 이후 60kg에서 61kg으로 큰 변동 없었다. 147일째 10월 22일 62.75kg, 148일째 10월 23일 63.45kg, 149일째 10월 24일에 드디어 64.15kg으로 이후 10일간 64kg대를 오르내리다가 오늘 신기록이 나왔다. 채식 위주로 먹고 있는데도 체중이 줄지 않는다. 근력운동의 강도를 50% 수준으로 올려야겠다.

오늘도 한 것 없이 바빴다.

161일 법륜 스님 즉문즉설

2013년 11월 5일 화요일. 먼지로 약간 탁해 보이는 대기

인터넷을 서핑하다 법륜 스님의 즉문즉설을 읽었다. 스님만이 할 수 있는 질문에 대한 명쾌한 답변이 있었다. 자연의 이치를 거스르지 않고 바위 사이를 어루만지며 흐르던 물이 마침내 호수에 다다라 고요해지듯 인간관계로 고민하는 중생들에게 어떤 항심을 가져야 평정심에 이르는지를 설파하는 그 탁월한 능력에 감복한다.

법륜 스님의 즉문즉설

질문자 : 평소 자신감이 없고 구설수에 많이 시달립니다. 남들이 제가 하지도 않은 일을 본 것처럼 말한다든지 별것 아닌 작은 일을 크게 부풀려 말하는 것, 또 저에 대해 함부로 말하는 걸 들으면 저도 모르게 몹시 화가 납니다. 한번 화가 나면 상대방에게 앙심을 품기까지 합니다. 저는 다른 사람에 대해 함부로 말하는 일이 없는데 자꾸 그런 일이 생기니까 억울한 마음이 듭니다. 어떻게 기도를 해야 좋을까요?

법륜 스님 : 복을 지은 적이 없는데도 복을 받게 되었다면, 아주 작은 복을 지었는데 큰 복이 돌아왔다면 기분이 아주 좋겠지요. 그런데

하지 않은 일을 했다고 하거나 작은 잘못을 크게 부풀리는 말을 들으면 왜 기분이 나빠질까요? 사실이 과장된 평가를 받는 건 마찬가지인데 말입니다. 그것은 복만 받고 재앙은 피하려는 욕심 때문입니다. 이제 앞으로는 '잘못한 일 없이도 욕을 먹겠다, 좋은 일 하고도 칭찬받지 않겠다', 이런 마음을 먹어 보세요. 아예 그렇게 마음을 먹으면 나쁜 소리 좀 들었다고 억울한 생각이 들 일이 없습니다. 그리고 그런다고 해서 내가 지은 복이 절대 어디 다른 데로 가지 않습니다. 오히려 복은 덮어둘수록 새끼를 칩니다.

좋은 일을 하고서도 아무 바라는 바가 없으면 그것이야말로 진짜 큰 복이 됩니다. 생색내는 마음이 있으면 기대하는 마음이 생기고, 그러면 나중에 언젠가는 배신당했다고 괴로워하거나 실망하는 일이 일어납니다. 남에게뿐만 아니라 자기 자신에게 생색내는 마음도 독이 됩니다.

인과법을 믿으면 남이 나를 알아 주든 몰라 주든 그런 일에 신경쓸 필요가 없습니다. 내 인생의 행복과 불행은 나에게 달려 있지, 그들의 입에 달려 있지 않으니까요. 내 인생은 내가 알아서 살면 됩니다. 남들이 나를 어떻게 평가할까, 나에 대해 뭐라 말할까, 자꾸 눈치를 보고 신경을 쓰면 자신감이 없어집니다. 내 삶을 그들의 손에 매달아 놓고 끌려다니는 격입니다.

나는 남의 말 안 하는 사람이니까 남들도 내 얘기를 함부로 하면 안 된다는 식의 생각도 그렇습니다. 내가 남의 말 안 하는 건 내 성격이고, 그들이 내 말하는 건 그들의 인생입니다. 내가 욕하지 않는 것은 내 인생이고, 남들이 내 욕하는 건 그들의 인생입니다.

내가 너를 좋아하는 것은 내 마음이고, 네가 나를 좋아하지 않는 것은 너의 마음입니다. 내가 너를 좋아하니까 너도 날 좋아해야 한다, 나는 너한테 손해 끼친 적이 없는데 너는 왜 나한테 손해를 입히느냐, 이런 식의 손익 계산은 괴로움을 자초합니다.

주사위를 던져서 1의 눈이 나올 확률은 1/6입니다. 하지만 그렇다고 주사위를 여섯 번 던질 때마다 1의 눈이 딱 한 번씩 나타나지는 않습니다. 한 번도 안 나올 수도 있고 두세 번 나올 수도 있습니다. 언뜻 보면 1/6이라는 수학적 확률이 틀리는 것처럼 보이지요. 그러나 주사위 던지는 횟수를 충분히 크게 할수록 확률은 점점 1/6에 근접해 갑니다.

당장 눈앞의 일만을 보고 있기 때문에 세상일이 인과 법칙에 맞지 않는 것처럼 보이는 것입니다. 긴 안목으로 보면 인과 법칙은 언제 어디서나 어김없이 작용하고 있습니다. 좋은 일 했는데 왜 나쁜 소리를 들어야 하나? 저놈은 나쁜 짓을 하고도 왜 벌을 받지 않는 걸까? 이런 생각은 짧은 안목에 갇혀 인과법을 믿지 못하기 때문입니다.

내가 누구를 도와주든, 남이 내게 뭐라 하든, 지금 이 자리에서 손익 계산을 하려고 들지 마세요. 인과의 이치를 믿는다면 자꾸 눈치 보지 말고, 남과 비교하지 말고, 편안한 마음으로 복을 지으면 그만입니다.

오늘은 편안하게 잠들 것 같다.

162일 6차 항암 후 PET-CT 사진 촬영

2013년 11월 6일 수요일. 기온 10~15도, 흐리고 비 5mm

여섯 시간 금식이라 엊저녁 식사량을 반으로 줄이고 오늘 아침은 6시에 생감자 주스와 바나나, 감으로 요기했다. 체중을 달아보니 어제보다 1.2kg 줄었다. 얼굴 붓는 원인이 혹시 생감자가 신장에 부담을 준 건 아닐까 의심하는데, 아내도 같은 의견이었다. 조금 더 먹어 보고 부기가 빠지지 않으면 생감자 먹기를 중지하고 어떻게 달라지는지 신경써서 관찰해야겠다.

나는 채식 위주, 아들은 육류와 생선을 많이 먹으려 노력하고 있다. 체중을 줄이려는 나, 늘이려는 아들, 병 관리 방법이 다르다.

2시에 예약된 PET-CT 사진 촬영, 일찍 가면 행여 일찍 찍지 않을까 해서 두 시간 빨리 갔다. 점심시간을 놓칠까 하는 걱정도 있고 3시 10분에 호흡기내과 이 교수 진료가 예약되어 있었다. 제시간에 도착하지 못하면 순번이 뒤로 밀려 버린다.

결과는 요행수란 없다는 것. 2시 정각에 포도당 주사를 시작하고 3시 10분 꽉 채워서 PET 사진 촬영이 끝났다. 점심을 천천히 먹고 진료실에 가니 한 시간이나 늦어졌다. 대기자를 일별한 간호사, 대기자 명단 앞쪽에 슬쩍 넣어 주었다. 목례로 고마움을 전하고 진료실에 입장했다.

"그사이 상태는 어땠나요?"

"네, 기침은 완전히 멎었고 가래 콧물은 조금 나오는데 평소에도 그 정도는 되지 않을까 생각합니다."

이 교수가 청진기를 주머니에 넣으며 말했다.

"폐 청진에서는 문제가 없습니다. 호흡은 괜찮습니까?"

"산행할 때 숨이 가쁩니다. 걸음을 빨리 걸을 경우도 그렇고요. 항암제 때문인지도 모르겠습니다."

"항생제나 약은 더 처방할 필요가 없는데, 예약일을 잡을까요, 아니면 몸에 이상이 있을 경우 오실 건가요?"

"이상 있으면 그때 예약하겠습니다. 교수님 처방으로 기침이 멎었습니다. 감사합니다."

오늘로 병원 스케줄 하나가 줄었다. 12월 17일 예약된 뇌신경센터에서도 이제 그만 진료받고 싶다고 말해야겠다. 성격이 시원시원한 박 교수, 내가 원하는 대로 처방 내려주겠지.

163일 항생제 처방

2013년 11월 7일 목요일. 새벽에 비, 미세먼지 주의보, 10~15도

소식의 효과인지 체중이 줄었다. 1kg 정도 빠졌다. 몸무게를 늘리려고 비싼 장어집을 매일 출입한 지 얼마나 되었다고 이제는 상황 역전이다.

그리스 신화 프로크루스테스의 침대가 생각난다. 침대 길이에 맞춰 테세우스의 다리를 자르려다 오히려 죽임을 당한 프로크루스테스. 체중 증가에 포커스를 맞춰 관리하다 건강이 오히려 부실해질 수도 있는 것이다.

지난주부터 턱수염이 꺼칠꺼칠하다. 머리카락도 새로 나는 것 같다. 흰머리가 검은 머리카락으로 치환이 된다면 좀 좋을까.

소변의 잔거품은 큰 변화가 없다. 암의 사체가 주로 소변으로 배출된다던데, 거품이 남아 있는 걸 보면 아직도 치열하게 전투를 벌이는 중이란 거겠지.

아들이 또 운전을 부탁했다. 어지럼증 때문에 운전을 못하겠다고 한다. 마을버스를 타면 배기 매연 냄새에 구역질이 나서 대중교통을 도저히 이용하지 못하겠단다. 항암 치료 나흘째 접어들어 나타난 후유증이다. 식욕이 감퇴되어 음식 섭취가 안 되면 구토 증세가 더 심해진다.

손녀를 병원에 데려갔다 오는 일도 내 소관이 되었다. 심하게 기침하던 둘째 녀석이 호전되니 첫째가 바턴 터치했다. 열도 나고 기침이 심하다. 며느리가 막내는 조금 좋아졌다고 해서 그나마 다행이다.

호흡기 질환은 가족 중 누군가 앓게 되면 전염을 피하기 어렵다. 아들과 나만 빼고 온 가족이 콜록거린다. 이 교수에게 아기로부터 감기를 옮을 수도 있는지 물었더니 당연히 옮을 수 있다는 대답이다.

감기에는 항생제가 무용지물이라면서 처방을 보면 빠짐없이 항생제가 있다. 갓난아기 약봉지에도 항생제가 들어 있다. 폐결핵으로 항생제를 한 주먹씩 털어 넣던 아들이 특히 항생제에 대한 거부감이 크다. 외국 의사들은 감기 정도는 따뜻한 레몬차를 처방한다던데. 약 먹고 감기가 딱 떨어졌다는 말을 뒤집으면 부작용도 있었다는 의미인 것이다.

164일 완전 관해 판정

2013년 11월 8일 금요일. 기온이 뚝 떨어짐, 4~14도

　진료실에 들어서는 나를 보고 주치의 이 교수가 먼저 반가이 인사한다. 표정이 밝다.

　"조계환 님이시죠. 많이 좋아졌습니다. 유지치료를 해도 되겠습니다."

　그저께 찍은 PET 사진과 항암 시작 시의 PET 사진을 찾아 비교해서 보여 준다. 모니터 앞에 코끝이 닿도록 다가앉았다. 아내도 길게 목을 뺀다. 목 주위에 포도송이처럼 흑점을 그려 놓은 5~6개의 멍울, 가슴 부위에 단추같이 박혀 있는 하나의 점, 두 개의 콩팥 중 왼쪽 콩팥을 거의 가린, 떡 절편처럼 네모나게 생긴 큰 덩어리가 시작할 때의 사진이다. 그것이 지우개로 지운 듯 싹 없어졌다. 흔적도 보이지 않았다.

　"완전 관햅니까?"

　"네, 완전 관해로 보입니다."

　아내의 얼굴이 활짝 펴졌다.

　"완전 관해라 해도 여포성은 근치가 어렵기 때문에 오늘 표적치료제 주사 맞으시고 내년 1월에, 그러니까 두 달 간격으로 주사를 맞도록 할 겁니다. 식사나 운동, 치료받을 때처럼 관리 잘 하시고."

　주치의는 보험 기간이 2년이니까 그 기간 중 비싼 리툭시맵을 맞

는 것이 좋겠다고 한다. 리툭시맵은 300만 원씩 하는 고가약이라고 했다. 어느 말씀이라고 감히 거역하겠는가.

완치가 어렵니 어쩌구 해도 완전 관해란 말은 희망이 보인다는 뜻이다. 항암제의 공격에 더 이상 버티지 못한 그놈들이 모두 죽어나갔다는 말이다. 으스스했던 검은 대기가 걷히는 느낌이었다. 혈관이 따뜻해졌다. 대양을 164일 항해한 요트가 1차 목적지에 도착한 것이다. 다시 출항하려면 정비가 필요하다. 유지치료다.

항암 치료에서는 네 가지 주사약, 유지치료는 한 가지 주사약만 쓴다. 유지치료용 맙테라(리툭시맵)는 항암 치료에 들어간 용량과 같다. 6차 항암에서 세 시간 반 걸렸는데 한 가지 주사약만 놓는 오늘의 유지치료는 네 시간이나 걸렸다. 간호사에 따라 대중이 없는 모양이다.

오후에는 기운이 펄펄한 내가 아들의 병원으로 차를 운전해 갔다. 4시에 도착하니 항암주사를 맞은 아들은 줄에 걸린 빨래처럼 축 늘어져 있었다. 빨리 기운을 차려야지, 말은 못하고 마음으로만 응원했다. 온탕 냉탕이 공존하는 우리 집이다.

돌아오는 길에 아들의 입맛을 살릴까 싶어 청계산 느티나무 밑의 곤드레식당에 들렀다. 그런데 주인공인 아들은 한 수저 들고는 숟갈을 놓아 버린다. 여기저기 다녀본 곤드레밥집 중에서 그래도 내 입맛에 맞는 집인데 말이다. 특히 비벼 먹도록 내놓는 강된장이나 두부조림이 맛있다. 아내가 아들이 남긴 밥을 포장해서 나선다. 표정이 어둡다. 아들의 몸 상태가 남편의 희소식을 덮어 버린 기상 상황이다.

165일 장기 기증

2013년 11월 9일 토요일. 흐리다가 오후 늦게 비, 기온 하강

여기저기서 문자 메시지가 왔다. 어제 결과를 알고 축하하는 내용이다. 아내가 기쁜 소식이라며 가까운 사람들에게 전화했던 모양이다. 뉴욕에 사는 처고모님까지 알고서 전화하셨다.

검은 반점이 완전히 없어진 것을 확인한 아내, 전화를 받은 지인들은 완전 관해를 완치로 잘못 알고 있다. 5년이 지나야 완치라고 하는데…. 다름을 설명할 이유도 없으려니와 좋은 게 좋다고 나도 덩달아 기분을 맞추었다. 그렇게 생각하니 정말 완치된 것처럼 느낌이 좋다.

환우들 카페에 들어가면 완전 관해의 대열에 들지 못한 환우들도 있다. 잠시 그들의 입장이 되어 본다. 자중해야 한다. 지금부터가 중요하다. 방심하거나 느슨한 습관이 되지 않도록 더 엄격히 몸을 관리해야 할 것이다.

오늘 새벽에 선잠을 깨서 다시 눕지 못했다. 겉으로 표현하지 않았어도 설레고 들떴던 감정이 남아 있었던 모양이다.

기념으로 뭘 할까 생각하다 한마음 한몸 장기기증센터를 떠올렸다. 인터넷에 들어가 장기 기증자로 등록을 마쳤다. 안구를 포함한 모든 장기를 기증하기로 했다. 마음이 조금 편해졌다.

아내는 감사 봉헌으로 성가복지병원이나 영등포 요셉의원 그리고 꽃동네에 매달 정기적인 후원을 하고 싶다고 한다. 뜻하지 않게 보훈연금까지 받게 되었으니 일부분이라도 내놓아야 하지 않겠는가 한다.

지당한 말씀이라고 동의하면서도 시간을 두고 더 생각해 보자 했다. 지금은 치료 초기라 병원비 부담이 적었지만 혹시 재발하고 중증환자 보험처리가 안 될 경우를 대비하여 경제적 지출에 신중해야 된다는 우려 때문이다. 더구나 정기적인 후원이 일시적 후원보다 부담스럽다. 여러 수도원, 수녀원에 후원 약속하고 1~2년 못 가서 슬며시 후원을 끊었던 일도 있지 않은가. 순서로 보면 그쪽이 우선이라는 생각도 든다. 일시적인 기분에 들떠서 충동적으로 결정하면 또 후회할 것 같다.

152일째 일기의 《황혼의 미학》에서 쥐고 걸친 모든 것을 털고 육신과 마음을 가볍게 하라 했거늘. 아직도 나는 손에 쥔 것이 아까워서 놓지 못하고 있다.

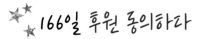

166일 후원 동의하다

2013년 11월 10일 일요일. 낮부터 기온이 뚝 떨어짐, 초겨울 느낌

좀체 전화를 안 하던 시골 형수님이 문안 전화를 했다. 다른 사람의 전화보다 반갑고 고마웠다.

동탄에 사는 생질 인호 내외가 집에 왔다. 내심 반가웠다. 아파트 이웃에서 오손도손 정을 나누며 살던 인순 누나가 두 달 전 미국으로 간 곽 서방을 따라 떠나려고 짐 정리를 끝냈다고 한다. 인호가 외롭게 되었다. 객지에서 누나에게 의지하고 도움을 받았을 텐데, 가까이 있다가 없으면 아쉬움이 더할 것이다.

저녁 외식을 하고 오면서 어제 시간을 두고 생각해 보자고 했던, 아내가 제의한 후원에 동의하겠다고 했다. 잠시라도 망설였던 행동이 부끄럽다. 금년에 우리 가족은 나와 아들이 아팠던 것 외에는 좋은 일이 많이 일었다. 우연이 아니라고 생각한다. 산마루가 있으면 골짜기가 있고 터널도 끝이 있다. 불행이 있으면 행운이 기다리고. 오묘한 주님의 섭리, 우리 가족에게 내린 은총의 현시다. 병들어도 경제적인 문제로 치료를 받지 못하는 사람들에 비하면 우리는 정말 행복한 편이다. 나의 보잘것없는 후원이 그들의 고통을 덜어주는 일에 작은 보탬이라도 된다면 이보다 더 큰 보람이 없지 않겠나. 아내와 나, 초심을 지켜내자고 다짐했다.

167일 약으로부터 해방된 날

2013년 11월 11일 월요일. 아침 기온 영하

어제까지 음식 냄새만 맡아도 얼굴을 돌리던 아들의 상태가 좋아졌다. 식사량이 늘고 구부정하던 허리가 많이 펴졌다. 볶음우동과 닭똥집이 구미에 맞은 모양이다. 집 안 분위기가 아들의 상태에 따라 일희일비한다. 이번 주는 중요한 일들이 계획되어 바쁜 한 주가될 것 같다. 머플러가 필요한 아침 기온이다.

5일간 매끼마다 복용했던 쓴 약 니솔론정, 이틀간 복용했던 구토 예방약 에멘드캡슐, 7일간의 위산분비 억제제 가스터디정, 그리고 식욕증진제 메게이스 내복현탁액을 먹지 않게 되어 비로소 항암 치료 이전의 상태로 돌아간 셈이다. 이틀에 한 정씩 먹도록 처방받은 항생제 셉트린정도 복용하지 않기로 했다. 약으로부터 해방된 오늘이 사실상 광복절이다.

근육의 강도는 80%대에 머물러 있고, 흰 머리칼이 보송보송 돋기 시작한다. 비 온 후 고사리 싹 돋는 것 같다. 면도도 그저께부터 매일 한다. 손등 발등의 부기도 빠지고 있다.

항암 치료와는 무관한 발뒤꿈치 갈라짐이 시작되었다. 겨울이 다가온다는 내 몸의 신호다. 어릴 때 어머니가 갈라진 내 발꿈치를 보고 하시는 말씀. "니는 닮지 말아야 될 그런 거까지 나를 닮았노."

168일 살아 있음은 운명

2013년 11월 12일 화요일. 아침기온 -1.1도

자동차를 내가 쓰기로 했다. 양재동으로 출근하는 아들은 단번에 가는 직행버스가 있고, 광명의 회사에 가야 하는 나는 버스와 전철을 몇 번이나 바꿔 타야 하기 때문이다.

버스에서 나는 냄새에 입을 막는 아들의 상태가 마음에 걸렸지만 나도 갈아타고 걷는 일에 자신이 없다. 저녁에 만난 아들은 버스 냄새는 견뎌 냈는데 추위를 견디기가 힘들었다고 했다. 몹시 떨었던 모양이다. 멋보다 실속이야, 아들아. 두껍게 입어야지.

필리핀 타클로반에 비극적인 뉴스가 있었다. 시속 378㎞나 되는 초강력 태풍 하이옌이 도시를 초토화시킨 것이다. 뉴스엔 제19차 유엔 기후변화협약 당사국 총회 장면을 보여 주는데, 에브사노 필리핀 수석대표가 연설하고 눈물을 훔치고 있었다. 안경을 벗고 손수건을 꺼내 흐르는 눈물을 닦는 그에게 참석자들은 일제히 일어서서 격려의 박수를 보냈다. 한마디의 말과 표정, 행동이 가져온 엄청난 감동의 실체다. 오죽하면 자기 앞가림도 못하는 아들이 필리핀을 돕고 싶다고 말할까.

작년 이맘때 아내와 나는 필리핀 세부에 관광 중이었다. 타클로반은 세부 동북에서 직선거리로 150km밖에 떨어지지 않은 곳이다.

필리핀 제2의 도시 인구 300만의 세부는 20만 인구의 타클로반과 비교가 되지 않는다.

역사적인 사건을 가정해 본다는 일이 쓸데없는 일이긴 하지만 그래도 한 번 상상해 보자. 그런 태풍이 작년에 조금만 방향을 틀어 세부를 강타했다면 필리핀 국내의 재앙이 아닌 세계적인 참사였을 것이다. 우리도 희생자 명단에 들어 있었을 터이고.

그렇다. 내가 지금까지 살아 있음은 나의 능력이 아니라 운명인 것이다.

★★ 169일 의사와 제약회사의 공생

2013년 11월 13일 수요일. 기온 0~11도

중앙 보훈병원에서 2013년 신규로 지명된 국가유공자 교육이 있었다. 교육 내용 대부분은 이미 알고 있는 지식이고 위탁병원 진료나 응급 진료 시 환불조건 같은 것은 참고가 될 만했다.

가장 기억에 남는 내용은 약의 부작용이었다. 항우울증 치료제 부작용 환자와 한약·양약의 상호간섭으로 관절통증 부작용이 생긴 환자의 상처 사진을 보고 아내가 진저리쳤다. 화상 입은 상처보다 더 심했다.

우유 섭취 시에는 약 복용 시간을 늦춰야 하고 커피, 녹차 같은 카페인 음료와 고혈압, 당뇨약을 같이 들면 해롭다는 사실을 새롭게 알았다. 잘 쓰면 약이고 잘못 쓰면 독약이 된다는 약의 양면성이다.

혈관으로 들어와 핏속에 용해되어 세포로 전달되는 주사약, 물과 함께 입과 식도를 통해 위에서 녹거나 소장, 대장에서 흡수되는 내복약, 그것이 우리를 살리기도 하고 죽이기도 한다는 것이다.

약이 만들어진 초기에는 순수한 목적으로 출발했으나, 21세기 지금은 공룡처럼 커진 제약회사가 카르텔로 인간의 생명을 쥐락펴락하는 형국이 되었다.

환자가 사라지지 않는 한 제약회사는 망하지 않을 것이다. 건강검진이라는 이름으로 새롭게 많은 환자를 발굴해 주는 병원과 의사가 있으며, 살 만하니까 대기와 수질, 원자력 같은 환경오염에 관심을 갖는 사람들이 늘 것이고, 수명 연장이 되면 건강관리에 신경쓰는 사람이 증가할 수밖에 없다. 제약회사가 빙긋이 웃을 수밖에 없는 이유다.

임상시험에 자원하여 생을 마감한 수많은 중증환자를 생각한다. 그들 중에는 정상인데도 의사의 오진으로 환자가 된 사람도 섞여 있을 것이다. 이들이 제물이 되어 탄생한 주사약 한 방울을 제약회사는 고가약이라며 수천만 원에 사라고 한다. 사든 말든 배짱이다.

약한 자여, 그대 이름은 환자니라.

170일 집 청소

2013년 11월 14일 목요일. 어제보다 따뜻함

오늘 주제는 양재동 연립주택 청소다. 아들이 베트남 지사로 발령이 나면서 세를 준 집이다. 어제 도배를 했고 내일 새로운 세입자가 입주할 날이다.

느지막이 점심을 먹고 현장에 가 보니 가관이었다. 도배지 쓰레기가 널려 있고 바닥이며 문틀에는 풀 자국이 그대로 남아 있었다. 새 집 만들겠다고 도배한 건데…. 설마 이 정도일 줄이야.

아들이 공사대금을 10원도 깎지 않고 송금해 버렸으니 투덜거려 봐야 시간 낭비일 뿐. 지금 우리가 할 수 있는 일은 청소를 하는 것이었다. 바닥에 눌어붙은 풀은 한두 번 닦아서는 미끈거림이 그냥 남아 있다. 닦고 또 닦고 수도 없이 닦았다. 자정이 되어서야 일을 마쳤다.

아내가 두 번 다시 부탁하지 말라고 아들에게 쏘았다. 나도 동감이다. 아들이 계면쩍은 표정으로 말했다.

"다음에는 인부를 붙일게요. 오늘 너무 고생하셨습니다."

그새 풀어진 아내가 덕담한다.

"환자 둘이 헌 집을 삐까삐까 광을 냈네."

내가 맞장구쳤다.

"아냐, 당신이 거의 한 거야."

171일 소박하게 살기

2013년 11월 15일 금요일. 아침에 는개. 낮에는 춥지 않음

양재동에서 예상치 못한 일이 생겼다. 입주 예정자가 입주를 못하게 된 것이다. 보증금이며 월세도 선불로 입금된 상황이다. 남편 측에서 보증금이 적당하니까 이 집에서 신혼살림을 차리려고 준비한 것인데, 아내 될 사람이 싱크대며 문짝이 구닥다리라서 도저히 살지 못하겠다고, 아파트 아니면 안 된다고 반대했다는 것이다.

남편이 혼자 와서 현관문 보안키 번호며 전기료, 관리비에 대하여 인수했다. 다른 입주자를 찾을 때까지 집을 비워 놓겠다고 했다. 아들로서는 큰 문제가 아니나 빈집일 경우 혹한에 동파 우려가 있으니 가끔 보일러를 켜고 수도꼭지를 열어 두어야 한다는 메시지를 주라고 했다.

25년 된 집을, 요즘 새로 짓는 아파트의 모델하우스와 비교할 수는 없다. 계약하기 전에 방향을 정했어야 할 일이다.

금년 넘어가고 봄이 되면 임자가 나서려나. 내가 더 걱정되었다.

그 새댁보다 몇 살 위인 며느리가 그 집에서 손녀를 낳고 키웠다. 아무 문제가 없었다.

신혼살림은 검소하게 시작해야 한다는 게 내 지론이다. 거창하게 결혼식을 치른 부부가 소박하게 결혼식을 올린 부부보다 더 잘 산다

는 보장은 없다. 시작이 미약하면 조금씩 이루는 재미가 쏠쏠할 터.

행당동에 사시는 장인 장모님을 찾아 인사드렸다. 다시 솟아나는 머리카락을 보시고는 눈물을 글썽이셨다. 마침 작은처남이 왔다. 장인어른 병시중을 그가 혼자 도맡아 한다.

큰처남이 오면 불안해하고 탐탁잖아 하시니 큰처남은 걸음이 뜸하다. 작은처남에게 내가 돕지 못해 미안하다고 빈말 인사치레를 했다. 아흔 노인 두 분이 사시는 아파트를 나서는 발걸음이 무거웠다. 장모님은 떠나는 우리 차를 내려다보며 보이지 않을 때까지 손을 흔드셨다.

172일 아내가 더 건강해야

2013년 11월 16일 토요일. 낮에는 포근함

그제 앉아서 걸레질 좀 했다고 허벅지 근육이 뭉쳐 지끈지끈하다. 실상, 일은 아내가 더 많이 했다.

"당신은 괜찮아?"

"왜 안 아프겠어요. 파김치 총각김치 담고 쉬더라도 쉬어야지요."

아내는 요즘 김치 걱정만 한다. 남은 일은 배추김치 담그는 일. 햅쌀이라고 마트에 파는 포장미를 믿지 못하다가 얼마 전 여주에서 농사짓는 수필가 이상국 선생이 보내 준 쌀을 받고는 양식 걱정은 덜었다며 입꼬리가 올라갔다.

손녀들은 색깔 있는 현미밥보다 "하얀 밥, 하얀 밥" 하고 찾는다.

반찬뿐 아니라 밥도 식구 개성 따라 맞춤형이다. 주방일을 덜어 주려 아들이 설거지를 거든다. 며느리가 밥 먹는 시간만큼은 바쁘지 않게 내가 막내를 안고 거실을 서성인다. 말이 없어도 눈빛으로 서로서로 돕는 우리 가족. 지금까지 여러 일이 꼬이지 않고 잘 풀려 나가고 있다.

아내여, 며느리여, 힘든 일이 있으면 속에 담아두지 말고 이야기하시오. 환자라 해도 얼마든지 해낼 능력 있소. 겉 표현은 인색해도 당신의 고마움을 진심으로 느끼고 있소.

헬스장에서 걷는 운동을 줄이고 아들과 광교산에 다녀왔다. 아들의 등산 속도가 내가 거친 호흡으로 따라잡기에 벅찰 정도로 엄청 빨라졌다. 내가 타임을 걸어 자주 휴식을 취했다. 그런데도 아들이 내 상태가 많이 좋아졌다며 듣기 좋은 소리를 한다.

　숨소리가 예전보다 훨씬 부드럽다고 했다. 전에는 지나던 사람이 뒤돌아볼 정도로 숨이 찼었다. 아들과 완치 후 앞날의 계획에 대해 시간되면 솔직한 대화를 나누자고 했다. 답답할 것 같은 남자들만의 산행이 때로는 유익할 때가 있다.

173일 베란다의 화초

2013년 11월 17일 일요일. 유리창에 성에, 보도에 수북한 낙엽

오랜만에 베란다의 화초를 본다. 어제만 해도 눈에 들어오지 않던 갖가지 화분들이 어깨를 비비고 있었다. 유리창의 성에가 화분의 존재를 돋보이게 했나? 관심이 없으면 보이지 않는 법. 이곳에 이사 오면서 아내는 화초부터 챙겼다.

나는 화초보다 아파트 뒤란의 채마밭에 더 정성을 쏟았었다. 봄부터 가을까지 우리 집 식탁을 풍성하게 한 상추며 쑥갓, 깻잎, 풋고추…. 눈보다 입이 즐거워야 한다는 소신에 농사일을 고되다 여기지 않았다.

직장 나가는 틈을 이용, 잠시의 여가도 없이 밭을 들락거렸다. 이제 채마밭은 옛날이고 베란다 화분은 현재다.

다시 베란다로 시선을 옮긴다. 양란 이파리가 반짝반짝 윤이 난다. 무심히 지나쳤던 화분을 하나하나 뜯어보니 아내의 손길이 묻어 있다. 흔하디흔한 제라늄이 주류이지만 아내는 차별하지 않고 돌본다. 싱싱한 잎사귀에서 내뿜는 강렬한 에너지. 내 면역세포 돌기마다 그 기운이 복사되어 힘을 넣어 준다.

화초가 내 분신이라도 되는 양 정성스레 물을 주는 아내 모습에서 어떤 생명체든 살려내야 한다는 강한 의지가 보인다.

174일 분가 계획

2013년 11월 18일 월요일. 겨울 날씨. 영하 2~4도

눈가루가 흩날리는 광교산 산행은 정취가 색다르다. 귀마개 사이로 파고드는 싸늘한 바람은 고추냉이의 코끝 찡한 맛이다. 출발할 때 잎사귀를 건드리지 않던 바람이 돌아오는 길은 쌩쌩 소리 내며 달려들었다. 바람을 업고 얼굴을 때리는 희끗희끗한 눈발. 등산화가 묻히도록 깔려 있는 갈잎 낙엽 잔해를 발로 차며 걸음을 내딛는 부자父子. 아들이 속도를 내고 있다. 숨소리를 죽이며 따라붙는다.

점점 벌어지는 거리. 스무 걸음 남짓 떨어지자 아들이 숨을 고르며 나를 기다렸다. 분가分家 문제에 대해 내가 말문을 텄다. 서울에서 2시간 이내 거리 전원주택을 알아볼까, 아니면 아이들 학교도 있으니까 우리 집 가까운 곳의 아파트를 전세로 얻을까. 이 방법이든 저 방법이든 수억이나 되는 자금을 융통해야 하는 문제에서 대책이 없어 서로 말문을 닫았다.

지금까지 그래왔듯이 시간이 지나면 해결될 거라며 나 자신도 확신이 서지 않는 말을 아들에게 위안한답시고 툭 던지고 하산했다. 내려오는 길, 한마디 말이 없었다. 솔직한 생각은 1년만 더 같이 살면 형편이 조금 나아질 듯한데. 젊은 사람들 생각은 다른 것 같다. 어떤 결정을 내리든 반대하지는 않겠다.

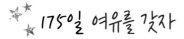

175일 여유를 갖자

2013년 11월 19일 화요일. 영하 1.7~4도, 윙윙 소리 내는 시베리아 삭풍

참새는 왜 전깃줄에 앉아도 떨어지지 않는 걸까?

물리학과 학생에게 이런 문제를 낸 선생이 있었다. 대부분의 학생들이 '참새는 신체적 구조가 균형 잡혀 있기 때문' 같은 물리학적인 답을 적어 냈다.

그런데 한 학생이 재미있는 답을 냈다.

"참새는 여유가 있기 때문이다."

참새는 날개가 있어 언제라도 날아오를 수 있기에 떨어질 염려가 없다. 그래서 떨어지지 않는다는 것이다. 존재의 본질을 꿰뚫어 본 기발한 답이다.

예를 들면 복도 바닥에 10cm 폭의 선을 그어 놓고 그 위를 똑바로 걸어보자. 이건 누구나 간단히 할 수 있다. 그런데 30cm의 평균대 위에 서면 다리가 후들후들 떨린다. 1m 높이 같으면 서 있기조차 힘들다. 이들 모두 발 딛는 공간은 폭이 10cm, 복도와 같은 조건이다.

왜 이런 현상이 생길까? 복도는 10cm 바로 옆도 역시 복도다. 떨어질 염려가 없으니 안심하고 걸을 수 있다. 그런데 평균대는 주위가 허공이다. 그것을 인식하는 순간 걸을 수 없게 된다. 사토 에이

분이란 고등학교 선생이 쓴 《10대에 운명을 개척하는 70가지 삶의 지혜》라는 책에 있는 내용이다.

내 경우 건강관리, 즉 유지요법도 평균대 위에서 덜덜 떠는 마음으로 접근하지 말고 여유를 가져야 한다는 말이다. 평균대 옆 허공을 재발의 두려움으로 인식할 것이 아니다. 자신의 체질에 맞는 요법을 선택한 다음 그 선택에 확신과 신뢰를 가지고 과단성 있게 행동하면 복도를 걸을 때처럼 똑바로 걸을 것이다.

환자라는 의식에서 벗어나 과감할 때는 과감하고 당당하게 행동하라는 의미로 해석한다.

176일 식단 변화

2013년 11월 20일 수요일. 영하 2~6도, 설악산은 영하 16도

 식단이 조금 변했다. 얼마 전 단백질 공급원을 고기류에서 콩, 두부 등 식물성으로 바꾸면 좋겠다고 주문해서인지 채소 반찬이 늘었다. 유지요법은 장기적인 레이스다. 내 몸을 항암 체질로 바꾸어야하고 4kg 초과한 몸무게도 빼서 60.2kg 적정 체중으로 맞추어야 하니 육류를 줄이자고 했던 것이다.

 식탁에는 현미흑미콩밥, 튀긴 두부, 청국장, 감자애호박 된장국, 무생채, 시금치나물, 콩나물, 브로콜리, 양파, 풋고추, 새싹 샐러드, 깍두기, 묵은 김치, 오이소박이 접시가 옹기종기 진열되어 있다.

 생수 500㎖를 아침 헬스 운동하면서 마시고, 집에 와서는 낫또와 과일을 먹는다. 식전에 먹어 약간의 포만감을 느끼게 해 아침 식사량을 줄인다. 자연치유 마을의 이시형 박사가 텔레비전에서 하는 걸보았다.

 요즘 제철 과일은 감이나 사과가 주류다. 재고가 좀 남은 종합비타민도 버리기 아까워 하루 한 알씩 먹는다. 해독주스는 아직 못 마시고 있다. 언젠가는 만들어 마실 생각이지만 지금은 마음의 준비가안 되었다. 견과류와 간식은 건자두와 캐슈너트다.

 식사 시간은 아침 9시, 점심 1시 30분, 저녁 7시 30분, 되도록

시간을 지키려고 노력한다. 자연요법으로 추천하는 여러 약제는 시간을 두고 생각해야겠다.

이시형 박사는 "사람이 원래부터 가진 방어체력은 크게 면역력과 자연치유력으로 나눌 수 있으며, 다른 사람들이 감기에 걸려도 혼자 건강한 사람은 면역력이 강한 사람이고, 감기에 걸렸어도 하루 만에 말끔히 낫는 사람은 자연치유력이 강한 사람이다"라고 했다. 자연치유력보다는 면역력이다.

그는 이상구 박사의 엔도르핀 쾌감 이론에 대응하여 세로토닌 물질의 효능에 대해 설명한다. 뇌에서 분비되는 세로토닌이란 물질이 행복감을 가져온다고 했다.

균형 잡힌 식사와 규칙적인 운동만으로 내 몸에 어떤 변화를 가져오는지 유지요법 1차 결과를 지켜보고 싶다.

내 이름으로 책 한 권을 낸다는 것이 쉬운 일은 아니다. 표지, 목차, 삽화 등 준비가 다 되었어도 원고 교정은 끝이 없다. 그러나 시간을 두고 천천히 할 생각이다. 아무래도 올해는 넘겨야 할 것 같다.

177일 내의 두 겹 입다

2013년 11월 21일 목요일. 영하 1~8도, 조금 풀린 날씨

문학교실에서 한 지인이 대뜸 내의를 입었느냐고 물었다. 기모 바지를 입었다고 하니 자기는 내의 두 겹을 입고 다닌다고 했다. 내가 믿지 못하는 눈치를 보이자 얼른 바지를 걷어 보여 줬다. 건강하게 보이는 사람도 몸 관리에 엄청나게 신경쓰고 있다는 사실에 감탄했다. 그래서 건강한 모양이다.

'생로병사'였나, 어느 프로그램에서 몸의 온도를 1도 올리면 면역력이 30% 증가된다고 했다. 매일 반신욕 30분 하고 귀마개, 장갑, 마스크, 머플러를 착용하는 것이 좋고, 필요하다면 실내에서도 잠자는 시간 외는 착용하라고 했다. 온수 보온병을 필수적으로 지참하고, 건자두를 연중 내내 먹으라고 했다.

반신욕은 이미 하고 있고 건자두도 먹기 시작한 지 두어 달 되었다. 내의와 따뜻한 물은 건강요법의 단골 메뉴다. 쉬운 듯해도 실천이 쉽지 않다.

지인 한 분은 부항이나 약쑥 뜸을 권했다. 혈액을 강제 순환시키는 치료법으로 혈액암, 임파선암은 특효라고 했다. 잘 아는 한의원이 있는데 자리가 부족하여 대기자가 밀려 있지만 자기가 힘을 써줄 수 있다며 거의 강권했다.

내 성격이 상대가 밀착하거나 접근하면 멀리 도망간다. 상점에서 살 생각을 굳히고 물건을 고르던 중에 점원이 "뭘 찾는 게 있으세요?"라거나 "뭘 도와 드릴까요?" 하고 눈을 맞추면 나는 "아, 그냥 구경 잘하고 있습니다" 하며 한두 곳 더 돌아보다가 그 가게를 나와 버린다.

내가 점원이라면 멀찍이서 티나지 않게 동정을 살피기만 할 것이다. 내가 왜 점원으로부터 선택의 자유를 구속당해야 하는데? 도움이 필요한 고객이라면 물건을 살피다 점원이 어디 있나 찾게 마련이다. 하지만 내 건강이 정말 걱정되어 도와주고 싶은 충정 어린 권유로 알고 고맙게 생각한다.

아들이 양재동 소식을 전한다. 새로운 입주자가 나타났다고. 다음 월요일에 계약하자며 100만 원을 송금했다고 한다. 25년 된 연립주택에 세입자가 이렇게 금방 나타나다니. 전세대란이 일어나긴 났나 보다. 입주하지 않겠다는 현 세입자보다 좋은 조건이라 아들도 만족하는 표정이다. 엔도르핀, 세로토닌이 펑펑 나왔으면 좋겠다.

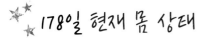

178일 현재 몸 상태

2013년 11월 22일 금요일. 날씨 많이 풀림. 영하 0.8~영상 10도

머리카락이 골프장 그린 정도(6㎜)로 자랐다. 6차 항암을 9월 25일에 했으니 얼추 두 달 되었다. 산행을 하면 마음은 앞서는데 호흡과 다리 근육이 따라주지 않는다. 회복하는 데 시일이 좀 걸릴 것 같다.

언제부턴가 메모하지 않으면 깜박 잊는 일이 자주 있다. 현관 디지털키에서 배터리를 교환하라는 멘트가 며칠 전부터 들렸는데 무심히 지나쳤다가 오늘 당했다. 번호를 몇 번이나 눌러도 먹통이라 아내에게 전화해 문을 열게 했다. 비닐장갑이 벌건 것이 김치를 담그다 나온 모양인데 표정이 좀 그랬다. 내 방으로 빨리 들어가려고 아내의 말이 나오기 전에 선수쳤다.

"배터리도 주인 흉내내나. 잘 있던 놈이 변덕을 부려."

손톱도 빨리 자라고 손발, 얼굴의 부기 거의 빠진 것 같다. 호흡은 여전히 가빠 말할 때 숨을 고르고 한 템포 늦춘다. 글씨체도 예전에 못 미친다. 목소리도 바리톤에서 알토 음성으로 변성된 것 같다.

수면 상태는 점점 나아지는지 한 번도 깨지 않는 날도 있다. 근력은 운동 강도를 70% 이상으로 해도 큰 무리가 안 될 거란 자신감이 드나 당분간 50% 수준으로 할 예정이다. 건강지표로 보면 전반적으로 호전되고 있다는 느낌이다.

179일 세브란스병원 정준원 교수 특강

2013년 11월 23일 토요일. 날씨 3~13도, 미세먼지 주의보

어제 19㎍(마이크로그램)/㎥였던 먼지 농도가 오늘은 130㎍/㎥으로 엄청 높게 나왔다. 미세먼지는 황사와 다르다고 한다. 황사에 미세먼지가 있을 수도 있고 없는 경우도 있다 한다.

유산소운동을 줄이고 근력운동은 같은 강도로 했다. 호흡기, 기관지는 특별히 신경써야 하니까.

서울역 앞 혈액암협회 강좌에 조금 늦게 참석했더니 연세대 세브란스병원 혈액내과 정준원 교수의 강의가 진행되고 있었다. 메모한 내용을 옮겨본다.

◆ 지금 어느 방송 드라마 〈오로라 공주〉에서 임파선암에 걸린 주인공을 완치율 50%로 설정하고 있는데 현실과 크게 어긋나지 않는다.

◆ 1년간 발생하는 전체 국내 암환자 중 비호지킨림프종 환자는 약 4,000명 정도, 1.9% 비율이다. 갑상샘암, 위암, 간암, 폐암, 대장암, 유방암, 전립선암, 담도암보다 비율이 낮다.

◆ 5년 이상 생존율

병명＼기간 FY	93~95	96~00	01~05	06~10
대장암(%)	54.8	58	66.6	72.6
비호지킨임파선(%)	46.6	50.8	59.9	64.9

• 아들의 대장암(직장암)을 같이 메모했다. 연도가 지나면서 생존율이 현격하게 증가함을 알 수 있다.

• 갑상샘암, 위암, 대장암보다는 못하지만 담낭, 폐, 간암보다는 생존율이 월등 높다.

• 악성림프종 종류는 CT나 PET 사진이 아니라 조직검사에서 병리학 교수가 슬라이드 염색 결과로 판정한다.

• 사망 원인(5년 생존율에서)은 비호지킨임파선암의 경우 암세포의 증식으로 인한 직접적인 원인보다 폐렴 같은 2차 감염이나 당뇨 같은 기타 질병에 의해 50% 정도 사망한다는 통계다. 암 관리 못지않게 다른 질병의 치료도 중요하다.

◆ 치료 계획

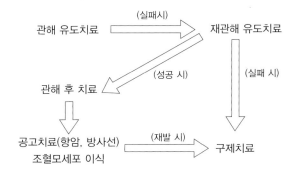

◆ 관찰

- 관해는 완치가 아니다. 완치는 시간 개념이 들어간다. 관해 후 5년 경과를 통상적으로 완치로 봄.
- PET 사진에는 암 사이즈 5㎜ 미만은 안 나타남.
- 구제치료는 신약이나 임상시험에 응할 수 있음.
- 면역력은 백혈구 개수만으로 결정되지 않고 림프조직이 중요함.

◆ 관해 유도치료

- 비호치킨 4제요법(CHOP) : 1976년 개발. 37년 전에 사용된 항암제요법

  C 사이클로포스파미드 : 엔독산

  H 하이드록시드노루비신 : 아드리아마이신

  O 온코번 : 빈크리스틴 신경, 근육에 영향

  P 프레드니손 : 프레드니솔론 경구투약

- B세포 림프종 5제(R-CHOP) : 2002년 개발

  R 리툭시맵 : 맙테라 고가약 3, 4년 전만 해도 보험이 되지 않아 1,000만 원 이상 부담

◆ 희망을 갖자

- 계속 높아지는 생존율
- 외국에 뒤지지 않는 국내 생존율
- 다양한 표적을 선택적으로 공격하는 항암제 등장
- 지금도 끝없이 개발되고 있는 항암제

일＼비교	촉진제 맞는 환자	촉진제 안 맞는 환자
1	1,700	1,700
5	5,000	5,000
9	500 (촉진제 주사)	500
12	200	200
13	500	300
15	5,000	900
17	2,000	1,300
18	1,900	1,600
21	1,700	1,700

◆ 관해 유도치료 시 호중구 수의 변화
- 촉진제를 맞지 않으면 13일에서 18일까지 호중구 수가 점진
  적으로 증가한다. 정준원 교수는 호중구 수와 관계없이 촉진
  제 맞기를 권했다. 촉진제로 인해 장기적인 후유증이 있었다
  는 발표는 아직 없다.

◆ 재발 시
- 조혈모세포 이식 치료 시 65세 이상 하루가 지나도 보험 인
  정이 안 된다. 65세 이상은 이식 전 고용량 항암 치료를 견
  디지 못하기 때문에 보험대상 효과가 미미하다고 판단한다.
- 신약은 한국희귀의약품센터에서 해외 약품도 구해 준다.
- 보험처리가 되는 리툭시맵 외에도 비호지킨 B세포에 듣는 신
  약이 많다. 300만 원에서 수천만 원 하는 고가이고 수차례에

걸쳐 치료하다 보면 경제적 문제가 있다.
- 신약을 보험처리하지 않는 이유는 리툭시맵보다 더 특출한 효과가 있다고 인정하기 어려운 이유와 그 신약을 필요로 하는 전국민 대비 환자 수가 미미하기 때문이다. 약값이 비싸다는 목소리가 정책 결정자에게 전달되지 않은 이유도 있다.

만성골수성 백혈병의 특효약인 글리백이 처음에는 보험이 안 되다가 환자들이 과천 보건복지부 청사 앞에서 시위하고 정계에 로비하는 등 적극적인 행동을 한 결과 지금은 보험에 적용되고 있다. 그 약 출현 전에 평균 생존율이 6년이던 것이 지금은 대부분의 환자들이 생존해 있어 생존율 측정이 불가한 현실이 되었다.

보험처리 안 되는 신약에 대해 환자들이 들고 나서려면 우선 건강보험공단과 보건복지부 사이트에 들어가서 민원을 제기해야 한다. 여러 사람이 지속적으로 항의하면 언젠가는 반응이 있을 것이다.

유익한 강의였으나 재발하면 큰일이라는 부담 때문에 마음이 가볍지 않았다. 생존율이라든지 조혈모세포 65세 이상 보험 적용이 안 된다든지 신약 구입 시 엄청나게 비용이 부담된다는 내용이 그렇다. 인터넷이나 책자에서 피상적으로 이해하고 있던 지식을 확인한 자리라 의미는 있었다.

질의응답에서였나, 정준원 교수가 대답하기를 "임파선암은 세계 각국의 국민 대비 환자 발생률이 선진국이나 후진국이 비슷하다. 이 말은 각국의 제각각인 음식이 임파선암 발생에 큰 영향이 없다는 뜻도 된다는 말이다. 고기를 많이 먹네, 채소를 많이 먹어야 하네 하는 편협한 사고를 버리고 골고루 영양을 섭취하는 건강식이면 좋겠다. 운동도 무리하지 말고 즐기면서 하면 좋고, 인생을 즐기는 환자의 생존율이 높다는 사실은 확실하다."

평소에 먹고 자고 움직이는 모든 일상을 180도 바꾸기는 힘들다. 조금씩 변화시켜 내게 맞는 표준 습관을 찾고 적응하도록 노력해야겠다. 문제는 의지다.

180일 아들의 글 〈황혼과 여명〉

2013년 11월 24일 일요일. 미세먼지, 기온 6~17도, 오후 이슬비

어제 점심때 갈비탕을 먹고 저녁은 지인들과 모임에서 돼지고기 보쌈, 해물전, 칼국수, 야채죽을 조금 들었는데 체중이 1㎏ 가까이 불었다. 체중이 늘 정도로 많이 먹지 않았는데 묘하다. 매일 마시는 생수 1.5ℓ의 중량인가. 아니면 어떤 신비스런 현상이 작용하는 것인가. 하여간 지켜볼 일이다.

아들의 글이 성당의 영적 도서 독후감 공모에 최우수 수상작으로 입상, 오늘 시상식을 했다. '신앙의 해' 폐막 미사에서 수상이 발표되어 아들에겐 더욱 뜻깊은 이벤트로 기억될 것이다.

금년에 아들은 아픈 것 빼고는 하는 일마다 잘 되고 있다.

내일은 큰손녀의 유치원 추첨일이다. 보내고 싶은 유치원에 당첨된다면 금년은 완전 대박나는 셈이다. 꿈을 잘 꿔 두라고 했다.

아들의 글을 다시 읽어 본다.

황혼(黃昏)과 여명(黎明)

-안셀름 그륀의 《황혼의 미학》을 읽고-

조성진 프란치스코

미래가 있는 사람은 젊다.

일흔 살, 여든 살, 아흔 살이라고 해도 영원을 앞에 둔 사람은 젊다.

(Füglister 78)

타는 듯한 갈증에 눈을 떴다. 새벽인지 저녁 어스름인지 구분이 되지 않는다. 부엌에 나와 시계를 보니 새벽 5시. 아직 해는 뜨지 않았다. 주전자에서 미지근한 물을 한 컵 받아들고 돌아서는데 서재에서 불빛이 샜다.

"아버지, 일찍 일어나셨네요?"

"그래. 일어났니?"

아버지는 모니터에서 고개도 돌리지 않고 대답하셨다. 작년 12월에 여포성 림프종 진단을 받고 항암 치료를 시작한 이후로 부쩍 잠이 없어지신 아버지. 새벽부터 일어나 글을 쓰신다. 몸이 불편한데도 올해 안에 꼭 수필집을 낸다고 고집이시다.

서둘러 주변을 정리하는 조바심으로 비춰져 마음이 편치 않다. 방에 들어가 다시 누웠다. 밤새 가득찬 장루腸瘻가 옆구리에서 거치적거린다. 종양에 침범당한 직장直腸을 제거하고 옆구리에 장루를 달아 변을 받아낸 지 3개월, 아직도 익숙하지 않다. 장루를 비우고 나니 잠은 완전히 달아나 버렸다.

침대에서 몇 번을 뒤척이다가 결국 일어나 책상에 앉았다. 행여 잠이 올까 싶어 어머니에게 받아놓고 미루기만 했던 책을 집어 들었다. 《황혼의 미학》. 얇은 책이다. 책장을 훑어 넘겼다.

늙어가는 기술? 죽음을 준비하는 책이구나. 어머니도 참. 아직 사십도 안 된 아들한테 이런 책을 권한담. 하긴 죽음은 예고가 없으니 미리 준비할 필요도 있겠지. 그런데 이런, 또 죽음과 연결시켰구나. 6개월 전 직장암 진단을 받은 이후로 뭐든지 죽음과 연관 짓는 버릇이 생겼다.

올해 4월 직장암 진단을 받은 나는 베트남 생활을 접고 서둘러 귀국했다. 인천공항 탑승교에서 유모차를 펴다가 안경이 떨어졌는데 그것은 마치 처음부터 분리된 두 개였던 것처럼 가운데가 정확하게 두 동강이 났다. 안경을 주워들다 아내와 눈이 마주쳤다.

"별거 아니야. 괜히 쓸데없는 생각하지 마."

내가 말을 채 꺼내기도 전에 내 생각을 읽은 듯 아내가 선수를 쳤다. 10월에 출산 예정인 아내의 배가 유난히 불러 보였다. 이미 두 딸이 있기에 나는 배 속의 아기가 아들일 것이라 짐작하였다. 하느님은 나를 대신해 아들을 예비하신 걸까? 그렇다면 나는 아기가 사내가 아니기를 바랐다.

암 선고 이후 죽음에 대한 불길한 징조들이 내 머릿속을 가득 채웠다. 해외 파견근무를 하면서 빚을 다 갚은 일, 다시는 못 볼 사람처럼 눈물로 송별하던 베트남 직원들, 공항에서 두 동강 나버린 안경, 그리고 나를 대신할, 내 마지막 살과 피일 것이라 짐작되는 배 속의 아기까지. 이 모든 것들이 나의 죽음, 나의 부재를 예비하는 징조는

아닐까? 아내의 염려대로 나는 모든 것들을 죽음과 연관시키고 있었
다. 게다가 《황혼의 미학》이라니….

늙음의 과정은 다음 단계를 거친다.
- 늙어가는 자신을 받아들이기
- 손에 쥔 것을 놓아 버리기
- 노년의 풍성한 열매를 거두기
- 다른 사람과 함께 늙어가며 노년의 덕을 찾기
- 불안과 우울을 다스리고 자신을 넘어서 죽음과 친해지기

암 투병의 과정과 닮아서일까? 일련의 과정은 내게도 낯설지 않다.
암 선고를 받은 후 나도 유사한 과정을 경험하였다.
- 암에 걸린 자신을 받아들이기
- 손에 쥔 것을 놓아 버리기
- 암에 걸린 후 변화된 삶의 열매들을 거두기
- 다른 환자들과 함께 고통을 나누며 병을 극복해 나가기
- 불안과 우울을 다스리고 자신을 넘어서 암(혹은 죽음)과 친해지기

'황혼'이라는 말을 '암'으로 바꾸면 《암 투병의 미학》이라는 책이 될 수
도 있겠다. 하지만 암이 아니더라도 책 내용은 내게 매우 익숙하다.
내가 죽음과 어지간히 가깝기 때문일까? 20대부터 나는 끊임없이 죽
음의 그림자에 시달려 왔다.
스물한 살 처음 결핵에 걸렸을 때, 나는 대수롭지 않게 생각했다.

약을 자주 거르면서 결핵균은 내성이 생겨 점점 더 치료하기 힘들어
졌다. 몇 차례의 재발로 입·퇴원을 반복하면서 나의 몸과 마음은 황
폐해져 갔다. 스물아홉 살 마지막으로 입원했을 때, 나는 몰랐지만
의사는 부모님에게 약이 들을 확률이 반반이라고 했나 보다.

격리병동 2인실에는 나와 똑같이 다제내성多劑耐性 결핵으로 입원한
청년이 있었다. 어느 한밤중에 나는 지독한 기침 소리에 잠이 깼고,
그때 본 것은 숨을 헐떡일 때마다 입안을 가득 메우는 피거품이었다.
비쩍 마른 한 사람의 몸에서 나왔으리라고 도저히 믿기 힘들 만큼 시
트와 바닥을 물들인 엄청난 양의 선홍빛 선혈.

벨을 누르자 간호사가 달려와 목구멍에 관을 삽입하고 당직의사는 인
공호흡을 시행하였다. 침대는 이내 수많은 사람들과 기계장치로 둘러
싸이고. 뒤늦게 나를 발견한 간호사가 나가라고 눈짓할 때까지 나는
어찌할 바 모르고 침대에서 숨죽인 채 지켜보고만 있었다.

복도로 나왔지만 갈 곳이 없었다. 옆 병실 환자들이 나와서 저희들
끼리 수군거리고 있었다. 얼마 지나지 않아 사람들이 처음 들어왔을
때처럼 우르르 몰려나왔다. 곧이어 하얀 천을 씌운 침대가 뒤따라
나왔다.

"가족들한테는 연락했어?"

"네. 지금 오고 있는 중이래요."

의사와 간호사의 사무적이고 메마른 대화를 끝으로 병실 복도는 다시
한밤중의 고요함을 되찾았다. 병실은 어느새 깨끗이 치워져 있어 불
과 몇 분 전의 일들이 실감나지 않았다. 알싸한 소독약 냄새가 비극
이 실제로 일어났음을 상기시켰다.

소지품을 챙기러 가족들이 온 것은 아침이 다 되어서였다. 나는 무슨 말을 해야 할지 몰라 황망히 짐을 챙겨 나가는 어머니의 뒷모습을 그저 바라보고 나만 살아남았다는 사실에 죄책감을 느꼈다.

"맙소사, 하느님. 데려가시기에 너무 젊지 않나요? 아무런 준비도 되어 있지 않았잖아요!"

격리병동 2인실에 두 명의 다제내성 결핵환자가 들어왔는데 한 명은 죽고 한 명은 살아남았다. 의사 말대로 정말 반반의 확률. 죽음에 대한 준비는 그때부터 시작되었다.

스무 살 무렵부터 죽음을 가까이 접했다지만 서른여덟 살의 인생도 황혼을 준비하기에는 너무 이른 나이다. 하지만 인생의 황혼이 죽음과 가까워졌다는 의미라면 '황혼의 미학'은 모든 사람들에게 예외 없이 적용될 수 있겠다. 누구나 죽음을 향해 조금씩 전진하고 있으며 죽음은 예고 없이 불쑥 찾아오기 때문이다.

우리는 삶에 내던져진 순간부터 죽음을 준비하는, 혹은 준비해야 하는 존재들이다. 너무 일찍 죽음을 준비할 필요는 없겠지만 밀린 숙제를 하듯 인생의 막바지에 벼락치기로 해서 될 일은 아닐 성싶다. 죽음에 대한 준비는 한 인생의 전반에 걸쳐 서서히 시작되어 마지막에는 유종의 미를 거두는 형태가 되어야 하지 않을까?

두 동강 난 안경은 혹시나 해서 예전에 도수를 맞춰 놓았던, 낡았지만 익숙한 안경으로 대체하였다. 아내는 아들이 아니라 예쁜 딸을 낳았다. 소식을 전해 듣고 베트남 직원들이 사진과 함께 축하 메일을 보내왔다.

병원에서는 2만 번째 대장암 수술환자로 선정되었으니 기념식에 참석하라는 연락이 왔다. 한때 죽음의 불길한 징조로 여겨졌던 모든 것들이 이제 다시 삶의 등불로 바뀌고 있다. 황혼을 준비하는 건 단순히 죽음을 대비하는 것이 아니라 남은 삶을 다시 빛나게 하는 것이다.

책을 덮고 창밖을 바라보니 어느덧 동녘 하늘이 붉게 물들었다. 해질 녘인지 해 뜰 녘인지 잠시 착란이 인다. 안경을 벗고 눈을 부볐다. 황혼黃昏은 꼭 여명黎明과 닮지 않았는가? 공교롭게도 여명은 남은 삶餘命이라는 의미도 있다.

밤이 지나고 또 새로운 하루가 밝았다. 어쩌면 우리는 죽음이 아니라 영원을 향해 나아가고 있는지도 모른다.

．

인생의 석양인 황혼의 여명과 수평선을 불그레하게 물들이는 여명, 이질적이며 같은 발음인 여명을 두고 긍정적으로 해석하여 글을 쓴 아들에게 박수를 보낸다. 사십 대도 안 된 아들이 죽음이란 무거운 명제를 두고 황혼, 여명에 대하여 '이런 사유와 고뇌가 있었구나' 생각하니 고맙다는 마음도 들고 안쓰러운 마음도 든다. 짠하달까.

시련을 겪은 아들의 정신세계가 온전하다는 사실에 안도한다. 그래, 아들아. 담담하게 순명하는 자세가 황혼을 준비하는 과정이며 영원을 향한 도정이지. 암, 그렇고말고.